인생 박물관

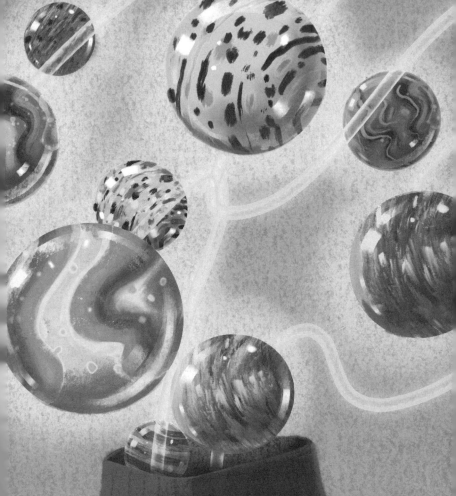

요다

김동식 소설

인생 박물관

차례

작은 눈사림   7

벌금 만 원   12

자살하러 가는 길에   21

친구   34

인생의 조언   39

내향적인 홍이   52

인생 박물관   59

태어나 첫 낚시   83

우주의 법정   92

친절한 그녀의 운수 좋은 날   99

도굴꾼의 아들   114

할머니를 어디로 보내야 하는가   125

좋은 일을 하면 다 돌아온다   141

찰나를 사는 남자   149

멍청한 악마 159

결정된 편지 165

복수심의 크기 181

인생 최고의 업적 188

인간은 언제 신을 믿는가 199

커튼 너머의 세상 208

가족과 꿈의 경계에서 224

천사의 변장 259

누가 내 머리에 돈 쌌어 272

위로가 힘든 사람에게 278

그의 일대기 285

작가의 말 301

작은 눈사람

"아고고, 죽겠다. 좀만 쉬고 일하자."

몽땅한 중년 남성이 공구 상자 위에 풀썩 주저앉으며 콧수염보다 진한 검댕을 닦아냈다. 그 모습을 못마땅해하는 얼굴로 힐끔거린 청년이 옆에 있는 사내에게 손을 내밀었다.

"몽끼 좀 줘요 아저씨."

"잠시만."

파이프 나사를 조이던 건장한 체격의 사내가 청년에게 멍키스패너를 내밀었다. 이미 웃통을 벗어젖힌 지 오래인 두 사람의 상반신은 땀으로 범벅이다. 사우나보다 더한 열기로 가득한 현장이니 어쩔 수 없다.

쉬면서 둘의 모습을 가만히 지켜보던 중년 남성이 그들에게 말했다.

"자네들은 신을 믿나?"

청년이 돌아보지도 않고 퉁명스럽게 대답했다.

"신은 무슨, 그런 쓸데없는 질문 할 시간에 좀 도와요."

"하하. 조금만 쉬고. 물 좀 줘?"

"던져요."

청년에게 물병을 던진 중년 남성은 어깨를 풀며 계속 말했다.

"인간은 신의 작품이란 말이야. 근데 만들어놓고 보니까, 이놈의 인간이란 종자들이 썩 괜찮지가 않단 말이지. 자네들이 만약 신이라면, 인간의 꼴을 보고 어떤 생각이 들겠어?"

"다 뒤져버렸으면 하겠죠 뭐."

"으하하하! 그렇지. 솔직히 인간이 존재해도 될 이유 같은 건 없잖아? 실망스러운 작품이라면 없애는 게 맞아. 근데, 내가 정말 이상한 이야기를 하나 들었거든?"

"무슨 이상한 이야기요."

"신이 가끔 인간을 테스트한다지 뭐야? 이 종자들을 없앨까 말까 결정하려고."

건장한 사내가 하던 일을 멈추고 중년 남성을 돌아보았다. 그의 목에 걸린 십자가 목걸이가 흔들렸다.

"뭐 어떤 테스트길래 인간이 아직도 살아 있답니까?"

"하하하. 들어봐, 그게 진짜 재밌더라고."

중년 남성이 눈썰미 좋게 공구 상자에서 꺼낸 끌을 사내에게 던졌다. 마침 그게 필요했던 사내는 끌을 받아 뒤돌아서 하던 일을 재개했고, 그 등을 보며 중년 남성이 말했다.

"가장 근래에 신이 인간을 테스트한 건 몹시 추운 겨울날 아침이었다더군. 신은 도시의 출근길 한편에 작은 눈사람을 하나 눕혀두었대."

"그게 뭡니까?"

"아무것도 아닌 그냥 옆으로 쓰러진 작은 눈사람. 그게 테스트였던 게지. 그리고 인간은 그 테스트를 통과했다더군. 어떻게? 출근하던 사람 중 누군가 잠깐 멈춰 서서 쓰러진 눈사람을 똑바로 세우고 지나갔거든."

"뭐예요 그게?"

안 듣고 있을 것 같았던 청년이 어이가 없다는 얼굴로 뒤돌아보았고, 중년 남성이 어깨를 으쓱했다.

"그날 신은 두 번 더 눈사람을 쓰러뜨려놓았는데, 두 번 다 지나가던 누군가 일으켜 세웠다더군. 그 모습이 신이 보기에 좋았던 게지. 재밌지 않아? 고작 작은 눈사람을 일으켜 세운 일이 인간의 종말을 막았다는 사실이."

"참 나."

고개를 흔든 청년이 다시 하던 일에 집중했다. 중년 남성은 웃음기 어린 목소리로 그에게 말했다.

"신이 이해가 안 되지? 근데 그럼, 그 사람들은 이해가 돼?"

"뭐가요."

"바쁜 출근길에 굳이 쓰러진 눈사람을 세우고 간 사람들 말이야. 왜 그랬을까?"

"그거야…."

청년의 미간이 살짝 좁아졌다.

"그냥 했겠죠. 쓰러져 있으니까 그냥."

"그래 맞아. 분명 그랬을 거야."

건장한 사내가 물었다.

"그때 그 눈사람을 아무도 안 세웠다면 어떻게 되는 겁니까?"

"인류가 멸망했겠지."

"어떻게요? 대홍수라도 나서요?"

청년이 피식하며 묻자, 중년 남성이 고개를 끄덕였다.

"그럴 수도 있고, 방법은 많지. 인간끼리 핵전쟁을 일으킬 수도 있고, 치명적인 바이러스로 자멸할 수도 있고. 인류가 어떻게 멸망하든 그건 신의 뜻이거든."

청년은 그게 뭔가 싶었지만, 건장한 사내는 맞는 말이라는 듯이 고개를 끄덕였다. 중년 남성은 꽉 막힌 천장을 올려다보며 말했다.

"난 이 이상한 이야기가 사실이었으면 좋겠어. 사실이겠지?"

"사실이고 뭐고, 윽! 빨리 와서 이것 좀 잡아줘요! 1분 1초가 아까운데 무슨 배짱으로 쉰대!"

청년의 외침에, 공구 상자에서 일어난 중년 남성이 가서 손을 거들며 말했다.

"미안하네. 자네들을 보니까 조금은 쉬어도 될 것 같더라고."

"미쳤어요?"

"그럼 하나만 묻지. 자네들은 왜 여기 지원했나?"

중년 남성의 질문에 서로를 돌아본 사내와 청년은 바로 대답하지 못했다. 중년 남성은 재차 물었다.

"방사능 피폭으로 죽을 거란 걸 다 알면서도 지원하지 않았나? 왜 바로 뛰어들었지?"

"그거야…."

"음…."

중년 남성이 웃으며 그들 대신 말했다.

"아마 그냥일 거야. 원전 폭발을 막아야 하니까 그냥. 그래서 내가 자네들을 보고 조금은 쉬어도 될 것 같더라고. 인간은 아직 멸망하지 않을 것 같아서 말이야."

중년 남성은 미소 지었다. 두 사람은 뭐라 대꾸하지 않았지만, 움직임과 표정이 조금은 편안해졌다.

벌금 만 원

차갑고 어두운 밤. 하얀 입김을 내뿜는 서른 후반의 남자가 상가 건물 앞에서 서성거린다. 망설이듯 오락가락하던 그의 발걸음이 마침내 결심한 듯 계단을 오른다. 문을 열고 들어간 2층 호프집은 시끌벅적한 사람들의 열기로 딴 세상이다. 주변을 살피던 남자는 동년배들이 잔뜩 모여 있는 동창회 테이블 쪽으로 향한다. 곧, 그를 발견한 안경 쓴 남자가 자리에서 일어나며 반갑게 맞이한다.

"어! 채윤이! 못 온다더니?"

"어어… 지나가는 길에 생각나서 잠깐 들렀어."

"그래? 진짜 지나가다 들렀나 보네, 자식, 복장이."

"어어… 그래."

남자는 어색해하며 자기 복장을 내려다본다. 새벽부터 일용직 자리를 구하기 위해 입고 나간 옷은 확실히 초라하다. 만약 오늘 일당벌이를 했다면 그는 절대 이곳에 오지 않았다. 종일 한 푼도 못 번 그는 아기 분윳값도 없이 빈손으로 집에 돌아갈 수 없다. 돈을 빌리기 위해 동창회에 참가할 정도로 그의 상황은 급하다.

"야야! 얘들아! 우리 수학 천재 양채윤 왔다!"

안경이 외치는 말에 동창들이 돌아본다. 수학 천재라는 말이 민망하지만, 그보다 그를 확실히 기억나게 할 말은 없다.

"오! 양채윤이! 어떻게 왔어? 바쁘다더니!"

"어어. 그냥 잠깐 들렀어."

"잠깐이고 뭐고 일단 시작 주는 마시고 시작해야지! 앉아! 앉아!"

남자는 동창들이 내주는 자리에 부자연스럽게 앉는다. 그에게 술을 권하는 몇을 빼면 다들 원래 하던 이야기로 돌아간다. 시끌벅적한 동창회 속에서 남자는 고개 숙인 채 술을 홀짝인다. 얼굴이 어둡다. 이제, 어떻게 돈 이야기를 꺼낸단 말인가?

그가 주변의 질문에 대충 맞장구치며 딴생각을 하던 그때, 동창회 테이블 중앙에 있던 키 큰 남자가 일어난다.

"자! 자! 다들 잠깐만! 반장이 의견 하나만 내자!"

서른 명이 넘는 동창생 모두가 반장을 주목한다. 반장은 웃으며 말한다.

"너희들 다 서른 넘고 어른 된 거 알겠는데, 아까부터 어째 다들 돈 얘기만 하냐? 부동산이 어떻고 주식이 어떻고 코인이 어떻고,

금리랑 채권이랑 뭐 뭐 뭐 뭐 뭐…. 야, 우리 동창회 나왔지 돈 얘기하러 나온 거 아니잖아? 누가 매점 간판에 매달렸다가 떨어져서 팬티 보여줬는지 같은 거 얘기하러 나온 거잖아?"

"야!"

한 친구를 중심으로 한바탕 웃음이 터지고, 그 웃음이 정리될 때쯤 반장이 계속 말한다.

"우리 동창회에서 이러지 말고, 지금부터 돈 이야기 꺼낼 때마다 벌금 만 원 걷자!"

모두 좋은 생각이라며 동의했고 손뼉도 친다. 오직 한 남자의 안색만 창백해진다. 자존심 다 버리고 돈 몇 푼이라도 빌려보려고 찾아왔는데, 돈 얘기를 하면 벌금이 만 원이라고? 그의 주머니에 있는 전 재산이 만 원짜리 한 장이다. 혹시 만에 하나 차비로 쓰기 위해 가져온 만 원짜리 한 장.

반장은 빈 그릇 하나를 닦아 테이블 중앙에 내려놓으며 말한다.

"자, 이 접시가 미래 안주다. 여기에 벌금 모아서 2차 안주로 바꾸자고! 이 그릇의 안주가 강냉이가 될지 로브스터가 될지 지켜보자! 그럼 시작한다? 이제부터 돈 얘기 금지! 주변에서 돈 얘기 하면 무조건 웃으며 신고하고, 걸린 사람은 기분 나빠하지 말고 웃으며 벌금 내기!"

모두 박수로 동의하며 벌금 제도가 시작된다. 대화에 돈 얘기가 빠지니까 다들 추억거리를 더 많이 꺼내며 분위기가 좋아진다. 누가 누굴 좋아했다느니, 누가 바보짓 한 거 기억나느냐, 수학 선생님 머리 심었다는데 들었냐, 너도 심어야겠으니 소개받아라…. 동창들 모두가 웃는 와중에 남자만 웃지 못한다. 초점을 잡지 못하고 흔들리던 그의 눈이 움찔 놀라며 한곳으로 향한다.

"너 인마 벌금 내! 방금 머리 심는 비용 이야기했지? 돈 얘기니까 벌금 내!"

"아이 자식이! 위해서 얘기해도 인마! 그냥 농담한 건데, 이것도 내야 해?"

"그럼 무조건이지. 반장 맞지? 돈 얘기는 무조건인 거."

"물론! 무조건 걸어!"

동창들은 웃으며 벌금 낼 사람을 지목하고, 당사자는 웃으며 낸다. 그 모습이 남자에게 공포다. 돈 빌려달란 이야기를 해야 하는데, 해야 하는데….

"이야, 이거 봐라, 벌써 4분 만에 3만 원 모였네! 한 시간이면 얼마냐? 수학 천재 계산 좀 해봐라! 채윤아 얼마냐?"

"어? 어어…."

반장의 농담에도 남자는 제대로 웃질 못한다. 최악의 경우가 그의 머릿속에 그려진다. 돈 빌려달라는 이야기를 꺼냈다가 장난처럼 벌금 신고당해서 만 원을 뺏기는 장면이다. 눈앞이 아찔해지는 일이다. 남자의 머릿속에서만 치열한 갈등이 벌어진다. 차라리 이만 원으로 우유라도 사 들어갈까? 지하철 끊기기 전에 빨리 나가는 게 맞지 않을까?

남자는 고개를 흔든다. 그런 차선을 선택하기에는 사정이 만만치가 않다. 남자는 동창들의 얼굴을 살피기 시작한다. 그래도 친했던 친구가 누굴까. 혹시 돈을 빌려줄 법한, 아니 빌려주지 않더라도 최소한 못 들은 척해주며 넘어가줄 만한 친구가 누굴까.

남자의 시선이 반장의 얼굴에 오래 머문다. 학창 시절에 꽤 친하기도 했고, 무엇보다 예전부터 어른스러웠던 친구다. 못 들은 척해주고 넘어가줄 인성이다. 남자는 정한다. 말을 한다면 반장에게. 하지만 쉽지 않다. 만에 하나라도 만 원을 허무하게 벌금 따위로 날린다면 스스로가 용서가 안 된다. 그 돈이면 우유를 사 가도, 라면이라도 사 가도….

"야 너 찻값 얘기했다 분명! 방금!"

"아 나, 네가 물어봤잖아! 유도신문이야 이거!"

"어쨌든 말했잖아, 으하하!"

장난처럼 벌금을 걷는 동창들의 모습이 남자에게는 이제 짜증스럽다. 내게는 지옥인 게 저들에게는 장난이라니. 차라리 지금 당장 자리에서 일어나 지하철을 타러 가면 마음이 편할 것 같다. 그게 쉬운 해결법이란 생각이 든다.

"너 왜 이렇게 조용하냐?"

"어? 어어… 아니."

남자는 자신에게 말을 거는 친구에게 대충 얼버무리며 연락이 온 척 핸드폰에 시선을 돌린다. 긴 대화의 여지를 회피하는 모습이다. 그 순간의 자각. 남자는 생각한다. 내가 지금 고민하는 건 정말 만 원을 잃을까 걱정하는 건가? 어쩌면 사실은, 돈 빌려달라는 말을 할 용기가 없어서 핑계를 만들고 있는 게 아닌가? 아직도 자존심을 못 놓았나? 내 처지에?

남자는 반장을 돌아본다. 각오하고 찾아온 동창회다. 한다. 해야 한다. 그는 조심스럽게 일어나 반장에게로 접근한다. 반장의 주변 에는 동창이 많다. 남자는 긴장한 채 때를 노린다. 이윽고 반장이 대화의 장에서 벗어나는 그 타이밍에 남자는 접근한다.

"저기, 우성아."

"어어 채윤아. 왜?"

"어어… 있잖아. 저… 이런 말 하기 진짜 미안한데… 혹시 있잖 아, 10만 원만 빌려줄 수 있냐?"

반장의 눈이 살짝 커진다. 올려다보는 남자의 심장이 미친 듯이 뛴다. 가만히 남자를 바라보던 반장의 입가에 미소가 번지기 시작 한다. 남자는 순간적으로 소름이 돋는다. 그의 눈에, 반장의 고개가 다른 친구들을 향해 돌아가는 모습이 억겁처럼 느리게 펼쳐진다. 안 된다는 비명을 내지르지도 못한 그 찰나, 반장은 웃으며 동창들 에게 외친다.

"양채윤 돈 얘기 했다! 벌금 만 원!"

"아!"

남자의 탄식은 동창들의 웃음에 묻힌다. 눈앞이 깜깜해진다.

"벌금 잘 걷힌다! 하하!"

"채윤이 쟤는 괜히 지나가다 들러서 벌금만 내네, 괜히 으하하."

"그릇 대령합시다, 벌금 들어갑니다!"

즐거워하는 동창들의 모습은 남자에게 지옥이다. 불과 몇 초가 그에게는 몇 년이다. 남자의 얼굴은 반장을 향한 증오와 배신감을 숨기지 못한다. 이윽고, 벌금 그릇을 든 누군가의 손이 남자의 앞으로 내밀어졌을 때, 남자는 주머니 속의 만 원짜리를 꽉 움켜쥔다. 짧은 순간 그는 갈등한다. 만 원 안 내고 도망칠까? 가장이라면 그래야 한다. 그깟 창피함, 그깟 자존심보다 우유 한 팩, 쌀 한 줌이 중요하다. 동창들이 수군거리든 말든, 내 이미지가 어떻게 되든 말든.

남자의 머리는 그렇게 생각하지만, 그릇이 몇 초 기다리는 것도 버티지 못하고 주머니에서 만 원을 꺼내어 낸다. 자괴감이 밀려온다.

남자가 만 원을 낸 게 얼마나 엄청난 일이었는지와는 상관없이, 그 벌금 만 원은 대수롭지 않게 잊힌다. 그릇은 원래 자리로 돌아가고 다들 다시 즐겁게 이야기하며 떠든다. 유독 남자의 아쉬워하는 눈동자만 그릇에 머문다. 허탈하게 힘이 빠진 남자는 이곳을 벗어나고 싶지만, 또 다른 문제를 깨닫는다. 집으로 돌아갈 차비가 없다. 이렇게까지 밑바닥으로 떨어질 수 있을까? 남자는 뾰족한 생각이 들지 않는다. 지금 나가서 밤새도록 걷는다면, 아내에게는 뭐라고 말해야 하는가.

모두 즐겁게 시끌벅적 떠드는 동창회에 남자 혼자 다른 그림체로 적막하다. 멍하니 앉아 있던 남자는 곧, 이 고된 밤의 끝이 왔음을 알게 된다.

"자! 자! 이제 슬슬 마무리하자!"

　벌떡 일어난 반장의 커다란 목소리가 동창회를 정리한다.

"오랜만에 봐서 정말 좋았고, 다들 이제 밤새고 놀 나이 아닌 건 인정하지? 2차는 다음 동창회로 미루자고. 쟤 존다 졸아."

　동창들의 웃음은 반장의 의견에 동의하는 듯하다.

"다들 내 스타일 알지? 질질 끌지 말고 깔끔하게 바로 끝낸다. 다들 다음 동창회에서 또 만나기로 하고, 그럼 이 모인 벌금. 이건 가장 돈 얘기 안 한 사람에게 상품으로 처리한다! 지금까지 돈 얘기 한 번도 안 해서 벌금 안 낸 사람 손!"

　주변을 둘러보면 아무도 손을 들지 않는다.

"없어? 그럼 딱 한 번만 걸린 사람 손!"

"많지 그건."

　동창들이 웃으며 주변을 둘러보기 시작하고, 남자는 심장이 미친 듯이 뛰기 시작한다. 너무나도 갑작스러운 전개지만, 그는 얼른 손을 든다. 이윽고, 더 손을 든 이가 없다.

"뭐야? 한 명이야? 또 없어 진짜?"

"와, 다들 돈 얘기를 그렇게 많이 했냐?"

"야이, 중간에 와서 상품 타고 가네 이 새끼!"

근처에 있던 친구가 남자에게 장난스럽게 헤드록을 건다. 저마다 웃는 얼굴로 악의 없는 야유를 남자에게 퍼붓는다.

"학교 다닐 때도 수학 잘하더니, 이거 다 미리 계산한 거 아니야?"

"아 맞네 이 새끼! 수학적으로 계산하고 있었네!"

남자는 어떤 말이든 신경 쓸 겨를이 없다. 정말인가? 이게 진짜인가? 그의 앞으로 반장이 내민 돈뭉치가 전달될 때까지도 이 상황이 믿기지 않는다. 손아귀에 쥐어진 돈의 물성을 느낀 뒤에야 그는 속으로 외친다. 신이여 감사합니다!

"자자 주목! 다들 교가 기억하지? 마지막으로 교가 부르면서 해산하자!"

"미친 그걸 어떻게 기억해!"

반장의 주도하에 동창들은 세상에서 가장 웃긴 교가를 부르며 동창회를 마무리한다. 거의 입만 벙긋대며 따라 부르는 남자의 얼굴에 웃음이 스멀거린다. 그것이 오늘 남자에게는 첫 웃음이다. 하지만 집으로 돌아가는 길, 남자는 주머니에서 꺼낸 벌금을 세며 흐느낀다. 안도감 때문이 아니다. 수학을 잘하기 때문이다. 수학을 잘하는 그로서는 금방 알아챌 수밖에 없다. 서른 명이 넘는 동창이 모은 벌금이 고작 26만 원밖에 안 된다는 게 어떤 의미인지 말이다.

자살하러 가는 길에

사내는 자살하기로 결정했다.

긴 시간 고민해서 내린 결정은 아니었다. 오늘, 아내와 딸을 죽인 음주 운전자가 교도소에 들어갔다. 그게 끝이었다. 음주 운전자가 교도소에 들어가는 것이 그가 겪은 이 고통스러운 사건의 결말이었고, 더 이상은 아무런 일도 없다는 것이 사내에게 자살을 결심하게 했다.

사내는 집 안 청소를 잘 안 했다. 인테리어에도 관심이 없었다. 이 집은 온전히 아내의 것이었다. 집에서 죽을 순 없었다.

욕실에서 샤워를 하고, 아내의 말대로 턱 밑까지 깔끔하게 수염을 밀었다. 수증기로 희부옇해진 욕실 거울을 닦았다. 거울에 비친 남자의 눈이 건조했다. 아내와 딸이 죽은 뒤, 언제부터인가 더 이상

눈물이 나오지 않았고, 그때부터 자신은 살아 있지 않다고 생각했다. 자살은 전혀 특별하지 않은 결정이었다.

사내는 부산으로 가기로 했다. 어릴 적 TV에서 봤던 태종대 자살 바위가 생각나서였다. 자살을 고민하지 않았기 때문에, 방법도 생각하지 않았다. 막연히 기억 속에 있는 자살 명소를 찾아가기로 한 것이다.

문단속을 하고 나와서 주차장은 그냥 지나쳤다. 서울역까지는 지하철을 타고 가기로 했다. 자신이 죽고 난 뒤에도 어딘가에 차가 계속 주차되어 있을 것이 신경 쓰였다.

지하철역까지 걸어가면서, 사내는 음주 운전자를 생각했다. 그는 미안하다고 했다. 눈물까지 흘리며 미안하다 사과했다. 사내는 그때, 아무 말도 못 했다. 어떤 말로도 사내가 느끼는 심정을 그에게 전달할 방법이 없었다. 그때 차라리 욕이라도 해야 했을까? 저주를 퍼부어야 했을까? 그게 아니면,

끼이이이-익!

"!"

"으… 으…! 이, 이 씹할! 야, 이 새끼야! 뒤질라고 작정했냐?"

사내의 코앞에서 차가 급브레이크를 밟아 멈춰 섰다. 생각에 잠겼던 사내가 정신을 차리고 보니, 빨간불의 횡단보도를 건너고 있었던 거다.

운전자는 창문 밖으로 고개를 내밀고 쌍욕을 퍼부어댔다. 스포츠

머리, 각진 턱, 거칠어 보이는 인상에 걸맞은 거센 입담이었다.

"염병! 뒈질라면 곱게 뒈질 것이지! 눈깔 삐었냐 씹새야? 아 씹할, 깜짝 놀랐네! 씹할! 뒈질라고. 저게 진짜!"

"…"

사내는 사과를 하는 대신, 알 수 없는 분노에 울컥했다. 아내와 딸도 차에 치여 죽었다. 저 운전자는 아무 잘못이 없지만, 오히려 무단 횡단을 한 자신의 잘못이겠지만, 아내와 딸은 차에 치여 죽었다. 그것이 사내를 이유 없이 분노하게 만들었다.

"눈깔 삐었냐고! 이 씹새가? 말이 없어! 어! 이 씹할! 깜짝 놀라 뒈지는 줄 알았다고. 이 씹새야! 어?"

왜 그랬는지 모르겠지만, 사내는 사과 대신 이렇게 쏘아붙였다.

"얼마 전, 내 아내와 딸이 차에 치여 죽었습니다."

"뭐?"

운전자의 표정이 기묘하게 일그러졌다.

"뭐라는 거야 이 돌아이 새끼가?"

"…"

사내는 입을 다물어버렸고, 인상을 쓴 운전자는 욕설을 내뱉으며 창문을 올려버렸다.

"씹할 뭐 저런 미친 새끼가…"

차는 사내의 옆을 신경질적으로 꺾어 지나갔고, 횡단보도에 남겨진 사내는 마저 도로를 건넜다.

사내는 다시 생각에 잠겨 인도 위를 걸어갔다. 왜 자신이 그런 말을 했을까? 오늘 처음 보는 사람에게 왜 그렇게 분노했을까. 잘못한 건 오히려 자신인데.

그때,

끼이이이-익!

"?"

조금 전의 그 차가 급하게 사내 쪽으로 돌아왔다. 사내 바로 옆에서 다시 창문이 내려가며 난처해하는 운전자의 얼굴이 드러났다. 그는 우물쭈물 무언가 망설이는 얼굴로 말을 못 하다가, 입을 열었다.

"…미안합니다."

"?"

미안하다? 사내는 이해할 수 없었다. 왜 그가 사과를 하는 걸까? 잘못을 한 건 자신인데?

운전자는 사내의 얼굴을 살피며 뭐라 말하려 입술을 달싹이다가, 다시 한번 말했다.

"…미안합니다."

"…."

운전자는 가볍게 목례하고 떠나갔다.

"…."

남겨진 사내는 한참 동안을 그 자리에 멈춰 서 있었다.

・・・

기차역에 도착한 사내는 돈가스 도시락을 샀다. 조금, 이상한 죄 책감이 들었다. 이렇게 열심히 식사를 챙겨 먹어도 되는 걸까? 뒤 늦은 생각이었다. 사내는 배가 고팠고, 우연히 눈앞에 돈가스 도시 락이 보였을 뿐이다. 아무 생각이 없었다.

출발까지 아직 10분 이상 시간이 남았지만, 사내는 가장 먼저 기차 에 올랐다. 자신의 자리에 앉은 사내는 곧바로 도시락을 개봉했다.

수저까지 모두 뜯었는데 한 가지, 돈가스 소스가 보이지 않았다. 다시 돌아가서 소스를 달라고 할 시간이 충분했지만, 사내는 그러 지 않았다. 소스 없는 돈가스를 먹는 것이 사내의 죄책감을 조금 덜 어주었기 때문이다.

사내가 밍밍한 돈가스를 씹는 사이, 한 여인이 스마트폰을 들고 나타났다.

"저기요."

"?"

새하얀 준정장 차림의 여인은 어느 전문직 경력자 인상이었다.

"혹시, 그 자리 맞나요?"

스마트폰을 보며 묻는 여인의 질문에 사내는 주머니에서 자신의 표를 꺼내 들어 보이며 무뚝뚝하게 대답했다.

"예. 5호차 3A 맞습니다."

여인은 자신의 스마트폰과 사내의 표를 번갈아 보며 인상을 쓰더니, 고개를 갸웃거리며 통로 밖으로 나갔다. 사내는 주머니에 표를 집어넣고, 다시 식사하기 위해 몸을 움직거렸다. 그때 "아!" 엉덩이 아래에서 무언가 툭 터지는 느낌과 함께 축축함이 전해졌다. 사내는 자리에서 일어나 확인했고, 돈가스 소스가 터져 있는 걸 보았다. 소스가 없었던 게 아니라, 진공 포장되어 있던 소스를 실수로 의자에 흘렸던 거였다.

의자는 진한 돈가스 소스로 범벅 상태고, 바지 역시 무사하지 못했다. 사내는 난감하고 짜증이 났다. 그때, 여인이 돌아왔다.

"이보세요!"

"?"

그녀에게서 따지려는 듯한 기세가 느껴졌고, 실제 말투도 그러했다.

"표 제대로 확인해봤어요? 역무원에게 확인받았는데 제 표가 맞거든요?"

사내는 인상을 썼다. 안 그래도 짜증 나는 상황이다. 다시 한번 주머니에서 표를 꺼내 들었는데, 재빠르게 표를 낚아챈 여인이 톤을 높여 쏘아붙였다.

"이것 봐요! 이 표는 101호 열차잖아요! 저거 안 보여요? 이 열차는 103호 열차라고요!"

"아···."

표를 받아서 확인한 사내는 일순간 난감해졌다. 여인의 말이 맞았다. 한데, 허둥지둥 사과하고 자리를 뜨기에는 의자 상태가 형편없었다.

"어, 이건 뭐야? 아 씨! 뭐예요, 이거? 뭘 흘린 거야!"

"아….."

여인의 얼굴이 잔뜩 일그러졌다. 그녀는 치켜뜬 눈으로 사내를 보며, 공격적으로 말했다.

"이게 뭐예요, 진짜! 아 씨! 이거 어쩔 거예요?"

"죄송합니다….."

"죄송하면 다예요? 아 씨, 진짜 재수 없게! 뭐예요, 정말? 도대체가 무슨 정신으로….."

"…."

여인은 마치 스트레스를 해소하듯이 사내에게 사납게 쏘아붙였다. 사내는 면목이 없어 아무런 대꾸도 못 하고 고개만 숙였다. 어떻게 사죄하고 수습해야 할지 난감했다. 여인은 짜증스레 머리를 한번 쓸어 넘기며 따지고 들었다.

"아 씨, 진짜! 어디까지 가요? 저는 대구 가는데, 그 표 어디 가는 거예요?"

여인은 만약 목적지가 같으면, 표를 맞바꿔 갈 셈이었다. 그때까지 여인의 꾸중을 잠자코 듣고만 있던 사내는, 순간적으로 이렇게 말해버렸다. 어쩌면, 여인의 저 화풀이를 당장 멈추고 싶다는 얄팍

한 생각에서 나온 말일지도 몰랐다.

"부산… 태종대 자살바위에 갑니다. 얼마 전에 아내와 딸이 차 사고로 죽어버려서… 저도 죽으러 가는 길입니다."

"뭐예요?"

여인이 어이없다는 표정을 지었다. 동시에 황당하다는 듯 중얼거리다 쏘아붙였다.

"뭐라는 거야 진짜? 누가 뭐 물어봤어요? 아 씨! 헛소리하지 말고, 이거 어쩔 거냐고요! 부산 가요? 부산 맞아요?"

"…예. 부산입니다."

"아이 씨! 짜증 나게 진짜! 저리 비켜요!"

여인은 사내를 치우고, 가방에서 휴지를 꺼내어 의자를 수습했다. 사내는 어정쩡하게 서 있다가 여인이 화난 얼굴로 자신을 신경도 안 쓰는 듯하자, 쭈뼛쭈뼛 고개 숙여 사과하고 열차에서 내렸다. 반대편 101호 열차로 향하는 사내의 걸음이 터벅터벅 힘이 없었다. 그때였다.

"저기….."

"?"

뒤에서 들려오는 소리에 돌아보니, 열차에서 내린 여인이 다가오고 있었다. 여인은 우물쭈물 망설이다가 입을 열었다.

"…미안해요."

"?"

여인은 사내의 손에 휴지를 쥐여 주었다. 그녀는 사내의 눈을 마주 보며, 상냥한 미소를 지을 듯 말 듯하다가 그저 작게 말했다.

"미안해요."

그러곤 꾸벅 인사하더니 열차로 돌아갔다.

"…."

사내는 휴지를 내려다보며, 한참이나 그 자리에 멈춰 서 있었다.

◆ ◆ ◆

부산역에서 내린 사내는 택시에 탔다. 사내가 목적지를 말하기도 전에 중년의 택시 기사가 먼저 말을 해왔다.

"혹시 손님, 카드기가 고장 나서 지금 카드는 안 됩니다. 현금 있습니까?"

"예."

사내는 별생각 없이 대답하고 문을 닫았는데, 강인한 인상의 택시 기사는 신경 쓰이는 점이 있는지 계속해서 말을 했다.

"내가 카드 손님을 거부하는 게 아니고! 진짜로 카드기가 고장 난 겁니다! 거짓말 아니고, 진짜로! 내일 바로 수리 맡길 건데, 오늘까지만 못 쓰는 거라…."

사내는 정말로 신경 쓰지 않았지만, 택시 기사에게는 자존심 문제인 모양이었다.

"거짓말이면, 내가 그냥 다른 손님 받고 말지, 이렇게 구구절절 설명 안 해! 진짜로 고장!"

"예, 알겠습니다."

"현금은 있지요? 현금 없으면 안 됩니다, 진짜."

"예. 현금 있습니다."

"내가 진짜 카드기가 고장 나서 그러는 거지, 일부러 현금만 가려 받고 하는 그런 기사가 아니라!"

기사가 몇 번이나 강조한 끝에 택시는 출발했고, 사내는 목적지인 태종대 자살바위를 불렀다.

택시 안에서 사내는 별로 말이 없었다. 기사도 처음과 달리 별말을 걸지 않았다. 얼마 뒤 택시는 태종대에 멈췄고, 기사가 돌아봤다.

"1만 3,000원 나왔습니다."

사내는 주머니를 뒤졌는데, 아뿔싸! 지갑이 없었다.

"아…."

당황스러워진 사내의 얼굴을 읽은 택시 기사가 대뜸 목소리를 키웠다.

"없습니까?"

"아… 그게? 지갑이 분명히…."

택시 기사의 얼굴이 순식간에 험악해지는가 싶더니 곧장 욕설이 튀어나왔다.

"니미! 카드기가 고장 났다고, 현금 있냐고 내가 몇 번을 물었는데 씹헐!"

"아, 아, 그게… 분명 지갑에 현금이 있었는데… 지갑이 언제….."

"씹헐. 진짜! 아침에도 한 새끼가 택시비 떼먹더니, 저녁에도 한 새끼가 이러네! 와따, 니미 좆같아서!"

택시 기사의 거친 욕설에도 사내는 면목이 없었다.

"이 씹헐 새끼야! 하루 벌어 하루 먹고살기도 힘든 사람한테, 니미! 아까 자살바위 가자고 할 때부터 내가 느낌이 드러웠어. 씹헐! 이 씹새, 너 뭐야? 어쩔 거야, 이 새끼야?"

"그, 그게….."

그 순간, 사내는 또 왜인지 모르게 말을 꺼내고 말았다.

"제가… 지금 자살하러 가는 길이라 정신이 없어서….."

"뭐?"

택시 기사의 얼굴이 험상궂게 구겨졌다. 사내는 왜인지 모르게, 주절거렸다.

"얼마 전에, 제 아내와 딸이 교통사고로 죽어버려서… 저도 자살을 하러 가는 길이었습니다."

"뭐라는 거야, 이 씹새끼가! 구라 까고 있네. 씹헐! 돈 몇 푼에 마누라랑 딸 팔아먹냐?"

"…죄송합니다."

"니미! 요금 이거 어쩔 건데? 어쩔 거냐고! 뭐? 자살한다고? 그래, 씹힐! 진짜 자살할 거면 핸드폰도 필요 없겠네? 핸드폰 줘봐! 그 거라도 처분하게!"

"예."

사내는 잠깐의 망설임도 없이 주머니에서 핸드폰을 꺼내어 택시 기사에게 건넸다. 곧, 꾸벅 사과하며 택시에서 내렸다.

"죄송합니다."

"뭐얏? 뭐 이런?"

사내는 태종대 쪽을 바라보며 무작정 걸었다. 어두운 밤에 핸드 폰이 없으니 어디가 자살바위인지 찾아가기가 조금 막막했지만, 일 단은 걸었다. 한데,

빵빵!

사내가 내린 뒤에도 그 자리에서 움직이지 않고 있던 택시에서, 기사가 급히 내려 달려왔다. 그는 일그러진 얼굴로 사내를 쳐다보 며 우물쭈물 망설이다가 말했다.

"…미안합니다."

"?"

그는 사내의 손에 핸드폰을 쥐여 주었다. 무언가 말하려는 듯 입 술을 씰룩이다가, 고개를 살짝 좌우로 흔들며 사내의 눈을 마주 보 았다.

"미안합니다…."

"…."

기사는 뒤돌아 택시 안으로 돌아갔다.

"…."

사내는 출발하지 않는 택시를 바라보며, 한참 동안이나 가만히 멈춰 서 있었다.

＊ ＊ ＊

사내는 눈앞의 바다를 바라보며 생각에 잠겼다. 오늘 자살하러 가는 길에 저지른 세 번의 잘못과 그럼에도 불구하고 오히려 듣게 된 세 번의 미안하단 말을 생각했다.

사내는 아내와 딸이 죽은 뒤, 언제부터인가 전혀 눈물이 나오질 않았다.

오늘 이상하게도, 사내는 세 번 울 뻔했다. 왜 그랬는지는 사내도 몰랐다. 그것이 사내를 생각하게 만들었다.

사내는 왜인지, 교도소의 그에게 미안하다는 말을 다시 한번 들어보고 싶어졌다.

"…미안해."

결국 사내는 바다를 등지고 돌아섰다.

오랜 시간을 걸어 내려간 그곳, 같은 자리에, 택시가 그대로 멈춰서 사내를 기다리고 있었다.

친구

결혼식 전날에 무슨 생각이 날 것 같아요? 희한해요. 저도 제가 지금 이런 생각을 할 줄은 상상도 못 했는데, 수정이가 생각나네요. 부모님도 아니고, 들러리 서주기로 한 다른 친한 친구들도 아니고, 왜 갑자기 수정이가 생각날까요? 희한해요. 그냥 저는… 궁금한 거죠.

수정이와 저는 친구가 맞았던 걸까요?

모르겠어요.

수정이와 처음 만난 건 대학교에 들어가서였어요. 대학에서 처음 사귄 친구였죠. 수정이는 저랑 달리 정말 인기가 많은 친구였는데, 희한하게 저랑 죽이 잘 맞아서 4년 내내 친하게 지냈어요. 그러다 졸업할 때쯤 갑자기 서로 너무 바빠졌어요. 그대로 어영부영 연락이 끊어지면서 건너 건너 간간이 소식만 들었어요. 저도 취직이다

연애다 뭐다 바쁘다 보니 연락할 생각을 못 하고 살았죠.

아니, 솔직히 말할까요? 대학 때 어느 순간 저는 깨달았거든요. 수정이가 단 한 번도 먼저 제게 연락을 한 적이 없었다는 사실을요. 모든 연락은 항상 제가 먼저였거든요. 그게 항상 붙어 다니던 시절에는 괜찮았지만, 바빠지면서부터는 그러고 싶지 않았어요. 그냥, 그냥 그렇게 되어버린 거예요.

근데 졸업 후 6년쯤 지났을까? 모르는 번호로 문자가 하나 왔어요. '혹시 김주연 핸드폰인가요? 만약 맞는다면, 나 수정이야! 장수정!'

보자마자 정말 반가웠는데, 답장은 망설여졌어요. 수정이가 보험 일을 한다는 걸 들어서 알고 있었거든요. 왜 그랬는지 몰라도, 그 문자를 본 순간 보험 권유하려고 연락한 건가 지레짐작해버린 거예요. 오랜만에 연락해서 만약 한다는 말이 보험 권유라면, 그게 너무 싫을 것 같은 거예요. 돈 문제가 아니라, 추억을 망치고 싶지 않은 기분 아시죠? 지금 생각하면 참 바보 같은 생각인데… 변명일 수 있지만, 당시 아버지가 돌아가신 지 얼마 안 되었던 때라 제가 좀 힘들었거든요. 그래서 아무 답장도 하지 않았어요. 뒤늦게 너무 넘겨짚었나 싶어 다시 연락해보고 싶어졌지만, 그땐 또 이틀 넘게 답장 안한 게 너무 미안해져서 연락을 못 하겠더라고요. 하루하루 지날수록 점점 더 어려워졌고, 결국 저도 모르게 자기 합리화를 하게 되지 뭐예요.

아, 원래 대학교에서 만난 친구 사이란 게 이런 정도지. 어쩌면 사실, 그렇게까지 친한 사이는 아니었을 거야. 애초에 그렇게 친했으면 연락이 끊어질 일도 없지 않았을까?

다들 그렇게 말하잖아요. 고향 친구도 아니고, 대학교 친구는 뭐… 아마 상대도 저를 그냥 스쳐 갈 인연들 중 하나 정도로만 생각했을 거예요. 그 연락도 분명 보험 권유가 맞았을 거라고요.

그게 벌써 4년 전이에요. 4년간 까맣게 잊어버렸는데, 결혼식 준비하면서 뜬금없이 수정이가 생각나지 뭐예요? '아, 맞아. 수정이가 축가를 약속했었는데' 하고 말이에요. 갑자기 그게 기억나면서 수정이가 너무 보고 싶은 거예요. 저는 솔직히 수정이 연락처가 있었기 때문에 연락해볼 수 있었어요. 근데 어떻게 그래요? 그렇잖아요. 10년 동안 연락 한번 없다가 갑자기 연락해서 하는 말이 '나 결혼해'라면 너무 속보이잖아요. 그럼 그냥 결혼한다고 말하지 말고 안부 전화만 해볼까도 싶었는데, 건너 건너 제 소식을 들었을 수도 있잖아요. 이건 아닌 거죠. 예전에 먼저 온 연락도 제가 무시했는데, 인제 와서 연락하기는 정말 아닌 거죠. 그냥 신경 쓰지 않기로 하고 일부러 축가도 다른 친구에게 부탁했는데… 근데 정말 희한하게 결혼식 전날 밤에 이렇게 수정이가 생각나네요? 다른 무엇도 아니고, 왜.

사실은, 왜인 줄 알아요. 후회하기 때문이죠. 그 문자에 답장을 해야 했는데. 전 영영 아무것도 모르게 되어버린 거예요. 그날 수정이가 정말 단지 저를 보고 싶어서 연락했던 것인지, 보험을 팔아먹기 위해서 연락했던 것인지를요.

네, 알아요. 분명 영업 때문이었겠죠. 근데 저는 시간을 되돌릴 수 있다면 꼭 그 문자에 답장했을 거예요. 왜냐면, 아닐 수도 있잖아요? 정말 순수하게 제가 보고 싶어서 전화했을 수도 있는 거잖아요. 아니면… 아아, 아. 저는 죽을 때까지 영원히 모르겠죠.

수정이와 저는 정말 친구가 맞았던 걸까요? 그 애에게 난 정말 친구였을까요?

"음…."

그때 그 문자에 답장해야 했어요 정말.

"아뇨 그럼 말이에요, 지금이라도 연락해보시는 거 어떠세요?"

네? 수정이에게요? 어떻게 그래요.

"반가워하실 수도 있지 않을까요?"

말도 안 돼요! 연락 안 하고 산 지가 벌써 10년이에요. 걔는 잘 기억도 못 할 거예요. 결혼식 청첩장 때문에 전화했냐고 어이없어할 거라고요.

"그건 모르는 일이죠. 정말 순수하게 반가워하실 수도 있죠."

그게… 정말 그럴까요? 연락해봐도 될까요?

"그럼요. 사실은요, 제가 그분을 찾아가봤어요."

뭐라고요?

"제가 찾아가서 여쭤봤어요. 혹시 김주연 씨를 아시느냐고요."

세상에!

"그분이 뭐라고 하셨을 것 같아요? 그분이 그러셨어요. '그럼, 당연히 기억하지. 내 젊을 적 가장 친한 친구인데'라고요."

아 아아 아아 아아…! 정말, 정말.

"아유, 울지 마셔요. 그분께서 너무 반가워하셨어요. 얼마나 반가워하셨는지 아세요? 제가 혹시 와주실 수 있냐고 했더니, 한달음에 오시겠다고 하셨다니까요. 보세요."

"주연아!"

아!

"주연아! 주연아 나야! 장수정이! 얼마나 보고 싶었는데! 아이고, 아이고! 내 친구 주연아!"

아아 수정아! 내 친구야. 내 친구야, 내 친구야.

"그래 친구야! 내 친구야!"

"그럼요. 두 분은 친구고말고요. 어느 누가 치매에 걸려서도 40년 전 보내지 못했던 문자를 기억하고 있겠어요? 어느 누가 40년 전 친구를 잊지 않고 한달음에 달려오겠어요? 할머니 두 분은 정말 세상에서 가장 멋진 친구예요."

인생의 조언

비지찌개 6,000원. 청국장 6,000원. 수육 9,000원. 소주 5,000원. 테이블 다섯 개의 작은 노포. 그곳에 주머니 사정 뻔한 아저씨들이 왁자지껄 퇴근길을 지체하고 있다. 야구 얘기, 정치 얘기, 회사 욕. 각 테이블의 대화가 모두 다르지만 그 톤은 노포의 색으로, 참 똑같다. 비슷하게 언성을 높이고, 웃고, 술잔을 털어낸다.

두 중년 남성이 벽면에 붙은 비좁은 테이블에 앉아 소주 한 병 추가를 두고 실랑이 중이다. 유독 큰 코가 빨갛게 익은 남자가 손을 뻗어 주인장을 부르려 하고, 이마에 달라붙는 얇은 머리카락을 자꾸 뒤로 넘기는 배 나온 남자가 말리며 한 손의 소주잔을 앞으로 계속 들어 보인다.

"아이 많이 먹었어, 막잔 하자고 막잔."

"아, 한 병만 더 하자니까. 일찍 들어가서 뭐 하려고 자꾸 막잔이래. 한 병만 더 하고 가!"

"아 됐어 됐어, 그만하고. 나 이거나 좀 도와줘."

배 나온 남자가 말을 돌리며 핸드폰을 꺼낸다. 빨간 코 남자가 가게 주인장에게 손을 뻗으면서도 핸드폰을 바라보자, 배 나온 남자가 얼른 말한다.

"봐. 우리 아들 대학교 과제로 뭘 만들어야 한다는데, 내가 글쎄 뭐라고 해야 할지 모르겠네. 그래도 넌 대학 나왔으니까 좀 봐봐."

"뭘 뭐라고 해?"

"아들이 뭐 입간판 같은 거 디자인해야 한다는데, 지 아는 사람들한테 인생의 조언 한 줄씩 부탁해서 넣을 거란다. 나한테도 하나만 보내달라는데, 뭐라고 보내지?"

빨간 코 남자가 주인장에게 뻗던 손을 내리며 묻는다.

"그게 뭔데? 뭐 명언을 해달라는 거야 뭐야?"

"아니, 걔가 하는 말이, 아빠가 인생 선배로서 나한테 해주고 싶은 말이 있으면 한 줄만 말해달라고 하더라고. 이런 게 처음이라 뭐라고 해야 할지 모르겠네."

"흠."

잠깐 생각해보던 빨간 코 남자가 말한다.

"그냥 공부 열심히 하라고 보내."

"아 좀 잘 생각 좀 해봐봐."

"뭘, 공부 잘하면 최고지 자식이."

"아이, 공부는 이미 열심히 하고 있어! 내가 학원도 제대로 못 보내줬는데 대학까지 들어간 거면 진짜 열심히 한 거지, 여기서 뭘 더 어떻게 열심히 하냐? 우리 아들은 다 잘하고 있어. 그러니까 딴것 없냐? 너 인마, 만약에 내일 죽는다 치면 아빠로서 네 딸래미한테 이렇게 살라고 해줄 말 없어?"

"이 자식은 재수 없게."

"그냥 그렇다 치고 뭐 없냐고. 한 줄만 말할 수 있다면."

빨간 코 남자는 팔짱을 끼고 좀 더 긴 생각에 잠긴다. 배 나온 남자가 말한다.

"좀 도와줘라. 내가 쪽팔려서 그런다. 걔가 조언해달라고 한 사람들 보니까 죄다 대학교수에 유명 작가들이던데, 얼마나 대단하겠냐. 거기 껴서 난 뭐 아무것도 아니잖아."

"뭐가 아무것도 아니야 아빠지."

"아이 딴은. 나도 내가 아빤데, 욕심 같아서는 내가 해준 말이 거기서 가장 멋진 말이었으면 좋겠지! 근데 내 수준이 안 되고 머리가 안 돌아가는 걸 어쩌냐. 그래도 노력은 해봤는데, 봐봐."

배 나온 남자는 스마트폰 화면을 보여준다.

"내가 계속 생각해서 이렇게 보내려다가 말았거든? 어때?"

'지키지 못할 약속은 하지 말고 항상 말을 아껴라. 그게 성공의 지름길이다.'

배 나온 남자가 평가를 바라는 듯 보고, 글귀를 확인한 빨간 코 남자가 짧고 단호하게 고갤 젖는다.

"아이, 아니지."

"왜?"

"너 괜히 멋있어 보이려고 어디서 주워들은 거 다 티 나 인마. 그리고 좀 잔소리처럼 보이잖냐."

"그런가? 그럼 뭐라고?"

빨간 코 남자가 팔짱을 풀며 말한다.

"네 아들이 이제 스물하나였나? 그 나이에는 역시 꿈을 좇아서 살라는 말 같은 게 좋지 않나?"

"아이 자식이 식상하게."

"식상해도 인마 그게 무난하지."

"교수랑 작가들 사이에 껴서 그 말이 참이나 멋지겠다, 짜샤."

"큥."

빨간 코 남자가 할 말이 없다는 듯 더 생각해보는 자세를 한다. 배 나온 남자도 고민에 잠기는데, 답은 안 나온다. 안 되겠다 싶은지 배 나온 남자가 고갤 내려 핸드폰을 본다.

"아이 됐다. 그냥 이렇게 보내고 치우련다."

"그거 별로래도?"

"됐어! 어차피 걔도 아빠한테 별로 기대 안 할 거다. 그냥 구색 갖추기로 물어본 거겠지. 가방끈도 짧은 아빠의 조언에 개가 뭘 기대

했겠냐."

"아 자식이 말을."

빨간 코 남자의 인상이 찌푸려질 때 갑자기, 옆 테이블의 남자가 몸을 돌린다.

"실례지만, 제가 한마디만 해도 되겠습니까?"

잔뜩 취해 와이셔츠 단추를 두 개나 푼 중년 남성이다. 빨간 코 남자와 배 나온 남자가 뭔가 싶어 돌아보니, 그가 말한다.

"제가 들으려고 들은 건 아닌데, 듣다 보니까 말입니다, 저라면요, 이렇게 보내겠습니다."

갑작스러운 그의 행동을, 일행으로 보이는 뿔테 안경 남자가 말린다.

"이 자식이 취했네! 야! 야!"

"잠깐만, 잠깐만! 놔봐. 나도 대학생 아들이 있어요, 선생님."

"아 예."

와이셔츠 남자는 배 나온 남자에게 시선을 고정한 채 말한다.

"제가 살아보니까 인생에서 제일 중요한 게 사랑입니다. 결국 와이프밖에 남는 게 없어요. 우리 아들 인생에 하나만 조언한다면 전 이렇게 보내겠습니다. 네 인생을 걸 수 있는 사람을 만나 사랑하며 평생 살아라. 그게 인생 최고의 복이다."

배 나온 남자가 관심을 보이며 되묻는다.

"뭐라고요? 다시 한번 말씀해주시겠습니까?"

"네 인생을 걸 수 있는 사람을 찾아 평생 함께해라!"

크게 외쳐 선언하듯 말하는 와이셔츠 남자의 커다란 목소리가 노포 안에 울린다. 배 나온 남자가 그 말을 곱씹을 때, 뿔테 남자가 와이셔츠 남자의 팔을 친다.

"인마, 그건 아니지!"

"뭐가?"

빨간 코 남자와 배 나온 남자의 시선이 뿔테 남자에게 향한다. 뿔테 남자는 친구에게 말한다.

"요즘 너무 부담스럽지 그건."

"왜?"

"네 인생을 걸 수 있는 사람을 찾아 평생 함께하는 거? 그걸 그 나이에 어떻게 찾냐."

"뭘! 나도 해서 지금 이렇게 살고 있는데."

"그거야 지금 얘기지. 너 젊을 때 그때는? 사랑이 쉽든? 그게 항상 네 마음대로 되든?"

"마음대로는… 안 됐지."

"네가 인생을 걸어도 안 되는 사람이 있었고, 정말 찾았다고 생각했는데 아니었던 적도 있었잖아. 그 목표로 살다가 마음대로 안 되는 일에 자책하면 어쩔래. 사랑을 못 하는 게 죄도 아닌데."

와이셔츠 남자의 미간이 찌푸려진다. 과거를 돌아보면 친구의 말이 맞는다.

"그랬지. 참 마음대로 안 되지 사랑이."

"그러니까. 그건 안 돼."

"그럼 뭐라고?"

넌 뭐라고 할 거냐고 묻는 듯한 와이셔츠 남자의 시선에, 뿔테 남자가 배 나온 남자의 눈치를 본다. 배 나온 남자는 아주 똑똑해 보이는 그에게 바로 말한다.

"좀 도와주시죠. 괜찮습니다. 뭐라고 보내면 되겠습니까?"

"음… 사실 저도 제 아이에게 해주고 싶은 말은 있습니다."

"뭡니까?"

뿔테 남자가 평소 준비했던 것처럼 말한다.

"너무 꿈을 열심히 좇지 말라고요. 제가 살면서 꿈에 도전하는 사람들을 정말 많이 봤는데, 그들 대부분은 꿈을 포기했다고 말입니다. 근데 보면, 오히려 열심히 전력을 다하는 사람이 꿈을 포기하는 속도도 빨랐습니다. 내가 가진 전부를 꿈에 쏟아부으면 지칩니다. 어느새 그 꿈이 내게는 해결해야 할 문제가 되어버리고 맙니다. 이렇게 열심히 하는데도 이 문제가 왜 안 풀리나 싶고, 숙제처럼, 해야 할 일처럼만 느껴지죠. 저는 그래서 아이에게 절대 꿈에 10을 모두 쏟지 말고, 8 정도만 쏟으라고 할 겁니다. 나머지 2는 내가 그 꿈을 좋아했던 그 이유를 즐겨야 합니다. 남들이 너 지금 그렇게 놀아도 되냐고 말할 만큼, 그걸 즐겨야 하는 거죠. 그래야만 내가 내 꿈을 계속 좋아할 수 있고, 끝내 이루는 겁니다."

뿔테 남자의 긴말이 끝나자 와이셔츠 남자가 타박한다.

"무슨 연설 하냐? 뭐가 이리 길어! 한 줄이라는데."

"음… 좀 깁니까?"

뿔테 남자의 겸연쩍어하는 시선에, 배 나온 남자가 난감한 듯한 표정으로 대답을 대신한다. 순간, 갑작스럽게 걸걸한 목소리 하나가 끼어든다.

"그러니까 내가 죽기 전에 아이한테 해주고 싶은 조언을 보내야 한다는 거 아닙니까?"

짧은 수염이 단단해 보이는 거친 인상의 중년 남성이 의자째로 뒤돌아 앉으며 한 그 말에, 배 나온 남자는 상황이 이상하게 흘러간다 싶으면서도 답한다.

"아니 뭐 꼭 죽기 전이라는 건 아닌데… 그래도 뭐가 있습니까?"

"나는요, 내 딸에게 꼭 하고 싶은 말이 있습니다. 내가 아직 못 했는데, 꼭 해주고 싶은 말이 있다니까요?"

다소 흥분한 듯한 수염 남자의 눈이 충혈된다. 그는 마치 앞에 딸이 있는 것처럼 말한다. 그의 일행들이 왜 그러냐고 하지만, 그는 아랑곳없다.

"사랑하는 딸아. 내 딸아. 아빠는 네 구석 중 마음에 안 드는 구석이 하나도 없다. 진짜다. 남들이 하는 말은 가짜다. 아빠가 하는 말이 진짜다. 너는 정말 하나부터 열까지 만점이다. 근데 아빠가 그렇다고 네가 세상 모두의 눈에도 그럴 순 없다. 너뿐만이 아니라 모두가 그렇다. 모두를 만족시키려고 애쓰다가 인생을 허비하지 마라. 너는 세상에서 제일 소중한 존재지만 모두에게 그럴 필요는 없다."

수염 남자의 눈시울이 붉다. 그의 테이블에 있던 일행이 그를 끌어당기며 사과한다.

"아이고 죄송합니다. 이 친구 딸이 최근에… 좀 안 좋아요. 이해하세요."

"아유. 아닙니다. 좋은 말씀 해주셨는데."

배 나온 남자가 손을 내젓는다. 그러자 또 술에 취한 다른 남자가 술김이라며 끼어든다.

"제가 한마디 해도 되겠습니까?"

"아?"

"조용필이가 그랬습니다. 실패와 고뇌의 해답이 사랑이라면, 나는 이 세상 모든 것들을 사랑하겠네."

"이 세상 모든 것들을 사랑하겠네?"

배 나온 남자가 솔깃해한다. 조용필을 말한 앞니 큰 중년 남자가 강하게 주장한다.

"저도 중학생 아들이 있는데, 아들이 크면 꼭 해주고 싶은 말이 그겁니다. 살아보니까 인생에서 실패와 고뇌는 어차피 비껴갈 수 없다. 이겨낼 방법은 사랑뿐이다. 그러니까 너는 이 세상 모든 것들을 사랑하라고. 우리 애가 아직은 어려서 이 말을 이해 못 하겠지만, 나중에는 다 알아들을 겁니다."

"아아."

그 말이 끝나자마자 그 남자의 일행 중 하나가, 아무도 묻지 않은 말을 한다.

"난 우리 애들한테 해주고 싶은 조언이 뭔 줄 알아? 겁내지 말라고. 잘난 놈들도 어차피 다 옛날에는 기저귀에 똥 지렸던 놈들이라고. 걔들 별거 아니니까 겁내지 말라고 말해줄 거야."

"오 그거 나쁘지 않은데?"

"근데 난 말이지…."

여기저기서 목소리가 섞이기 시작한다. 어느 순간, 노포는 테이블 구분 없이 같은 이야기를 떠든다.

"근데 그냥 건강하라는 말이 최고 아닌가? 인생에 건강보다 중요한 게 뭐가 있어."

"어릴 땐 그런 말이 안 먹히지."

"난 미안하단 말밖에 해줄 말이 안 떠오르네."

"이 양반아, 안 미안한 사람이 어딨나."

최초의 테이블, 배 나온 남자와 빨간 코 남자는 어쩌다 이런 상황이 펼쳐졌나 싶다. 그 와중에 배 나온 남자의 마음을 잡아끄는 말이 있다.

"내가 해주고 싶은 말이야 많지. 근데 나 같은 사람이 하는 말이 딸내미 인생에 무슨 도움이 될까 싶은 거지."

내내 관망하던 배 나온 남자가 깊이 공감한다는 듯 그에게 말한다.

"제가 딱 그 마음입니다. 아들도 그냥 구색 갖추기로 부탁했을 거고. 사실 난, 아빠가 보낸 말 때문에 아들이 학교에서 창피할까 봐. 그게 걱정이지 난."

"아니 그건 좀? 아니 아니…."

그는 큰 목소리로 모두를 주목시킨다.

"자! 우리 좀 다들 머리를 맞대봅시다. 이분이 뭐라고 보내야 그 교수랑 작가들을 이길 수 있는지 생각을 좀 해봅시다!"

시끌시끌하게 떠들던 아저씨들은 배 나온 남자를 돕기 위해 모여든다. 배 나온 남자는 난감해한다.

"아이고, 아이고 뭘 그렇게까지. 아이고."

오늘 처음 만난 노포의 아저씨들이 한 아버지를 위해 필사적으로 머리를 쥐어짠다. 술에 취해 잘 안 돌아가는 머리지만, 최고의 한 줄을 완성하고자 애쓴다. 그들 집에 있는 아이들을 생각하면 저절로 그게 된다. 배 나온 남자는 그들의 말을 듣기만 해도 감이 오기 시작한다. 아버지들은 아이에게 하고 싶은 말이 너무 많다.

한 아버지는 이 세상이 얼마나 위험한지 끊임없이 경고하고 싶다. 한 아버지는 이 세상이 얼마나 사랑할 게 많은지 알려주고 싶다. 한 아버지는 어떤 인생이 성공한 인생인지 말해주고 싶다. 한 아버지는 그저 위로하고 싶다. 한 아버지는 삶을 살아가는 이유가 뭔지 설명해주고 싶다.

그들이 쏟아내는 말들에서, 배 나온 남자는 아들에게 무엇을 말해줘야 할지 드디어 깨닫는다. 그는 그걸 썼고, 사람들에게 보여주었다. 다들 괜찮은 것 같다고 하자, 그 인생의 조언을 아들에게 보낸다. 한숨을 내쉰 그는 가게 주인장을 돌아보며 소주 한 병을 주문한다. 빨간 코 남자가 웃는다.

"아깐 그만 먹고 들어가자며?"

"안 되겠다. 소주 한 병만 더 하자. 아유."

"으흐흐. 그게 뭐라고 인마, 떨리냐?"

배 나온 남자는 고개를 저었지만, 소주잔을 계속 들었다 놓았다 한다. 곧 가게 주인장이 가져온 소주를 받아 든 그때, 테이블에 올려둔 그의 핸드폰이 울린다. 아들이다. 배 나온 남자는 놀란 눈으로 핸드폰을 들고, 노포의 아저씨들도 눈치로 조용해진다.

"어어, 아들. 어어. 그래."

그의 통화를 많은 눈동자가 바라본다. 아버지가 보낸 조언에 아들은 어떻게 반응할까?

순간적으로 배 나온 남자의 눈이 커진다.

"아들 울어?"

아저씨들의 눈도 커진다.

"왜 울어. 어. 어. 그럼. 어어. 그럼 그럼. 어어 그래. 어."

배 나온 남자의 말은 몇 단어로 끝이었지만, 눈시울이 붉어진 그의 표정은 더없이 훈훈하다. 그는 마지막 말로 마무리한다.

"그래, 아빠도 사랑한다."

그 말에 노포 안의 표정들이 모두 비슷하게 변한다. 통화를 끝낸 배 나온 남자의 입에 미소가 걸려 있다. 그는 소주병을 치우며 정리한다.

"야 나 들어가봐야겠다."

"자식이, 소주를 시키지 말든가."

"아 다음에 또 먹고. 그만 정리하자."

배 나온 남자의 파하는 말에, 이번엔 빨간 코 남자도 쉽게 수긍한다. 두 사람이 테이블에서 일어나 노포를 떠난다. 그게 전염되듯 다른 테이블도 하나둘 정리된다.

"애들 귤이나 사 가야겠다."

"2차는 다음에 가자고."

노포를 떠나고, 떠나려는 아저씨들의 손에 핸드폰이 들려 있다. 곧 어딘가로 전화가 걸릴 핸드폰들이다. 배 나온 남자의 핸드폰도 화면을 빛내고 있다. 그가 아들에게 보낸 인생의 조언이 보인다.

[너를 위해 살아라. 그래도 괜찮다. 아빠도 너를 위해 사니까.]

내향적인 홍이

우리가 하는 일이 정확히 뭔지 알아? 상담사? 고객들의 문의를 들어주는 거? 웃기고 있네! 회사 대신 욕먹는 게 우리 일이야. 솔직히 회사에서도 다 알아. 욕값으로 월급 주는 거잖아. 아니, 그럼 월급이라도 많이 줘야지 왜 제일 쥐꼬리냐고! 아유 정말 염병! 이 일을 하다 보면 성격 안 버릴 수가 없어. 처음엔 천사 같은 애들도 몇 달만 지나면 다 내 꼴 난다니까? 딱 하나, 홍이만 빼고.

홍이는 애가 참 순해. 진상 전화를 받아도 화내는 걸 못 봤어. 그걸 어떻게 참느냐고 물어보면 뭐라는지 알아? "그냥 그런가 보다 해요" 이러고 말아. 난 그게 안 되어서 미치겠는데 정말.

태생적으로 착한가 봐. 집에 아픈 어머니를 혼자 부양하거든 얘가? 일 끝나고 딴 데로 새는 걸 한 번도 못 봤다니까. 하루는 내가 홍이한테 물은 적이 있지.

"여기서 일하는 너나 나나 재미없는 인생인 건 매한가지라지만, 물어보자. 넌 무슨 재미로 사니? 남자도 안 만나고, 사치도 안 하고, 맨날 집에만 있고. 난 정말 사는 게 지겨워 죽겠거든? 넌 무슨 재미로 살아?"

홍이는 웃으며 그랬지.

"그냥 사는 거죠 뭐."

"그냥 사는 거 누가 모르니? 다들 그냥 살지. 내 말은, 뭐 취미 같은 거라도 없느냐 말이야. 난 한 달에 한 번 백화점에서 쇼핑하는 거로 그나마 숨통 좀 트고 사는데, 넌 그런 거 없어? 없는데 어쩜 그렇게 힘든 거 하나 없어 보여?"

"사실은요, 저도 사치하는 거 하나 있어요."

"뭐? 네가? 뭔데?"

"쿠폰을 수집해요."

"쿠폰? 열 장 모으면 뭐 주는, 그런 쿠폰을 수집한다고? 우표 수집 같은 거야 그거?"

"아뇨. 그런 거 말고요."

"그럼 뭔데?"

말할까 말까 망설이던 홍이가 고백한 건 정말 이상한 이야기였어.

"평생 딱 한 번 쓸 수 있는 쿠폰을 파는 곳이 있거든요. 한 달에 한 번 쿠폰을 하나씩 사서 모으는 게 제 취미예요."

"그게 뭐야?"

"이런 쿠폰이에요."

홍이가 보여준 쿠폰에는 이런 글이 쓰여 있었어.

[평생 딱 한 번, 버스 정류장이 아닌 곳에서 버스를 세울 수 있는 쿠폰]

이게 뭔가 싶었지. 근데 홍이는 진지하게 말하는 거야.

"이걸 쓰면요, 버스 탈 때 어디서든 제가 원하는 곳에서 내릴 수 있어요. 아니면, 정류장이 아닌 곳에서 버스를 탈 수도 있고요."

"그게 뭐야? 어떻게?"

"그냥 쓰면 저절로 그렇게 돼요. 그런 쿠폰이거든요. 신기하죠?"

진지하게 말하는 홍이를 보니 걱정이 되더라고. 이 순진한 애가 어디서 사기라도 당한 건가 싶어서 말이야.

"너 그거 돈 주고 샀니? 설마?"

"네."

"세상에! 얼마? 얼만데?"

"그냥, 한 달에 딱 한 번 사치할 만큼이요. 비싸진 않아요. 괜찮아요."

나는 말리고 싶었지만, 홍이는 그 쿠폰을 진짜 믿는 것 같더라고. 말릴 수가 없었지. 게다가 나중에 생각해보니까, 그게 홍이의 유일한 사치라면 그냥 두는 게 나을 거란 생각도 들더라고. 불쌍한 그 애 인생에서 그게 유일한 위안이 된다면 말이야. 어떤 사람들은 우표 따위도 비싸게 사서 모으잖아?

　생각을 달리한 다음부터는 홍이의 기분을 맞춰줬지. 내게 여러 쿠폰을 보여주면서 자랑하는데, 즐거운 것 같아서 보기 좋더라고. 근데 홍이가 내보인 쿠폰들 내용은 뭐라고 할까, 참 홍이를 닮았더라고. 소소해.

　[평생 딱 한 번, 비 오는 날 누가 우산 씌워주는 쿠폰]

　[평생 딱 한 번, 지나가던 오토바이 세워서 목적지까지 타고 갈 수 있는 쿠폰]

　[평생 딱 한 번, 살에 가시 박힌 거 한 번에 빼는 쿠폰]

　[평생 딱 한 번, 꽉 찬 주차장에 바로 자리 나는 쿠폰]

　[평생 딱 한 번, 유명인이 멈춰 서 함께 사진 찍어주는 쿠폰]

　참 사소하지만, 나름대로 재미있어 보이잖아? 그래서 홍이에게 쿠폰 써봤냐고 물어봤더니, 대답도 참 홍이답더라.

　"아까워서 못 써요. 평생 딱 한 번이니까 쓸 수가 없더라고요. 전에는 버스에서 정말 급하게 소변이 마려워서 쓸까 말까 고민했는데, 결국 끝까지 참았다니까요."

　쓰지도 않을 걸 뭐 하러 모으냐는 말이 목구멍까지 올라왔지만, 참았어. 홍이가 그랬거든.

　"근데 안 써도, 이런 쿠폰을 가지고 있는 것만으로도 마음이 든든해요. '내가 마음만 먹으면 확!' 하고요."

　그 말을 하는 홍이의 표정은 정말 행복해 보였어. 사실, 걔 인생에서 행복한 일이 몇 개나 되겠어? 어머니 병원비 때문에 저번 달에도 월급 가불한 것 같더니만. 쯧. 저런 쿠폰들이나마 마음의 안식이 된다면 홍이에게는 좋은 일이지.

나는 쿠폰에 관해서 더 왈가왈부하진 않았지만, 한 달에 한 번 홍이가 사치를 부린 다음 날이면 쿠폰 이야기를 들을 수 있었어. 유일하게 쿠폰 얘기를 털어놓을 수 있는 사람이 나였거든.

"어제 가게에서 쿠폰 두 개를 놓고 고민했거든요? '평생 딱 한 번, 다 쓴 건전지 며칠 더 가는 쿠폰'이랑 '평생 딱 한 번, 원하는 고양이 쓰다듬을 수 있는 쿠폰'이요. 언니라면 뭘 고르셨을 것 같으세요?"

"음. 건전지?"

"그렇죠? 저도 그거 샀어요. 가끔 그럴 때 있잖아요, 리모컨 건전지 다 떨어졌는데 나가기 싫을 때!"

내게 이런 이야기를 하는 홍이의 얼굴은 행복해 보였고, 그걸로 됐다 했지. 난 홍이처럼 착한 아이가 더 행복해져야 한다고 생각하거든. 근데 하늘의 생각은 좀 다른가 봐. 홍이 어머니가 돌아가신 거야.

정신머리가 나간 부장은 이제 홍이 씨도 자기 인생 살 때가 된 거라고 위로하는데, 그게 말이야 방구야?

난 너무 걱정되더라고. 남들 눈에 짐처럼 보여도, 그게 살아갈 이유일 수도 있는 거잖아? 난 얘가 이제 무슨 재미로 살까 걱정했는데, 있더라고.

"언니, 저 이제 쿠폰 사러 한 달에 두 번 가요."

웃으며 그렇게 말해주는데, 참 다행이다 싶었지. 근데 나처럼 다들 홍이 걱정을 많이 했나 봐. 그래서 홍이는 걱정하지 말라는 뜻으로 쿠폰 이야기를 모두에게 했나 봐. 그게 좀 이상해도, 다들 내가 그랬던 것처럼 좋게 말하며 호응해줬겠지. 그거라도 있어서 홍이가 견디면 좋은 거니까. 그런데 1년 정도 지나니, 슬슬 그 이상한 쿠폰에 대해서 한마디씩 거드는 거지. 이해는 해. 홍이처럼 조용한 아이에게 말을 걸 만한 소재가 몇 가지 없을 테니까, 가장 먼저 생각나는 게 쿠폰 이야기였겠지. 근데 그것도 보는 사람마다 그러면 얼마나 스트레스겠어? 그게 그냥 이야기면 또 몰라, 다 결국엔 한 가지 충고로 귀결되잖아.

"쿠폰을 왜 그렇게 아끼는 거야 홍이 씨, 그냥 써보지 그래?"

"저번에 비 오는 날에 그냥 비 맞았다며? 왜 안 썼어? 아까워서 그래? 그럼 뭣 하러 산 거야!"

"도대체 언제 쓰려고 그렇게 아끼는 거래? 옛말에 아끼면 똥 된다는 말이 있어. 틀린 말 아니야 그거."

사람들은 다 홍이가 쿠폰을 아끼고 안 쓰는 게 답답했나 봐. 그럴 때마다 홍이는 언젠간 꼭 필요할 때 쓸 거라고 말했는데, 그럼 또 그러지.

"내가 보기에 홍이 씨 같은 성격은 평생 아까워서 못 쓸걸? 그게 바로 궁상이야. 그 성격 좀 고쳐. 다른 젊은 애들처럼 즐기면서 좀 살아봐."

아끼지 말고 써, 아끼지 말고 써, 아끼지 말고 써. 과연 그 말을 한두 사람이 했을까? 만나면 인사 대신 '아직도 안 썼어?'라는 물음을 한두 사람이 했을까?

그래서 어제, 홍이는 사람들의 말대로 쿠폰을 썼어. '평생 딱 한 번, 고통 없이 행복하게 죽을 수 있는 쿠폰'을 말이야.

홍이의 죽음에 대해 그 사람들을 원망하고 싶지는 않아. 그들의 눈에는 홍이가 괜찮아 보였을 수도 있으니까. 어머니의 죽음도 다 극복하고 잘 살고 있는 걸로 보였을 수도 있으니까. 나는 그저, 그 쿠폰이 정말이었으면 믿고 싶을 뿐이야. 그래서 홍이가 고통 없이 행복하게 떠났기를.

그래서 난 지금 홍이가 내게 유산처럼 남기고 간 쿠폰 중 하나를 써보려고 해. 그럼 알 수 있을 테니까. '평생 딱 한 번, 좋아하는 작가의 소설에 등장할 수 있는 쿠폰'이 부디 진짜였으면….

인생 박물관

"휴관일이라고?"

민서는 크게 실망했다. 충동적으로 찾아가본 박물관이 휴관이라니. 두근거리던 마음이 팍 식어버렸다.

아쉽게 발걸음을 돌린 그 순간, 벤치에 앉아 있던 웬 노인이 그녀를 불러 세웠다.

"어이! 거기 학생!"

"네?"

"박물관 구경하려고?"

"아, 네….'

움찔 놀란 민서는 노인을 경계하며 조심스럽게 대답했다. 노인은 웃으며 말했다.

"문 닫아서 어떡해. 내가 더 좋은 박물관 소개해줄까? 학생 같은데, 그 나이에만 들어가볼 수 있는 박물관이거든."

"아, 아니요. 괜찮아요."

민서는 정중히 사양하고 떠나려 했지만, 노인은 끈질기게 권유했다.

"괜찮기는! 그거 알아? 이 우주 어딘가에는 모든 게 기록되어 있다는 거. 과거, 현재, 심지어 미래까지도. 그 박물관으로 가는 방법을 알려줄게. 먼저, 집에 가서 자기 전에 하얀 종이를 꺼내."

"네?"

"하얀 종이에 빨간 펜으로 이렇게 쓰는 거야. '모모 박물관 입장권. 모년 모월 모일 모시.' 여기서 박물관 앞에는 네 이름, 날짜는 당일 날짜, 시각은 네가 잠들 것 같은 시각을 쓰면 돼. 중요한 건 절대 날짜를 착각해서 적으면 안 된다는 거야! 알았지?"

"네? 뭐라고요?"

"그렇게 입장권을 다 적었으면, 베개 밑에 넣어두고 자. 그럼 꿈속에서 그 신비한 박물관에 들어갈 수 있어. 박물관 안에서 가장 중요한 건, 정숙해야 한다는 것. 기본이지. 떠들다가는 쫓겨나는 수가 있어! 알겠어?"

민서는 전혀 이해되지 않았지만 노인은 같은 말을 반복했다.

"멍하게 있기는! 외웠어? 못 외웠지? 다시 말해줄 테니까 잘 듣고 따라 해."

민서는 벼쓰듯이 그 내용을 외워야만 했다. 거듭 확인을 마친 노인은 그녀가 떠날 때까지 손을 흔들며 부추겼다.

"가보면 후회 없을 거야! 재밌는 박물관이니까 꼭 해봐!"

집에 돌아온 민서는 그 노인의 말을 떠올렸다. 신기한 이야기라 호기심이 발동했다.

"티켓을 베개 밑에 넣어두고 자면, 꿈속에서 박물관에 갈 수 있다고?"

그날 밤, 민서는 재미 삼아 흰 종이에 빨간 펜을 놀렸다.

「김민서 박물관 입장권. 2023년 8월 26일 새벽 1시.」

민서는 큰 기대 없이 작성한 쪽지를 베개 밑에 넣었다. 그러고는 얼마간 휴대전화를 보다가 잠이 들었다.

◆ ◆ ◆

안개가 잔뜩 낀 꿈속. 민서가 눈을 뜨니 웅장한 크기의 박물관 건물 앞이다.

"대박! 진짜 박물관이라고? 지금 꿈속에서 박물관에 온 거야?"

박물관 입구 계단을 뛰어 올라간 민서는 거대한 문 앞에 섰다. 무거워 보이는 문을 양팔로 있는 힘껏 밀었지만, 걱정이 무색하게 미끄러지듯 열렸다.

"우와!"

내부를 들여다본 민서는 감탄했다. 길게 이어진 회랑의 바닥과 벽, 천장은 예술품들로 가득했다. 특히 눈길을 끄는 것은 커다란 동상이었다. 회랑의 앞에서부터 뒤까지 넓은 간격을 두고 하나씩 전시되어 있었는데, 비현실적인 공간에서 유일하게 현실의 색감을 띠고 있었다.

민서는 조심스럽게 내부로 들어섰고, 첫 번째 동상 앞에 멈췄다. 첫 번째 동상은 갓난아기가 보에 싸여 우는 형상이었는데, 그 발판에 적힌 제목은 이러했다.

〈김민서 태어나다〉.

"어? 이게 나야?"

우는 아이의 모습은 정말로 생생했다. 기억에도 없는 본인의 모습을 보며 신기해하던 민서는 다음 동상으로 걸었다. 스무 걸음 정도 걷자 두 번째 동상이 나타났다.

두 번째 동상은 아이스크림콘을 옷에 떨어뜨리고 울고 있는 아이의 모습이었다.

〈하늘이 무너지는 절망〉.

그게 뭐라고 하늘이 무너지는 절망이라니? 제목을 본 민서는 속으로 실소를 터트렸다. 그녀는 다음 동상을 보기 위해 연거푸 이동했다.

어린 민서가 공을 던지는 듯 보이는 〈힘내라 힘〉 동상, 급식실에서 식판을 쏟아 놀란 표정이 인상적인 〈선생님 죄송합니다〉 동상은 그녀의 추억을 되살려주었다. 그런데, 그다음 동상에서 비명을 내지를 수밖에 없었다.

"엄마야!"

그녀가 팔에 피를 철철 흘리며 울고 있지 않은가.

〈어긋난 마음〉.

실제로 흐르는 듯 생생한 핏물에 놀란 그 순간, 민서의 몸이 박물관 입구로 당겨졌다.

"어엇! 왜 이래? 아! 떠들면 안 된다고 했지…."

저항할 수 없는 인력에 허우적거리던 민서는 문밖으로 쫓겨난 그 순간 정신을 잃었다.

이른 아침, 잠에서 깬 민서는 간밤의 꿈을 떠올렸다. 팔에 피를 철철 흘리던 〈어긋난 마음〉이라는 동상. 설마 그게 자신의 미래일까?

"으으으. 소름 끼쳐. 〈어긋난 마음〉이 대체 뭔데?"

민서는 몸서리치며 괜스레 팔을 쓰다듬었다.

◆ ◆ ◆

중학교 점심시간, 한차례 비명이 지나간 교실은 난리였다. 주저앉아 울고 있는 민서의 한쪽 팔에서는 피가 철철 흐르고 있었다. 그녀의 곁에 커터칼을 든 남자아이 하나가 새하얗게 질린 채 서 있었다.

"미… 미안해! 난 그냥 장난친 건데, 네가 진짜 일어날 줄 모르고. 정말 미안해."

민서는 엄마를 부르며 서럽게 울기만 했다. 곧 그녀는 조퇴 후 병원으로 이동되었다. 치료에 들어가면서 조금 진정하게 된 그녀는 소란스러운 가족들 사이에서 딴생각에 빠졌다. 꿈속에서 본 박물관 동상이 미래를 예지했다고 말이다. 정말 노인의 말대로 그 박물관 안에는 나의 과거와 현재와 미래가 다 전시되어 있는 걸까?

며칠 뒤, 민서는 다시 한번 박물관 입장권을 작성하고 잠들었다. 「김민서 박물관 입장권. 2023년 8월 31일 새벽 1시」.

꿈속 박물관에 들어선 민서는 어릴 적 동상들을 지나 〈어긋난 마음〉 앞에 멈춰 섰다. 잠시 인상을 찌푸린 그녀는 다음 동상으로 이동했다. 조금씩 성장한 미래의 자신을 보는 건 몹시 신기한 경험이었다. 다양한 형상과 제목은 호기심을 크게 자극했다. 그렇게 몇 가지 동상을 살펴보던 그녀는 한 동상 앞에서 두 눈을 부릅뜨며 기겁했다. 주저앉아 통곡하고 있는 그 동상의 제목은 이러했다.

〈부모님의 죽음〉.

보자마자 비명을 질러버린 민서는 또 박물관의 인력에 끌려갔고, 눈 깜짝할 새 밖으로 내동댕이쳐지며 정신을 잃었다.

잠에서 깨어난 민서는 새파랗게 질린 얼굴로 입술을 떨었다. 부모님이 죽는다니? 게다가 동상의 본인은 너무 젊어 보였다. 20대

초반으로 보였는데, 그럼 불과 몇 년 뒤에 부모님이 죽는다는 소리일까?

"아, 안 돼…!"

민서는 받아들일 수도, 믿을 수도 없었다. 자신이 동상을 잘못 봤기를 바라며 그날 밤 다시 티켓을 썼다.

「김민서 박물관 입장권. 2023년 9월 1일 새벽 1시.」

조바심에 너무 일찍 침대에 누운 탓일까. 민서가 잠에 빠진 날은 자정이 지나지 않은 8월 31일이었다.

안개 낀 꿈속에서 눈을 뜨자, 그녀의 앞에는 이미 문이 열린 박물관이 보였다.

"어…?"

가만히 귀를 기울이니 안에서 뭔가 분주하게 움직이는 잡음이 들려왔다. 조심스럽게 계단을 올라간 민서는 박물관 내부에 무엇인가가 움직이는 걸 보고 급히 몸을 숨겼다.

'저게 뭐야?'

혼란스러워하는 그녀의 눈에 비친 그것은 태어나서 한 번도 본 적 없는 이족보행 생물체였다. 스테인리스강으로 만들어진 사람이 있다면 저런 모습일까?

그들은 분주하게 박물관을 구석구석 깨끗하게 청소하고 있었다. 조용히 지켜보던 민서는 한 장면을 유심히 관찰했다. 그것이 리모컨 버튼을 누르자, 그 앞에 있던 그녀의 동상이 감쪽같이 사라지는 광경이었다. 밑바닥을 쓸고 닦은 뒤, 버튼을 누르자 동상이 다시 돌아왔다.

'정말 꼼꼼하게 청소하네….'

이상하게 생긴 그들이 무서웠던 민서는 박물관에 들어갈 엄두도 못 내고, 어느 순간 정신을 잃었다.

아침에 일어난 민서는 베개 밑에 넣어둔 티켓을 보며 미간을 찌푸렸다. 어젯밤의 그건 뭐였을까? 그 할아버지에게 물어보면 알까?

민서는 학교를 마치자마자 노인을 찾아 나섰고, 같은 장소에서 노인을 발견하고 달렸다.

"할아버지!"

"어어 그래. 너구나."

"제가 박물관에 들어갔거든요? 그런데요…."

민서는 자신이 겪은 모든 걸 노인에게 털어놓은 뒤 간절하게 부탁했다.

"근데 그 동상의 제목이 〈부모님의 죽음〉이었어요. 그게 정해진 거예요? 미래를 바꿀 수 없는 거예요? 제발 도와주세요!"

"흠. 그래, 방법이 영 없는 건 아니지. 네가 날짜를 잘못 적어서 본 그것들 있잖아. 그것들은 박물관을 관리하는 종족이야. 깨끗하게 정리하고 개관하기 전에 들어오면 화내는 놈들이니까 조심해야 하는데…. 걔들이 리모컨 같은 걸 하나 가지고 있어."

"아! 봤어요!"

"네가 만약 그 리모컨으로 그 동상을 지우고 빠져나오면, 박물관을 치우던 그것들은 비어 있는 공간을 보고 혼란에 빠질 거야. 발을 동동 구르다가 결국 새로운 동상으로 채워놓는 거지. 그럼 네 미래도 바뀌는 거고."

"정말요?"

"그래. 하지만, 그 리모컨을 어떻게 구할 건가? 그게 어렵지."

"정말 방법이 없어요? 네?"

"딱 하나 있는데 어려워. 그게 뭐냐면, 티켓을 두 장 써서 다른 사람과 함께 가는 거야. 넌 밖에서 기다리고 그 사람이 네 박물관에 들어가서 구경하다 보면, 네가 아니란 걸 눈치챈 그것들이 이상하다며 튀어나와. 그것들은 대혼란에 빠져서 제자리를 빙글빙글 돌고, 물건들을 집어 던지고 난리가 나겠지. 그 틈을 타서 리모컨을 주워 오는 거야."

"아!"

"그런 다음 너는 그 리모컨을 계단 아래에 숨겨놓고 꿈에서 깨면 돼. 다음에 방문할 때도 그 계단 밑에서 리모컨을 찾을 수 있을 거야. 그걸 가지고 들어가서 동상을 없애고 도망가면 돼."

"그렇군요!"

"근데 이 작업에는 한 가지 문제가 있어."

노인의 표정이 사뭇 진지했다.

"혼란에 빠진 그것들이 진정하고 문을 닫는 데까지 걸리는 시간이 고작 3분이라는 거지. 그 3분 안에 박물관을 빠져나오지 못하면…
영원히 그곳을 벗어날 수 없게 돼. 꿈에서 깨어나질 못하는 거지."

"아!"

"리모컨을 줍는 네 역할이야 쉽겠지만, 그것들이 곁에서 난리 치
는 미끼 역할은? 쉽지 않을걸. 그런 위험한 일을 누구에게 부탁하
겠어?"

민서의 표정이 심각해졌다. 그녀는 문득, 누군가의 얼굴이 떠올
랐다.

◆ ◆ ◆

"우성아, 내 부탁 하나 들어줄 수 있어?"

"어…? 그럼! 당연하지! 네가 원하는 부탁은 다 들어줄게. 내가
너한테 지은 죄가 정말…. 전부 말만 해."

민서는 〈어긋난 마음〉의 주인공인 김우성에게 부탁하기로 했다.
사실 우성이 짓궂은 장난을 치는 이유가 자신을 좋아해서란 건 공
공연한 비밀이었고, 커터칼 사건 이후 몹시 괴로워하던 것도 다 알
고 있었다.

"이 티켓을 베개 밑에 넣어놓고 잠들어줘. 꼭 여기 적힌 시간에 잠
들어야 해. 할 수 있어?"

"당연히 할 수 있지. 난 목숨도 걸 수 있어. 진짜 내 목숨."

"그, 그래. 고마워."

너무 심각한 우성의 모습에 민서는 조금 당황했지만, 진지하게 설명했다.

"아무튼, 그럼 넌 박물관 꿈을 꾸게 될 텐데, 안에 들어가서 구경을 좀 해. 그러다가 이상한 것들이 나오면 무서워하지 말고 얼른 밖으로 뛰쳐나와. 알았지? 3분 안에 도망쳐야 해."

"어어. 알았어. 무조건 그렇게 할게. 그것 말고 또 무엇이든 말만 해."

"으응. 그래."

민서는 그날 밤, 심호흡하고 잠자리에 들었다. 베개 밑에는 우성에게 준 티켓과 같은 티켓이 깔려 있었다.

「김민서 박물관 입장권. 2023년 9월 3일 새벽 1시.」

12시가 지나 잠이 든 순간, 민서는 박물관 앞에서 눈을 떴다.

"아! 뭐야?"

벌써 박물관의 문이 열려 있는 모습에 민서는 다급히 계단을 올랐다. 그 순간, 우성의 비명이 들려왔다.

"으아아악! 사, 살려주세요!"

'끼이익! 끼이익! 끼익 끼이익!'

문 너머 펼쳐진 풍경을 본 민서의 두 눈이 휘둥그레졌다. 이상한 존재들이 고장 난 로봇처럼 안절부절못하고 마구잡이로 물건들을 내던지고 있는 게 아닌가.

예상보다 살벌한 그 풍경에 얼어 있던 민서는 바닥에 떨어진 리모컨을 발견하곤 정신이 번쩍 들었다. 잽싸게 뛰어들어 리모컨을 가지고 박물관을 빠져나온 민서가 문밖에서 뒤돌아보니, 우성은 여전히 바닥에 엎드려 머리를 감싸고 있었다.

"우성아! 나와! 빨리!"

"으으…! 알겠어!"

몸을 일으킨 우성이 앞으로 구르다시피 내달렸다. 그 순간, 입구 근처에서 맴돌던 그것 중 하나가 문 쪽으로 다가왔다.

"아, 안 돼!"

민서는 얼른 리모컨을 숨겨 뒤로 물러났다. 그것은 문을 닫으려 했고, 깜짝 놀란 우성은 속도를 올렸다. 하지만 문이 닫히는 속도가 한발 빨랐다.

쾅!

"우성아!"

민서는 다급히 문을 두드렸지만, 문은 벽처럼 꿈쩍도 하지 않았다.

"여… 영원히 갇힌 거야?"

새하얗게 질린 얼굴로 어쩔 줄 몰라 하던 민서는 뒷걸음질 쳤다. 혼란도 잠시, 그녀는 손에 들린 리모컨을 자각하고 일단 계단 밑에 숨겼다. 곧, 정신이 아득해졌다.

...

침대에서 일어난 민서는 온몸을 바들바들 떨었다. 간밤에 본 우성의 모습이 잊히지 않았다.

"설마. 아니겠지?"

학교에 도착한 그녀는 우성이 등교하지 않은 걸 알고 낯빛이 변했다. 정말로 우성이가 내 꿈속에 갇혀버린 건가?

수업 시간 내내 불안에 떤 그녀는 우성의 상태를 알아볼 용기도 나지 않았다. 집에 도착해서야 불안정한 민서의 상태가 겨우 진정되었다.

"딸! 왔어?"

어머니를 본 민서는 본래의 목적을 떠올리며 각오를 다졌다. 절대 부모님이 죽게 내버려두지 않겠다고.

그날 밤, 민서는 다시 티켓을 썼다.

「김민서 박물관 입장권. 2023년 9월 4일 새벽 1시.」

잠에 빠진 민서는 꿈속 박물관에 도착하자마자 계단을 뒤졌다.

"있다!"

리모컨을 소매 속에 숨긴 그녀는 문 앞에서 크게 심호흡했다. 그녀는 조금 겁에 질려 있었다. 안에 우성이가 있을까? 어떻게 됐을까?

조심스럽게 문을 연 민서는 고요한 내부를 확인하고는 당황했다. 그 어디에도 어젯밤의 흔적 같은 건 남아 있지 않았다.

그녀는 입술을 깨문 채 천천히 안으로 진입했다. 여전히 전시되어 있는 본인의 어린 시절 동상들을 지나쳐 〈부모님의 죽음〉 동상 앞에 멈춰 섰다. 그녀는 조심스럽게 소매 속 버튼을 눌렀고, 동상이 감쪽같이 사라졌다.

두 눈이 커진 민서는 그대로 뒤돌아 샌걸음으로 박물관을 빠져나왔다.

"성공이야!"

기뻐하던 그녀는 계단 아래서 손에 든 리모컨을 보았다. 다시 리모컨을 계단 밑에 숨긴 뒤 잠에서 깨어났다.

· · ·

그다음 날, 민서는 우성이 또 등교하지 않았다는 사실에 벌벌 떨었다. 하교 후 곧바로 노인을 찾아갔다.

"할아버지! 박물관이요! 저를 도와주던 친구가 갇혔는데요!"

"뭐? 쯧. 그러게 내가 위험하다고 경고했잖아. 그 친구 지금 병원에서 의식불명 상태겠네."

"어떻게 방법이 없어요? 네? 그냥, 죽는 거예요 설마?"

금세라도 울 것 같은 민서를 보며, 노인은 운을 띄웠다.

"정 그렇다면 말이야."

"네, 네!"

"방법이 하나 있긴 있어. 그건 네 목숨을 걸어야 하는 방법인데, 괜찮겠어?"

"네? 제 목숨이요?"

"그 친구의 이름으로 티켓을 하나 써서 그 친구의 박물관에 들어가."

"아?"

"거기에는 녀석의 동상이 가득하겠지? 그것 중 박물관 안에 갇힌 모습을 한 녀석 동상이 보일 거야. 그걸 리모컨으로 없애면 없던 일이 되는 거지."

"아!"

"다만, 너도 알다시피 3분 안에 빠져나오지 못하면 똑같이 갇히게 되는 거야. 할 수 있겠어?"

민서는 움찔 놀라 쉽사리 대답하지 못했다. 할 수 있을까? 그날 보았던 그 무서운 난리 속에서 해내야 한다고?

그녀의 표정이 심각하게 굳었다.

◆ ◆ ◆

늦은 밤, 침대 맡에 앉은 민서는 손에 든 티켓을 들고 망설였다.

「김우성 박물관 입장권. 2023년 9월 5일 새벽 2시.」

고민하던 그녀는 티켓을 베개 밑에 넣고 누웠다. 오지 않는 잠을 청하던 그녀는 어느새 꿈속 박물관에서 깨어났다.

"아!"

근심이 가득한 표정의 민서는 먼저 계단 밑을 뒤졌다. 리모컨이 없었다.

"뭐야? 왜?"

그 순간, 그녀는 이곳이 우성의 박물관이라는 사실을 깨달았다. 그렇다는 건, 들어가서 리모컨부터 새로 찾아야 한다는 말 아닌가.

울상이 된 민서는 계단을 올라와 조심스럽게 우성 박물관의 문을 열었다. 본인의 박물관과 닮은 듯 다른 그곳은 웅장하고 고요했다. 망설이던 그녀는 용기 내 안으로 들어섰다. 걸음은 느렸고, 첫 번째 동상에서 더는 나아가지 못했다.

얼마 가지 않아, 벽과 천장, 바닥에서 그것들이 튀어나오기 시작했다.

'끼이익! 끼이익! 끼익 끼이익!'

"꺄악!"

그것들은 민서를 보고 고개를 갸웃하며 흔들어댔고, 제자리를 빙빙 돌고, 머리를 치며, 물건들을 마구잡이로 던졌다. 겁에 질린 민서는 냅다 박물관 밖으로 도망쳐 계단을 구르듯 내려갔다.

···

계획에 실패한 민서는 마음의 준비가 덜 되었음을 인정하고 심기일전했다. 무서워도 포기할 순 없었다. 이대로 우성이 죽는다면 평생을 죄책감에 시달릴 것 같았다. 그날 밤, 민서는 다시 김우성 박물관에 들어갔다.

"후우…."

문 앞에서 심호흡하고 내부로 들어간 그녀는 얼마 뒤, 그것들의 등장을 다시 마주했다.

'끼이익! 끼이익! 끼익 끼이익!'

"꺄악!"

민서는 비명을 지르는 와중에도 정신을 차려 리모컨이 어디에 떨어지는지 살폈다. 천만다행으로 출구 근처에 떨어진 리모컨을 발견한 그녀는 재빨리 주워 박물관 밖으로 무사히 빠져나갔다.

"하아…. 하아…."

긴장이 풀린 민서는 계단 밑에 리모컨을 숨겨놓고 까무룩 정신을 잃었다.

다음 날, 또다시 김우성 박물관에 도착한 민서는 리모컨을 들고 망설였다. 그녀는 이 일에 어마어마한 용기가 필요하단 걸 새삼 깨달았다. 박물관 안에 들어서면 1분도 안 되어 그것들이 튀어나와 발광했다. 그 야단을 뚫고 〈박물관에 갇힌 김우성〉 동상을 찾아야 한다고? 그걸 또 지우고 도망도 쳐야 한다고? 저 넓은 박물관을 3분 안에?

민서는 솔직히 자신이 없었다. 만약 그녀가 3분 안에 빠져나오지 못한다면, 영영 그 괴물 같은 것들과 갇히게 되겠지.

끝내 박물관 안으로 들어서지 못한 민서는 고개를 떨궜다.

"미안해 우성아⋯."

다음 날도, 그다음 날도 민서는 김우성 박물관에 들어갔다가 입구 근처에서 포기했다.

• • •

등교하지 않은 우성의 빈자리를 바라보며 민서의 죄책감은 점점 극에 달했다. 그러다 방과 후, 정말 감당할 수 없는 일이 일어났다. 선생님이 그녀를 따로 교무실에 부른 것이다.

"민서야. 우성이 부모님이 너를 찾는다고 연락해오셨구나. 혹시 너 우성이 소식 들었니?"

"네? 아, 아니요!"

"음. 그래. 우성이가 지금 병원에 입원 중이거든. 우성이 부모님이 네게 할 말이 있다며 지금 교문 앞에서 기다리고 계신다는데⋯. 어떻게, 한번 만나 뵙는 게 좋겠구나."

민서는 심장이 덜컥 내려앉았다. 왜 나를? 내가 저지른 짓을 알았나? 들켰나? 날 추궁하러 왔나?

그녀는 넋이 나갈 것만 같은 심정으로 우성의 부모님과 마주해야 했다.

"네가 민서구나."

"네에…."

겁에 질려 눈조차 마주치지 못하는 민서에게 그들은 말했다.

"아줌마 부탁 하나만 들어줄 수 있겠니?"

"네?"

"우리 우성이가 너를 많이 좋아했던 거 같아. 우성이 침대에서 이런 종이도 발견했거든. 네 이름이 들어간…."

티켓을 본 민서의 눈동자가 사정없이 떨렸다. 잘못을 들켰다는 생각에 머릿속이 새하얘졌다. 이어지는 말은 그녀의 예상과 달랐다.

"부탁이 있는데… 우리 우성이 병문안 한번 와주면 안 되겠니? 우리 우성이 옆에서 제발 힘내라고, 일어나달라고 한마디만 해주면 안 될까?"

"아…."

"네가 응원해주면… 우리 우성이도 힘내서 일어날지도 몰라. 응? 아줌마 부탁 좀 들어주면 안 될까?"

울먹이는 어머니를 본 민서는 아무 말도 할 수 없었다. 숨이 턱 막힐 정도로 가슴이 울렁거렸다.

차마 거절하지 못하고 따라나선 민서는 병원 침대 위에 죽은 듯이 잠들어 있는 우성을 보게 되었다.

뒤에서 지켜보는 우성의 부모님 눈치를 보며, 민서는 어설픈 모양새로 말했다.

"우성아 힘내⋯. 꼭 일어날 수 있을 거야. 힘내⋯. 내 목소리 들리지? 꼭 일어날 수 있어⋯. 힘내."

많은 걸 숨긴 그녀의 말에도, 우성의 부모님은 울먹였다. 자신을 향해 연신 고맙다고 말하는 그들의 모습에 민서는 가슴이 죄어들었다.

병원을 나서는 길, 민서의 표정은 심각했다. 집에 도착한 그녀는 단단히 각오한 얼굴로 김우성 박물관 티켓을 작성했다.

◆ ◆ ◆

"할 수 있어⋯. 할 수 있어⋯."

박물관 문 앞에서 몇 번을 다짐한 민서는, 문을 열어젖히자마자 전력을 다해 앞으로 뛰었다. 넓은 회랑, 어린 시절의 김우성 동상을 몇 개 지나칠 때쯤, 그들이 나타났다.

'끼이이익! 끼익! 끽! 끼이익!'

민서는 겁에 질린 와중에도 앞으로 달리는 것을 멈추지 않았다.

이윽고, 멀리서 서서히 시야에 들어오는 동상을 보고 눈이 커졌다.

"저거다…!"

〈박물관에 갇힌 김우성〉.

겁에 질려 우는 모양의 그 동상 앞으로 달려간 민서는 얼른 리모 컨을 눌렀다. '팟!' 동상이 사라지는 걸 보자마자, 그녀는 뒤돌아 뛰 었다.

"으아아!"

야단법석인 그것들을 피해 달리는 건 어려웠다. 저 멀리, 입구에 서 그것 중 하나가 문을 닫는 모습이 보였다.

"아, 안 돼!"

민서가 전력을 다해서 뛰었지만, 어림도 없었다. 거대한 문은 그 녀가 도착하기도 전에 닫혀버렸다. 몸을 날려 문에 부딪뜨렸지만, 벽처럼 꼼짝도 하지 않았다.

"안 돼! 안 돼! 열어줘! 열어! 열어줘!"

울며불며 비명을 지르던 민서는 곧 깨달았다. 아무런 소리도 들 려오지 않고 있음을.

뒤를 돌아본 민서는 박물관이 적막해졌다는 걸 확인했다. 그렇게 요란하던 그것들이 모두 사라졌다.

"나, 나와! 나와서 문 열어! 문 열어줘!"

민서가 비명을 지르며 뛰어다녀도, 아무런 반응이 없었다. 아무도 없는 고요한 박물관 안, 그곳에 오직 그녀만이 홀로 남았다. 영원히.

•••

하루가 지났을까? 울다 지친 민서는 무릎에 얼굴을 묻고 앉아 멍하니 생각했다. 우성이도 지난 며칠간 나와 같은 공포를 느껴왔겠구나. 아무것도 없는 적막 속에서 외롭게 혼자 지냈겠구나.

"싫어…. 엄마…. 아빠…."

다시 눈물이 차오른 민서는 또 울다 지쳐 잠이 들었다. 그러다 멍하니 일어난 그녀는 공연히 문을 미는 것을 포기했다. 그것은 문 모양의 벽에 불과하단 걸 이틀 만에 깨달았다. 내보내달라고, 살려달라고 빌지도 않았다. 현재, 아무도 자신을 도와주지 않으리라는 현실을 인정해야 하는 단계였다.

시간이 더 지나자, 민서는 문득 우성이 생각났다. 무사히 빠져나갔을까?

민서는 자신이 없애버린 우성의 동상을 찾아가봤다. 그 자리에는 다른 제목의 동상이 대신하고 있었다.

〈수업 시간에 물구나무선 김우성〉.

"아하하, 뭐야."

민서는 우성의 희한한 포즈를 보며 웃었다. 그래도 녀석은 살았구나. 다음 동상으로 이동했다.

〈종이비행기에 눈을 찔린 김우성〉.

"킥."

〈김우성의 거지 체험〉.

"얘는 인생이 뭐 이런 동상밖에 없어? 아하하."

중학생에서 고등학생, 고등학생에서 대학생, 군 시절, 직장 생활, 민서는 우성의 인생을 따라 걸었다. 이렇게 억지로라도 웃고 싶었다.

그렇게 몇 개의 동상을 지나치던 그녀의 걸음이 우뚝 멈춰 섰다. 동상의 제목을 본 그녀는 아무 말도 하지 못했다.

〈드디어 김민서와 결혼한 김우성〉.

"어…?"

그녀가 이 동상의 의미를 전혀 이해하지 못해 갸웃하던 순간, '쾅!' 하고 저 멀리 문 열리는 소리가 들렸다. 민서가 고개를 돌리자, 어마어마한 인력이 그녀를 끌어당겼다.

"아… 아아아… 아아아아!"

몸이 박물관 밖으로 온전히 튕겨 나가며, 그녀는 정신을 잃었다.

◆◆◆

"민, 민서야? 아이고 민서야!"

"선생님 불러! 빨리! 우리 민서가 깨어났다고 빨리!"

병실 천장을 보며 눈을 뜬 민서는 자신을 안아 드는 부모님의 품을 느끼고 오열했다.

"엄마! 엄마!"

"아이고 민서야!"

온 가족이 눈물범벅으로 재회하던 그때, 또 다른 손님이 병실 문을 열었다. 우성이었다.

병실 입구에 서서 민서와 눈이 마주친 우성은 눈시울을 붉히며 환하게 웃었고, 허공에 리모컨을 누르는 시늉을 했다.

'아!'

민서도 우성을 보며 환하게 웃었다. 그녀는 우성과의 미래를 상상했다. 스포일러 당한 게 아쉽지만, 운명을 거스를 생각은 없었다.

태어나 첫 낚시

달빛 밝은 늦은 밤의 낚시터. 낚싯대를 바라보는 박 사장의 표정이 좋지 않다. 불만 가득한 그 표정은 옆에서 낚시하던 장 사장의 눈에 띄었다. 장 사장은 피식 웃으며 말했다.

"천하의 박 사장도 이런 날은 한 마리도 못 낚는구먼?"

박 사장은 발끈해서 투덜거렸다.

"뭘 못 낚아? 자네나 못 낚겠지. 두고 봐. 나는 어떻게든 오늘 한 마리 낚는다."

"텄어 이 양반아. 오늘 다 용왕님 생일잔치 갔어."

"한 마리는 있다. 무조건 한 마리는 있어."

"그럼 내가 낚아야겠네 그거."

"흥. 이런 날에는 나나 되니까 낚지, 자네 허접한 실력으로는 택도 없어."

"낚고나 말해 이 양반아."

대화 내용에 비해 두 사람의 사이가 나쁘진 않다. 원래 두 사람의
인연은 낚시터에서 만들어졌고, 낚시터를 떠나면 끝인 관계다. 서
로 할 말을 가리지 않으니, 이런 투덕거림과 농담 따먹기는 늘 있었
다. 실제로 두 사람은 대화 중에도 시선은 각자 자신의 낚시찌에만
고정되어 있었다.

그러다 문득, 인기척을 느낀 박 사장의 고개가 돌아갔다. 두 사람
밖에 없었던 저수지에 새로운 두 사람이 들어오고 있었다. 그는 노
골적으로 인상을 구겼다.

"아 나, 짜증나게. 고기도 없는데 사람만 와."

장 사장도 박 사장의 시선을 쫓아 두 사람을 확인했다. 그들은 두
사람으로부터 조금 떨어진 곳에 자리를 잡았다. 얼굴을 알아볼 만
한 거리는 아니었지만 청년들이라는 정도는 알 수 있었다.

"젊은 친구들이 여길 어떻게 알고 왔네."

"빌어먹을 저거 봐라. 시끄럽게 또 고기 다 쫓아낸다. 아오! 멀리
가지 왜 여기 자리 잡고 지랄이야."

박 사장은 마음에 안 든다는 듯한 얼굴로 청년들을 보았다. 멀리
서 봐도 초짜 티가 나는 두 사람은 소란스럽게 자리를 정돈하고 있
었다. 장 사장이 얄밉게 말했다.

"원래 초심자가 낚아 가는 거 알지? 여기 한 마리 있는 거 저 친구

들이 낚아 가겠네."

"재수 없는 소리!"

장 사장은 농담으로 한 말이었지만, 박 사장은 아니었다. 그는 정말 그런 일이 일어나면 화가 폭발할 것 같았다. 떡밥 다 뿌리면서 몇 시간 동안 고생은 그가 다 했는데, 고기만 저 친구들이 낚아 간다? 울화통 터지는 일이다. 박 사장은 신경질적으로 바로 앞에 떡밥을 더 뿌렸다.

얼마 뒤, 장 사장이 자리를 털고 일어났다.

"아구 입질 하나 없네 진짜. 화장실에나 갔다 와야지."

자리를 벗어난 장 사장이 걸어가는 방향에 그 청년들이 있었다. 박 사장은 장 사장의 친화력 좋은 성격을 알았기 때문에 의도가 보였지만, 무시하고 낚시에만 집중했다. 한참 뒤, 장 사장이 두 손에 종이컵을 들고 돌아와 하나를 내밀었다.

"입질 없었지?"

자연스럽게 커피 한 잔을 받아 든 박 사장은 신경질적으로 고개를 저었다.

"없어 옘병."

"그럴 줄 알았지."

자리에 앉은 장 사장은 흥미로운 이야기가 있다는 듯 바로 말했다.

"저기 저 청년들 있잖아. 저 낚싯대 잡고 있는 친구가 앞이 안 보인다네."

"뭐?"

"태어날 때부터 못 봤대. 아예 하나도 안 보이나 봐."

"장님이라고?"

"어. 태어나서 낚시를 한 번도 안 해봐서 해보려고 왔다나 봐."

박 사장은 청년들 쪽을 돌아보았다. 두 청년 중 한 사람이 저수지에 낚싯대를 들이밀고 있었고, 다른 한 사람이 옆에 달라붙어서 보조해주는 모양새였다. 박 사장은 이해할 수 없다는 듯 미간을 구겼다.

"아니, 앞도 안 보이는데 무슨 어떻게 낚시를 한다고?"

"옆에 친구 있잖어. 할 수도 있지."

"옘병. 세상 시간 남아도나 보네."

"왜?"

"장님이 무슨 낚시야? 어차피 낚지도 못할 거."

"에헤이, 왜 이렇게 화가 나 있어? 저 친구가 자네 고기 낚을까 봐 겁나?"

"못 낚아! 내가 못 낚는 걸 저놈이 어떻게 낚아? 그러니 시간 낭비라는 거지."

"낚을 수도 있지. 초심자의 행운 몰라?"

"픽이나!"

박 사장은 턱 주름을 만들며 고개를 저은 뒤, 자기 낚시찌에 시선을 돌렸다. 장 사장도 청년들을 힐끔거린 뒤, 자기 찌에 시선을 돌렸다.

"아유 근데 하필 또 날을 골라도 이런 날을 골랐네. 고기 한 마리 안 나오는 날을."

"안 그래도 없는 그 고기가 저기로 가면 사람 미치는 거지. 괜히 와서 저러고 있어 진짜!"

"못 낚는다며?"

"쯥."

그 말을 끝으로 두 사람은 조용해졌다. 다만 가만히 찌만 바라보는 장 사장과는 달리, 박 사장은 찌를 보다가도 멀리 두 청년을 가끔 힐끔거렸다. 얼마 뒤, 박 사장은 빈 종이컵의 테두리를 이빨로 씹다가 꽉 구겨 쥐며 자리에서 일어났다.

"아휴 옘병. 화장실에나 갔다 와야겠네."

화장실로 걸어가던 박 사장은 청년들 곁을 지날 때 또 한 번 힐끔거렸다. 두 손으로 낚싯대를 붙잡은 채 앉아 있는 한 청년은 동상처럼 미동도 없었고, 다른 청년은 낚시 의자에 몸을 파묻고 깜빡 잠이 든 듯했다. 다시 자리로 돌아온 박 사장은 자리에 앉으며 단호하게 말했다.

"저것들 못 잡아."

"왜?"

장 사장이 돌아보자 박 사장이 턱짓하며 말했다.

"찌도 안 보이는데 뭘 낚시를 하겠다고."

"왜, 느낌으로 잡으면 되지."

"한 번도 안 해본 놈이 그걸 어떻게 알아? 옆의 놈도 자더구먼."

"자?"

"잘 거면 집에 가서 자지 말이야. 무슨 시간 낭비래 저게."

장 사장은 청년들 쪽을 바라보다가 하품을 길게 했다.

"아이고 나도 졸리다. 고기가 안 나오니 안 졸릴 수가 없지."

장 사장은 나른해하며 의자에 몸을 묻었다가, 박 사장이 갑자기 벌떡 일어나자 덩달아 상체를 세웠다. 박 사장의 시선은 청년에게로 향해 있었는데, 막 청년이 낚싯대를 높이 들어 올린 참이었다. 설마 낚았단 말인가?

그러나 청년은 저수지로 낚싯대를 던졌고, 박 사장은 다시 자리에 앉았다. 상황을 파악한 장 사장이 청년 쪽을 보며 말했다.

"입질은 받았나 본데?"

"입질은 무슨."

인정할 수 없다는 듯 코웃음을 치던 박 사장은 잠시 뒤, 다시 자리에서 일어났다.

"안 되겠다. 시간 낭비하지 말고 가라고 해야겠어."

"뭐? 왜 그래? 그러지 마!"

장 사장이 말려도, 박 사장은 막무가내로 걸음을 강행했다.

"아이 냅둬 그냥, 박 사장!"

장 사장이 박 사장의 등 뒤로 말해보았지만, 박 사장은 발길을 돌리지 않았다. 박 사장의 눈빛은 청년에게 고정되었다. 청년은 아까

보았던 자세와 똑같이 두 손으로 낚싯대를 붙잡고 꼼짝도 하지 않는 모습이다. 박 사장은 가까워질수록 걸음이 점점 늘어지더니, 종국에는 멈춰 섰다. 미간을 좁힌 채 청년을 보는 박 사장은 가만히 서서 아무 말도 하지 못했다. 청년은 이 날씨에 땀을 흘리고 있었다. 두 손으로 꽉 잡은 낚싯대에 얼마나 온 정신을 집중하고 있는지, 곁에서 보니 모를 수가 없었다. 박 사장은 집에 가라는 말을 꺼내지 못했다. 시간 낭비라는 충고를 꺼내지 못했다. 한참 청년을 바라보다가 조용히 돌아섰다. 다가오는 박 사장에게 장 사장이 다급히 물었다.

"말했어? 뭐래?"

박 사장은 고개를 흔들며 자리에 앉았고, 장 사장이 잘했다며 말했다.

"그래그래, 괜한 말을 왜 해."

박 사장은 청년 쪽을 보았다. 청년은 여전히 조금도 움직임 없는 자세 그대로 낚싯대를 붙잡고 있는 듯했다.

"허 참…."

박 사장의 짧은 탄식을 끝으로 낚시터는 또다시 고요해졌다. 하던 대로 장 사장도 박 사장도 찌 바라보기를 하는데, 박 사장은 이제 찌보다 청년을 보는 시간이 더 길었다. 얼마 뒤, 장 사장이 기지개를 켜며 말했다.

"아오, 안 되겠다. 오늘은 강태공이 와도 못 낚아. 가야겠다."

"가게?"

"그래. 자네도 들어가. 오늘은 진짜 없어."

"한 마리는 낚고."

"하여간에 고기 욕심은 알아줘야 한다니까."

혀를 찬 장 사장은 주섬주섬 자리를 정리한 뒤 박 사장에게 손을 흔들었다.

"다음에 또 보자고."

"그래."

장 사장이 떠난 뒤, 혼자 남은 박 사장도 생각에 잠겨 있다가 짐을 정리했다. 한데, 박 사장이 가는 곳은 장 사장이 사라진 방향과 달랐다. 박 사장은 청년과 가까운 자리로 옮겼다. 새롭게 낚시 세팅을 끝낸 박 사장은 가장 먼저 떡밥을 던지는 작업부터 시작했다. 날아간 떡밥이 추락한 지점이 처음에는 그의 앞쪽이었지만, 청년의 찌에서도 그리 멀진 않았다. 박 사장은 안정적으로 자리를 잡고 앉아 찌를 바라보았다. 동시에 청년의 모습도 힐끔거렸는데, 가까이서 보니 청년이 계속 움찔거리는 게 보였다. 청년은 낚싯대로 전해지는 미세한 진동 하나하나를 느끼는 듯했고, 얼굴은 아까보다 더 땀범벅이었다. 박 사장은 자기도 모르게 청년의 표정에 집중하며 빠져들었다.

그러다 순간, 박 사장은 화들짝 놀라며 자기 낚싯대로 달려들었다. 그의 낚시찌가 살짝 움직인 걸 알아챈 것이다. 능숙한 낚시꾼답

게 낚싯대를 잡기까지의 반응 속도가 탁월했고, 순식간에 몰입해서 입질을 감지하는 모습도 엄청났다. 그러나 곧, 그의 입에서는 낮게 욕설이 튀어나왔다. 아주 미세했던 입질이 강력한 입질로 이어지지 않고 사라진 것이었다. 그는 한숨을 내쉬며 낚싯대를 놓았다. 정말 못 낚는 날이다. 장 사장의 말대로 이런 날은 그냥 일찍 들어가는 게 나을 수도 있었다. 문득, 박 사장은 청년을 돌아보았다. 청년은 여전히 두 손으로 낚싯대를 꽉 붙잡고 미동도 없었다. 그의 턱으로 흘러내리는 땀방울을 본 박 사장은 갈등했다. 가서 오늘은 고기가 없다고 말해줘야 할까?

그때, 청년의 몸이 크게 움찔했고, 덩달아 움찔한 박 사장이 황급히 청년의 찌를 바라보았다. 그의 눈에 찌는 미동도 없었다. 의문에 차 다시 청년을 돌아보는데, 청년은 숨을 멈춘 듯 초집중하는 모양새였다. 이윽고 순간적으로, 청년이 낚싯대를 번쩍 들어 올렸다. 박 사장의 눈이 커질 때, 낚싯대의 휨 새가 아름다운 포물선을 그렸다. 팽팽하게 기운 그 모습은 분명, 물고기가 걸린 것이었다!

박 사장이 눈을 부릅뜰 때, 청년은 의자가 거의 뒤로 넘어갈 듯 낚싯대를 확 뒤로 젖혔다. 물고기가 첨벙 수면 위로 얼굴을 내밀고, 기어이 허공으로 떠올라 청년에게로 날았다.

"와아!"

박 사장은 자기도 모르게 벌떡 일어나 손뼉을 치며 환호했다. 그는 자신이 그렇게 큰 소리로 기뻐하고 있는 줄 알지 못했다.

우주의 법정

　드넓은 우주의 거대한 법정에 선 한낱 인간 노인은 압도당했다. 이곳에는 단 하나의 인간 죄인을 제외한 모두가 위대한 셀레티얼 종족이다. 모든 우주 문명의 선구자인 그 종족은 엄격한 원칙으로 유명했기에, 인간 노인의 운명은 다 쓴 블랙홀보다도 어두웠다.

　[죄인 아무개. 지구인. 74세. 죄인은 자비를 베풀 수 없는 극악무도한 범죄를 저질렀다. 극형에 처하고자 한다.]

　이미 노인의 죄목을 알고 있던 셀레티얼 배심원들은 동의의 의미로 고개를 주억거렸다. 노인은 겁에 질린 얼굴로 그들을 올려다보았다. 난 도대체 왜 바보같이 그런 짓을 저질렀을까? 입이 열 개라도 할 말이 없는 그를 대신해서, 옆에 있던 셀레티얼 변호사가 나섰다.

　[극형을 선고하기 전에 재고의 기회를 주셨으면 합니다.]

[이미 모든 증거가 드러난바 재고의 여지는 없다.]

[인정합니다. 그러나 죄인은 정말 먼 변방의 작은 별 출신입니다. 태생적 무지로 인해 그런 죄를 저지른 겁니다. 그의 무지함을 동정해주시길 바랍니다.]

변호사가 인정에 호소했지만, 법관은 엄격하고 단호했다.

[이 법정에 동정이란 단어는 존재하지 않는다.]

그뿐만 아니라, 주변 다른 배심원들도 엄한 표정으로 동의의 제스처를 내보였다. 역시 이곳은 찰나의 미소조차도 존재할 수 없는 셀레티얼 법정이었다.

변호사 역시 동의의 몸짓을 보이면서도, 노인을 포기하지 않았다.

[그렇지만 죄인은 이제 고작 74세입니다. 우리로 치면 갓 태어난 아이나 마찬가지 아닙니까? 극형은 잔인합니다.]

[자료를 보면 인간은 100세 전후의 수명을 가진 거로 안다. 그렇다면 저자는 살 만큼 살았으니 극형이 억울하진 않을 거다.]

[아무리 그래도 1만 년을 사는 우리에 비교하면 74세는….]

[저자를 보아라. 어떻게 보아도 늙은 객체가 아닌가? 삶의 전성기를 끝내고 저물어가는 모습이다. 언제든 끝을 받아들일 준비가 되어 있을 터.]

변호사는 별다른 수가 없는 듯 말문이 막혔다. 노인도 체념하듯 고개를 내렸다. 1만 년을 사는 이 엄청난 종족은 하찮은 이 지구인에게 자비를 베풀 생각이 없으리라.

법관은 배심원들을 돌아보며 판결을 확정하려고 했다.

[자, 그럼. 죄인의 극형에 반대하는 이가 없다면…]

그 순간, 변호사가 끼어들었다.

[잠깐만 판결을 유보해주시길 바랍니다.]

불쾌해하는 법관의 시선이 변호사에게 꽂혔다. 그는 예의를 모르는 변호사에게 결코 설득당해줄 생각이 없었다. 반면 포기했던 노인은 실낱같은 희망을 품고 변호사를 돌아보았다. 무슨 수가 있는 것일까?

변호사는 넓게 공간을 돌아보며 말했다.

[배심원 여러분. 이런 극형을 받기에 그는 너무 불쌍합니다. 그는…]

[감정에 호소하지 마라!]

법관의 칼 같은 차단에도 변호사는 멈추지 않았다.

[그의 안타까운 사정을 한 번만 들어주셨으면 합니다. 불과 50년 전의 일입니다.]

50년 전? 노인은 의아했다. 50년 전은 노인에게는 너무나도 까마득한 옛날이었다.

[그는 그날 사랑하는 아내가 가장 믿었던 친구와 바람이 난 장면을 두 눈으로 지켜보아야만 했습니다.]

노인의 눈이 커졌다. 이게 뜬금없이 도대체 무슨 소리란 말인가? 한데, 변호사의 말이 끝나자마자 배심원들이 술렁거렸다.

[어머 세상에…. 50년 전이면 정말 얼마 전이잖아요.]

[그런 일을 겪었던 말이지. 으음. 하지만 그래도 그게 범죄의 핑계가 될 순 없습니다.]

자신을 향한 안타까워하는 시선에 노인은 당황했다. 50년 전 그런 일은 이제 기억조차 나지도 않는데, 뭐지?

법관은 술렁거리는 배심원들을 손짓으로 조용히 시킨 뒤 변호사에게 경고했다.

[그만. 감정에 호소해봤자 달라지는 건 없다.]

[예. 감정에 호소하는 것일 수도 있습니다. 그렇지만 그게 끝이 아닙니다. 죄인이 불과 60년 전에는 무슨 일을 겪었는지 아십니까?]

갑자기 또 60년 전? 노인은 역시나 감도 오지 않았다.

[그의 아버지가 공사 현장에서 일하다가 추락 사고로 사망했습니다.]

[아이고!]

자기도 모르게 안타까운 탄성을 내지르고 만 한 배심원의 모습과 주변 다른 배심원의 모습들이 그리 다르지 않았다. 술렁거리는 그들의 모습에 노인은 당황했다. 이해할 수 없었다. 노인은 아버지를 떠올린 지 너무 오래되었는데 말이다.

[가난했던 집에서 죄인의 학원비를 벌기 위해 무리해서 일하다가 일어난 사고였습니다.]

"아….."

노인은 변호사의 말을 듣고서야 아버지에 대한 기억을 떠올릴 수 있었다. 맞아, 그랬다. 아버지가 학원을 보내주시려고 그랬었지. 바보 같은 내가 친구랑 같이 학원 다니고 싶다고 우겨서 그런 일이 일어났었지.

잠시 과거를 회상하는 노인의 표정은 배심원들에게도 보였다. 또다시 그를 향해 동정의 눈빛이 쏟아졌고, 노인은 눈에 띄게 당황했다. 심지어 그들은 직접 위로의 말을 전했다.

[아이고. 그런 아픔을 겪어서 참 유감입니다.]

[당신의 잘못이 아닙니다. 어쩔 수 없는 그런 일이 그저 일어난 겁니다. 힘내시길 바랍니다.]

[아유. 정말 어떡해요. 힘내세요.]

노인에게 그들의 말이 정말 혼란스러웠던 건, 모두 진심인 것 같아서였다. 정말로 60년 전 일어난 일을 지금 이렇게 위로하는 건가? 그렇게 오래된 일을?

법관이 배심원들을 조용히 시켰지만, 노인을 향한 시선은 바뀌지 않았다.

[이곳은 죄인의 사연을 듣는 자리가 아니다.]

단호하게 말한 법관이 극형을 강행하려는 듯할 때, 변호사가 끼어들었다.

[마지막으로 하나만 더 말하겠습니다. 겨우 40년 전에 그는…. 하

아. 제 입으로 말하기도 힘드네요. 그는 40년 전에 아이를 유산한 아비입니다.]

변호사의 말이 끝나자마자 배심원들이 들썩거렸다. 어머! 어떡해! 세상에!

심지어 법관조차도 긴 신음을 흘렸다.

[허허. 저런…. 저런….]

배심원들은 괜찮냐며 노인을 연신 위로했다. 어떤 이는 제 일처럼 눈물을 훔치며 노인을 위로했다. 어떤 이는 그렇게 힘들었기에 그런 죄를 저지를 수도 있었겠다며 수군거렸다.

"아니…. 왜…."

노인은 아무리 생각해도 이런 위로를 받아들일 수가 없었다. 솔직하게 말해서 모두 다 잊어버린 일들이었다. 수십 년의 인생을 살다 보면 누구에게나 일어날 일이었고, 이미 시간이 해결해준 다 과거지사였다. 정말로 저들이 저렇게 위로할 이유가 전혀 없었다. 그럼에도 불구하고 신기한 일이 일어났다. 수십 년 전 다 잊은 일로 위로받던 노인의 눈시울이 점점 붉어졌다.

법관은 안타까움으로 가득 찬 한숨을 내쉬며 선언했다.

[죄인이 저지른 죄는 용서할 수 없으나, 죄인은 불과 얼마 전에 너무나도 많은 고통을 겪었다. 죄인에 대한 극형을 보류하고, 따뜻한 음식과 잠자리를 제공하라. 죄인이 상처 입은 마음을 스스로 다독일 수 있도록 안정을 취할 것을 권고한다.]

법정 모두가 옳은 판결이라며 동의했다. 노인은 끝내 아이처럼 영영 울어버렸다. 고작 74년을 산 아이처럼 말이다.

친절한 그녀의 운수 좋은 날

"아이고 염병! 어디다 떨어뜨린 거야?"

늦은 밤. 한 노인이 아파트 단지 내의 화단을 뒤지고 있다. 퇴근 후 집으로 향하던 진수희가 지나가는 길에 말을 건다.

"할아버지 뭐 찾으세요? 도와드릴까요?"

"어? 어어! 손가락만 하게 생긴 나무로 된 명패 같은 건데, 이게 통 보이질 않네요!"

진수희는 스마트폰 조명을 켜서 어두운 화단을 비춘다. 5분 정도 걸렸을까.

"아! 혹시 이건가요?"

"음?"

진수희가 작은 나무토막을 건네고, 노인은 환하게 웃으며 그녀를 칭찬한다.

"맞네 맞아! 아이고, 고마워요. 아가씨가 참 친절하네! 요즘 청년들 같지 않아!"

"아유 아니에요."

민망한 듯 인사하며 아파트 안으로 들어가는 진수희를 보며, 남겨진 노인은 마음이 복잡해 보이는 얼굴로 명패의 흙을 털어낸다.

◆ ◆ ◆

이른 아침의 출근길. 진수희는 아침을 편의점 삼각김밥으로 때우는 편이다. 평소 먹던 대로 전주비빔 삼각김밥 하나를 집어 들고 계산대에 섰는데, 뜻밖의 말이 나온다.

"당첨이시네요."

"네?"

포스를 찍던 아르바이트생이 상품권을 꺼낸다.

"1만 원 상품 교환권 당첨되셨습니다."

"네? 정말요? 어머 세상에!"

진수희의 얼굴이 환해진다.

"감사합니다! 이런 거 처음 되어봐요."

"축하드립니다."

진수회는 상품권과 삼각김밥을 받아 들고 기쁜 표정으로 편의점을 나선다. 자신은 이런 행운이 별로 없는 줄 알았는데 웬일일까.

"오늘은 왠지 느낌이 좋은데?"

그녀의 예감은 회사에서 이어진다.

"수회야, 너 오늘 저녁에 소개팅 안 할래?"

"예? 소개팅이요?"

부장님이 보여준 핸드폰 화면에는 꽤 잘생긴 사람이 있다.

"정말 괜찮은 녀석이거든? 오늘 한번 만나볼래?"

"네에? 이렇게 갑자기요?"

"한번 만나봐. 오늘은 집에 일찍 보내줄게. 너희 동네에서 보면 돼."

"아, 음."

진수회는 굳이 거절하지 않는다. 솔직히 가슴이 두근거린다. 소개팅은 정말 오랜만이고, 얼핏 보았던 남자는 그녀의 취향이다. 이후 부장이 건네준 연락처로 간단히 문자를 주고받다 보니 느낌도 괜찮다. 진수회는 괜히 웃음이 나온다.

"오늘은 정말 좋은 일만 있으려나?"

◆ ◆ ◆

"으… 이 옷도 별로야! 진짜 입을 옷이 없네."

거울 앞에 선 진수희가 울상이다. 소개팅에 입고 나갈 옷이 통 마음에 들지 않는다. 사실, 옷이 문제가 아니라고 생각한다.

"나는 왜 이렇게 통뼈로 태어난 거야, 정말!"

평소 다이어트를 열심히 해도 뼈 자체가 굵어 옷태가 잘 나지 않는다고 생각해왔다. 그냥 옷차림에 힘을 빼기로 한다. 괜히 여성스럽게 차려입어봤자 태도 안 나니.

시계를 확인하고 조금 일찍 집을 나서는 진수희가 아파트 단지를 나서는데, S전자 유니폼에 목장갑을 낀 사내가 다가와 말을 건다.

"안녕하세요. 이번에 저희 S전자에서 공기 청정기를 새로 출시하면서 아파트마다 하나씩 돌리고 있습니다. 받아 가시고 이웃에 소문 좀 많이 내주세요."

"네? 저한테요?"

"예."

진수희의 눈이 휘둥그레진다. 갑자기 이런 행운이?

"경비실에 맡겨놨으니까 찾아가시면 됩니다. 제가 조금 바빠서 그럼."

사내는 바쁜 걸음으로 돌아서고, 진수희가 그 등에 얼른 고개를 숙인다.

"감사합니다!"

"예, 소문 많이 내주세요!"

진수희의 입이 귀에 걸린다. 안 그래도 미세먼지 때문에 걱정이었는데 공기 청정기를 공짜로 얻다니!

"세상에 살다 보니 이런 날도 있네! 오늘 왜 이렇게 운이 좋지?"

그녀는 싱글벙글하며 경비실로 향한다.

"안녕하세요!"

창문을 연 경비 할아버지가 웃으며 대답한다.

"어 203호 아가씨. 외출해?"

"예. 근데 저기 혹시, 공기 청정기…."

"알아 알아. 나중에 아가씨 올 때 내가 들어다 줄게."

"아, 감사합니다! 그럼 이따 뵐게요."

진수희는 밝은 얼굴로 아파트를 나선다.

◆ ◆ ◆

"하아…."

카페 화장실의 거울 앞에 선 진수희가 깊은 한숨을 내쉰다.

"세상에, 실물이 너무 잘생긴 거 아니야?"

소개팅 남자가 잘생겨도 너무 잘생겼다. 목소리마저도 너무 취향에 부합한다. 주눅이 들 지경이다. 부장님은 뭘 믿고 저렇게 잘난 남자를 소개해줬을까? 듣기로는 직업까지 좋다니, 정말 부담스럽다.

"에휴, 밥만 먹고 헤어지겠구나."

그녀는 마음을 비우고 화장실을 나선다.

"죄송해요. 기다리셨죠."

긴장한 진수희는 약간 어색한 미소를 띠며 자리에 앉는다. 한데 그녀가 앉자마자 남자가 급하게 말한다.

"정말 죄송한데, 제가 지금 급하게 회사에 가봐야 할 것 같습니다."

"네? 아, 네에…."

진수희는 속으로 한숨을 내쉰다. 뻔한 결말이구나.

"그런데 저… 수희 씨가 마음에 듭니다. 알아가고 싶습니다."

"네?"

"혹시 수희 씨도 제가 싫지 않으시다면, 이번 주말에 정식으로 데 이트해보고 싶습니다."

"아… 네? 네."

진수희는 당황했지만, 얼떨결에 받아들인다. 소개팅남과 헤어진 뒤, 진수희는 믿기지 않는 듯 웃음이 번진다.

"내가 마음에 든다고? 진짜로?"

그녀는 너무 기분이 좋다. 온종일 그렇다.

"오늘은 정말 되는 날이로구나!"

싱글벙글한 진수희는 경쾌한 발걸음을 옮긴다. 집에 가는 길에 경비실의 공기 청정기가 생각나면서 더 즐거워진다. 그때 울리는 핸드폰, 부장님이다.

"예. 부장님!"

진수희는 소개팅이 잘되었다고 말하려 했지만, 그보다 부장님의 외침이 빠르다.

[승진 축하한다, 수희야!]

"네?"

진수희의 눈이 똥그래진다. 갑자기 무슨 승진?

[이번에 회장님이 비서실을 신설하는데, 네가 거기 팀장으로 가게 됐다!]

"예에? 제가요?"

[나중에 한턱내야 한다! 진 팀장! 하하하!]

"세상에!"

몇 번이나 확인하고 통화를 끝낸 진수희의 입이 귀에 걸린다.

"오늘 도대체 왜 이래? 꿈이야, 뭐야?"

그녀의 인생을 통틀어 오늘만큼 좋았던 날이 없다. 두려울 지경이다.

"평생의 운을 오늘 다 써버린 거 아니야?"

그녀는 너무 기분이 좋아서 한 농담이었겠지만, 그것이 꼭 농담만은 아니다. 그녀가 웃으며 횡단보도를 건너려던 그때,

쿵!

브레이크가 고장 난 자동차가 그녀와 충돌해버린다.

진수희는 넋 나간 얼굴로 자신의 시신을 내려다본다. 그녀의 곁으로 노인이 나타났다. 전날 밤, 아파트 앞에서 그녀가 명패를 찾아 주었던 그 노인이다. 진수희는 그 할아버지기 저승사자라는 것을 느낀다.

[제가 죽은 건가요?]

[그래.]

눈물이 주르륵 흐른다. 왜 이렇게 좋은 날 죽는단 말인가? 이러려고 그렇게 좋았단 말인가? 진수희는 너무 억울하다. 평생 나쁜 일한 번 해본 적 없는데. 평생 남에게 피해 한 번 주지 않고 착하게 살았는데 왜!

그 마음을 아는지, 노인이 안타까워하는 얼굴로 말한다.

[어제 내 명패를 찾아줘서 고마웠어. 원래는 어제 아가씨를 데려가야 했는데 그러질 못했어. 아가씨가 너무 친절해서 말이야. 내가 하루를 더 주었어.]

진수희는 하염없이 운다. 차라리 어제 죽이지. 이렇게 행복한 하루를 주지 말고 어제 죽이지….

저승사자는 그녀의 어깨를 토닥이며 위로한다.

[잘 살았어. 아가씨 참 잘 살았어.]

그 말이 진수희에게는 위로가 될 수 없어 보인다. 저승사자는 직접 보여준다. 그녀가 얼마나 잘 살았는지.

[아!]

일순간, 주변 풍경이 변한다. 오늘 아침, 그녀가 삼각김밥을 샀던 편의점이다.

[여긴….]

편의점 안, 아르바이트생이 냉장식품 판매대 앞에 앉아 상품을 새로 채워 넣는 중이다. 그때, 삼각김밥을 든 아르바이트생이 황당해하는 표정을 짓는다.

"이게 뭐야? 당첨이 다 보이잖아 이거?"

그가 다른 삼각김밥들도 살펴볼 때, 딸랑 문이 열리며 오늘 아침의 진수희가 들어온다.

"안녕하세요!"

"예. 어서 오세요!"

인사하며 돌아보는 아르바이트생의 생각이 영혼이 된 진수희에게 들려온다.

[매일 기분 좋게 인사해주는 분이시네.]

아르바이트생은 손에 든 삼각김밥 중 당첨인 김밥들을 가장 앞으로 옮겨놓는다.

[아…!]

그녀의 눈빛이 흔들린다.

"당첨이시네요."

"네?"

"1만 원 상품 교환권 당첨되셨습니다."

"네? 정말요? 어머, 세상에! 감사합니다! 이런 거 처음 되어봐요."

"축하드려요."

"예. 감사해요! 좋은 하루 되세요!"

"네 안녕히 가세요."

진수희가 편의점을 나서자, 무표정하던 아르바이트생의 얼굴에 잠깐 미소가 그려진다.

"오늘도 좋은 하루."

[….]

다시 상품을 정리하러 가는 아르바이트생의 모습을 끝으로 일순간, 주변 풍경이 변한다. 오늘 저녁, 그녀가 소개팅하러 외출하다가 S전자 사내를 만났던 단지 내다. 경비실 앞에서 경비 할아버지가 S전자 사내와 대화 중이다.

"부녀회장님은 언제 오시죠? 시간이 없는데."

"에이 꼭 부녀회장 줘야 하나? 그 말고… 내가 홍보 확실한 사람 추천해드릴게. 203호 아가씨라고… 어? 마침 저기 오네!"

[아…!]

사내를 진수희에게 보낸 할아버지는 급히 경비실 안으로 들어간다. 그는 흐뭇해하는 얼굴로 공기 청정기 박스를 두드리며 말한다.

"경비를 사람 취급도 안 하는 부녀회장을 왜 줘. 매일 기분 좋게 인사해주는 친절한 아가씨 줘야지."

[…]

경비실 창문 밖으로 진수희를 바라보는 할아버지의 모습에서 일순간, 주변 풍경이 또 한 번 바뀐다. 오늘 저녁, 그녀가 소개팅한 카페 안이다.

"저 화장실 좀 갔다 올게요."

"예. 그러세요."

진수희가 화장실로 떠나고 혼자 남은 소개팅남은 정말로 회사에서 급한 전화를 받는다.

"알겠습니다. 일단 가겠습니다."

남자가 전화를 끊자, 주변에 있던 아르바이트생이 남자를 향해 다가간다.

[아…!]

진수희의 기억 속에도 있는 여자다. 그녀는 소개팅남에게 다짜고짜 말한다.

"저 여자분 진짜 좋은 분이에요!"

"예?"

[에?]

"며칠 전에 제가 저분에게 음료를 쏟았었어요. 완전히 머리가 새하얘졌는데, 괜찮다고 해주시는 거예요. 저 당황하지 말라고 웃으면서요. 저는 이 일 하면서 그렇게 친절한 사람 처음이었어요. 진짜

저 울었어요! 정말 좋은 사람이에요."

"아, 예에…."

아르바이트생이 돌아가고, 소개팅남의 얼굴이 묘해진다. 진수희가 화장실에서 돌아왔을 때 그는 바로 말한다.

"저 수희 씨가 마음에 듭니다. 알아가고 싶습니다."

"네?"

"혹시 수희 씨도 제가 싫지 않으시다면, 이번 주말에 정식으로 데이트해보고 싶습니다."

진수희의 영혼은 멀리 아르바이트생을 바라본다. 소개팅이 잘 풀리자 웃는 아르바이트생의 모습에서 일순간, 주변 풍경이 오늘 회사의 회의실로 변한다. 회장이 부장을 향해 말한다.

"김 부장. 자네 부서에 전화를 굉장히 친절하게 받는 직원 있던데?"

"예? 아, 진수희 씨 말씀이신가요?"

"진수희? 몰라, 그 이름인가?"

"맞을 겁니다. 그 친구 정말 친절합니다."

"그래. 우리 어머니가 참 칭찬을 많이 했어. 그 직원이 비서팀장으로 가면 잘할 것 같아."

"네? 아, 예! 진수희 씨 맡겨주시면 정말 잘할 겁니다! 제가 보장하죠 그 친구는!"

[아….]

110

[잘 살았어. 아가씨 참 잘 살았어.]

진수희의 눈시울이 붉어진다. 이번엔 저승사자의 말이 그녀에게 와닿는다.

[이제 가지.]

[···네.]

저승사자의 손을 잡은 그녀의 영혼이 하얗게 사라진다.

◆ ◆ ◆

홀로 깨어난 진수희가 보게 된 것은 커다란 강이다. 멀리서 나룻배가 그녀를 향해 다가오고 있다. 이 강을 건너면 저승이구나, 그녀는 조금 허탈했지만 받아들였다.

뱃사공이 물을 젓는 소리가 점점 가까이 들려오고 곧, 뱃머리가 뭍에 닿는다. 힘없이 일어난 진수희가 배를 향해 선다.

[어? 너 혹시?]

나이 많은 뱃사공이 진수희를 보며 반가워한다.

[맞구나! 학생!]

[예?]

[나 기억 안 나? 아 왜 205번 버스! 학생 학원 다닐 때 맨날 내 버스 탔잖아!]

[아? 아!]

진수희는 학창 시절 매일같이 타던 버스와 기사님의 얼굴이 떠올랐다.

[맞아요! 아저씨!]

[그래! 반갑네! 또 학생을 태우네? 이것 봐, 생전에는 시내버스를 운행하고, 죽어서는 저승 배를 운행하는 신세라니! 웃기지 않아? 하하하!]

뱃사공은 아련한 기억을 떠올리는 듯하다.

[하, 버스 운전할 때는 정말 힘들었지. 그래도 그때 학생이 안녕하세요, 고생하시네요, 좋은 하루 되세요, 매일 친절하게 인사해준 게 얼마나 힘이 됐는지 몰라. 학생은 몰랐겠지만 내겐 정말 큰 힘을 주었어.]

[아, 에에….]

진수희는 조금 민망하다.

[아니, 근데 왜 이렇게 일찍 왔어!]

[….]

[어휴 이거 참.]

미간을 찌푸린 뱃사공은 갈등하다가, 소리 지른다.

[에라 모르겠다! 오늘 영업 종료다!]

[예?]

[여기다 신발만 벗어두고 돌아가! 나머진 내가 책임질게!]

[네?]

뱃사공은 웃으며 손을 내밀어 그녀를 밀어낸다.

[좋은 하… 아니, 좋은 평생 보내 학생!]

◆ ◆ ◆

"숨 쉰다! 살았어! 이 아가씨 살았어!"

도굴꾼의 아들

국립중앙박물관의 기념품 가게는 한가할 때가 있다. 그러면 직원 박 씨는 계산대 뒤에 앉아 고개 숙여 몰래 드라마를 보곤 하는데, 그날은 그러다 화들짝 놀랐다.

'쿵!'

둔탁한 소리와 함께 계산대 위에 도자기 하나가 올라왔다. 반사적으로 고개를 든 박 씨는 뜨끔하여 얼른 그것을 계산하려 했다.

"아! 네. 잠시만요."

그러다 곧 그것이 기념품 가게에서 파는 상품이 아니라는 것을 알아차렸지만, 도자기를 내려놓은 남자는 이미 뒤돌아 멀리 사라지고 있었다.

"어? 어? 저기…!"

당황한 박 씨는 도자기와 남자를 번갈아 보며 고민했지만, 계산대를 벗어나 뒤쫓지는 않았다. 이게 도대체 무슨 상황인가 싶어 물건을 살피던 박 씨는, 도자기 안에 든 편지를 발견했다. 그 내용은 이러했다.

• • •

안녕하십니까. 이름을 밝히지 못할 죄 많은 아무개입니다. 저는 얼마 전 뉴스를 하나 보았습니다. 한 외국인이 해외 경매에서 산 우리나라의 유물을 기증했다는 뉴스였습니다. 그 뉴스에 저도 오늘 이렇게 용기를 냅니다.

부끄럽지만, 저희 아버지는 유명한 도굴꾼이었습니다. 술에 취하면 늘 도굴품 수백 점을 숨긴 보물 창고를 자랑했습니다. 아버지가 돌아가신 뒤 알게 되었는데, 그것은 사실이었습니다. 아버지가 알려준 창고에는 100개가 넘는 도굴품이 쌓여 있었습니다. 저로서는 그것들의 처리가 난감했습니다. 그동안은 외면하는 것으로 세월을 보내왔는데, 그 뉴스를 보고는 용기를 냈습니다. 늦었지만 이제라도 창고의 도굴품들을 국가에 반환해야 한다고 말입니다.

다만, 한 가지 마음에 걸리는 게 있습니다. 창고의 도굴품들이 무가치한 것들인데 괜히 혼자 호들갑을 떠는 것일까 싶어, 그게 두렵습니다.

　창고의 도굴품들이 금붙이나 보물은 아니었습니다. 아마 그런 것
은 아버지가 진작에 다 팔았을 겁니다. 솔직히 말해서 제 눈에는 창
고에 남은 것들이 아무것도 아닌 것들로만 보였습니다. 그런 걸 국
가에 반환하겠다고 설쳤다가 괜한 쓰레기만 가져왔다며 욕먹을까
두렵습니다.

　그래서 이렇게, 창고에서 가장 좋아 보이는 도자기 하나를 가지
고 평가를 받아보고자 합니다. 만약 이 도자기가 가치 있는 것으로
판명되어 국립중앙박물관에 정식으로 전시가 된다면, 저는 진짜 용
기를 내어 아버지 창고의 도굴품을 모두 국가에 반환하겠습니다.
그게 아니라면 그냥 조용히 평생 비밀로 묻어두겠습니다. 행여나
거짓 감정을 하지 마시고, 냉정하고 객관적으로 정확히 판단해주셨
으면 합니다.

　그럼 안녕하고 건강하시길 바랍니다.

＊＊＊

　박 씨는 심상치 않은 편지의 내용에 당장 연락을 돌렸다. 급히 모
인 박물관 관계자들은 편지를 돌려보며 놀라워했다. 얼마 안 가 기
사도 났다.

「국립중앙박물관에 도굴꾼의 아들이 방문하다!」

크게 화제가 될 만한 일이었는지, 여기저기 뉴스가 재생산되면서 편지의 내용도 대중에게 공개되었다. 이어 도자기 사진도 돌아다니기 시작하면서, 일시적이나마 이 일은 사람들의 최대 관심사가 되었다. 국립중앙박물관 측에서도 이런 관심을 마다할 이유가 없었다.

"가장 먼저 도자기의 진위 여부를 파악해보려 합니다."

국립중앙박물관의 공식적인 발표 이후, 사람들은 이 흥미로운 사건이 어떻게 될지 궁금해했다.

"와, 무슨 영화 같다. 도굴꾼의 아들이 평생 숨긴 도굴품을 국가에 반환하다니."

"감정 결과가 어떻게 나올까? 혹시 가짜거나 별것 아닌 거면 어떻게 되는 거야?"

사람들의 관심이 큰 만큼, 사건과 관련된 행보 하나하나가 뉴스로 보도됐다. 도자기의 진품 추정 기사가 먼저 뜨고, 진품 판정 기사가 뒤따라 발표되었다. 감정을 맡았던 최 교수의 인터뷰도 금방 진행됐다.

"안녕하세요, 최 교수님. 도자기가 정말 진품이 맞습니까?"

"네, 신라 시대 도자기로 진품이 맞습니다."

"그럼 혹시 가치는 어떨까요?"

"가치는, 글쎄요. 사실 이런 도자기가 흔하긴 합니다만… 그래도 보존 상태는 꽤 괜찮은 거로 보입니다."

"흔하군요. 그럼 가치가 없다고 봐도 되는 걸까요?"

"아니요. 절대 그런 건 아닙니다."

"네 감사합니다."

인터뷰는 자극적인 표현 하나만 강조되었다. '도자기는 흔한 유물'이란 타이틀이었다. 그 '흔하다'는 표현에, 다른 거장인 장 교수가 공개적으로 반박했다.

"그동안 신라 시대 토기가 많이 발굴된 건 맞지만, 도자기가 도굴된 것임을 감안하면 출처를 단정할 수 없기에 그 가치를 지금 흔하다는 말로 판단할 수 없습니다."

사람들은 장 교수의 말을 더 좋아했다. 도굴꾼의 아들이 도자기가 별것 아니라면 그냥 묻어둔다고 하지 않았던가? 사람들은 도자기가 대단한 물건이어서 이 사건이 드라마틱해지기를 원했다. 그와중에 다른 전문가는 무가치한 도자기라는 말로 이목을 끌기도 했고, 또 다른 전문가는 대단한 보물이라며 추켜세우기도 했다. 오랜만에 대중의 관심이 고고학 분야에 쏠려서인지 내로라하는 전문가부터 사짜 전문가까지 모두가 한마디씩 거들었다.

다음 날, 이슈는 도자기에서 도굴꾼의 아들로 옮겨졌다.

"국립중앙박물관 CCTV에 도굴꾼의 아들이 찍혔습니다. 경찰이 수사할 생각만 있다면 그의 정체를 충분히 찾을 수 있으리라 전망됩니다."

여기서는 또 도굴꾼의 아들을 경찰이 찾아야 한다, 찾지 말아야 한다며 토론이 일어나기도 했다.

"일단 찾기는 찾아야지. 도굴품을 국가에 반환하는 건 당연한 일이잖아."

"아니지! 무슨 지명수배자도 아닌데? 좀만 기다리면 알아서 반환할 텐데, 강제로 끌어내는 건 모양새가 좀 그렇지."

"조건이 있었잖아. 그 도자기를 박물관에서 인정하고 전시해야 반환한다고. 만약 전시 안 하면 묻어둔다는데, 그럼 안 되지."

"전시하겠지. 국립중앙박물관이 바보도 아니고."

"전시 안 하면? 그럴 가치가 있어야 전시하는 거지! 도자기 그거 흔하다잖아."

"아닌데? 가치가 있다던데? 보물이라던데?"

사람들의 관심은 이제 국립중앙박물관의 결정으로 쏠렸다. 정식으로 전시할 것인가 말 것인가?

사실, 이 모든 사건이 채 일주일도 지나지 않아 일어났다. 그럼에도 사람들은 재촉했고, 대다수는 당연히 전시하는 쪽으로 기대했다. 전문가들도 전시에는 대부분 긍정적인 의견을 내놓았다. 물 들어올 때 노 젓는다고, 국립중앙박물관의 결정은 사람들의 예상대로였다.

"이번 주말 '신라 무명 도자기'를 정식으로 전시하겠습니다. 자세한 전시 정보는 홈페이지 또는…."

박물관의 행보는 몹시 파격적이었는데, 넓은 공간에 100여 점의 빈 전시대를 두고, 중앙에 그 도자기 한 점을 전시하는 형태였다. 남아 있는 도굴품의 반환까지 예견하여 꾸민 전시였기에, 일종의 현대 설치 미술처럼 대중에게 신선한 충격을 주었다. 사람들은 기획자가 일을 잘한다며 관점이 젊다는 등의 칭찬을 했고, 주말 나들이로 전시회 관람을 계획했다.

　이윽고 주말이 되자 박물관에는 여느 때보다 많은 사람이 몰려들었다. SNS 인증 사진조차 찍기가 쉽지 않을 정도로, 도자기 전시실은 만원 지하철보다 더 빽빽하게 차 있었다. 늦게 온 사람들은 어떻게 저 인파를 뚫고 들어가나 엄두를 못 내고 있었는데, 놀랍게도 한 남자가 홍해처럼 그 인파를 갈랐다.

　"도굴꾼의 아들이래!"

　"대박! 도굴꾼의 아들이야! 비켜줘요 다들!"

　기념품 가게에 도자기를 투척하고 갔던 그 남자가 그날 그 복장 그대로 나타났다. 흥분하지 않을 수 없는 순간이었다. 도자기를 관리하던 관계자들도 그를 알아보고 바로 인사했다.

　"아, 안녕하십니까?"

　남자는 도자기 앞에 서서 전시되고 있는 모습을 묵묵히 내려다보았다. 왠지 모를 엄숙한 분위기에 모두가 숨죽일 때, 남자가 입을 열었다.

　"이 도자기가 국립중앙박물관에서 정식으로 전시할 만큼 가치가 있는 게 정말 맞습니까?"

익히 편지의 내용을 알고 있던 사람들은 그 질문에 크게 반응했고, 박물관 관계자도 시원하게 대답했다.

"아! 네, 그렇습니다! 당연하게도 이 도자기는 전시할 가치가 있는 귀중한 우리 역사의 유물입니다. 이렇게 많은 분이 보러 와주신 것만 봐도 증명이 되지 않겠습니까?"

자신의 말이 맞지 않냐는 듯 사람들을 둘러보며 말하는 관계자의 태도에 구경꾼들도 크게 호응했다. 남자는 무겁게 고개를 끄덕였다.

"그렇군요. 감사합니다."

사람들은 이제 그가 아버지의 도굴품 창고를 공개하는 다음 장면을 기대했다. 한데, 일순간 모두가 경악했다. 남자가 소매 안쪽에 숨겨둔 망치를 휘둘러, '와장창!' 도자기를 깨버리는 게 아닌가!

"꺄아악!"

"세상에!"

이해할 수 없는 광경에 모두가 어마어마한 충격을 받았고, 관계자들도 당황해서 어찌할 바를 몰랐다.

"이, 이게 무슨 짓입니까? 아, 아니?"

남자는 아무 말도 없이 그냥 그 자리에 서 있었다. 웅성거리던 사람들은 죄다 휴대폰을 든 손을 빠르게 움직였고, 곧장 이 사태가 뉴스 속보로 터졌다. 전국에서 이 소식을 들은 많은 이가 깜짝 놀랐다. 다들 이 도자기 사건이 흥미롭다고 생각했지만, 이 정도로 충격적인 전개는 누구도 예상하지 못했다.

현장의 관계자들은 애써 진정하며 남자에게 몇 번이고 물었다. 도대체 무슨 짓이냐고. 남자는 계속해서 침묵했는데, 기묘하게도 그 자리에서 조금도 움직이지 않는 고정된 자세였다. 사진 찍기에 너무나도 좋은 자세에 많은 이들이 손가락을 움직였다.

이윽고 10분쯤 지났을 때, 남자가 드디어 뒤돌았다. 그는 자신을 향한 시선들을 향해 말했다.

"제가 제 도자기를 부순 게 무슨 잘못입니까?"

사람들의 눈이 휘둥그레졌다. 저런 뻔뻔한 말을 갑자기? 특히 박물관 관계자 중 한 명이 크게 흥분했다.

"아니, 선생님! 지금 무슨 말씀을 하시는 겁니까! 지금 무슨 짓을 저지른 건지 모릅니까! 저 도자기는 무려 신라 시대부터 긴 세월을 견뎌낸 귀한 유물이란 말입니다!"

그 순간, 관계자를 휙 돌아본 남자가 되물었다.

"정말 귀한 보물이 맞습니까?"

"당연하죠!"

"그래요? 근데 그럼 왜 제가 부수고 있는 겁니까? 저는 그동안 벌써 몇 점이나 유물을 부쉈는지 모르겠는데 말입니다?"

"뭐라고!"

관계자가 깜짝 놀라 대꾸하려던 그 순간, 남자가 사람들을 향해 강한 목소리로 토로했다.

"바로 그곳, 보근백화점 건설 현장에서 말입니다!"

뜻밖의 말에 사람들의 눈이 커졌다. 남자는 말했다.

"저는 도굴꾼의 아들도 뭣도 아니고, 그냥 백화점 건설 현장의 노동자입니다. 땅을 파다가 도자기를 발견했을 때, 위에서 내려온 지시는 못 본 척 묻으라는 말이었습니다. 이건 아닌 것 같아서 밥줄 걸고 지자체에 몰래 알렸을 때, 돌아온 대답이 뭐였는지 아십니까? '그리 귀한 물건이 아닌 것 같다'였습니다. 그래서 저는 그 귀하지 않은 도자기 하나를 챙긴 겁니다."

"아!"

사람들의 눈빛이 흔들릴 때, 남자는 담담히 말했다.

"지금 이 시간에도 보근백화점 부지에서는 수백 점의 유물이 부서지고 있을 겁니다. 그런데 제가 여기서 이깟 도자기 하나 부순 게 무슨 잘못이겠습니까? 안 그렇습니까?"

숨죽인 사람들은 아무 말도 할 수 없었다. 감탄 정도를 제외하면 말이다.

남자가 벌인 이 사건의 충격은 전 국민이 한가지 목소리를 내도록 만들었다. 당장 보근백화점 건설을 중단해야 한다고 말이다. 유례없던 대기업의 공사 중단 사태가 일어나고, 유물 발굴 작업이 시작되었다. 남자는 건설 현장으로 다시 돌아가지 못했지만, 어차피 그를 찾는 곳은 무수히 많았다. 어떻게 이런 놀라운 일을 계획했는지 다들 듣고 싶어 했으니까.

시간이 흐른 뒤, 국립중앙박물관에서는 신라 시대 유물 전시가 정식으로, 대대적으로 열렸다. 많은 사람이 그 귀한 유물을 보기 위해 방문했다. 그리고 그 전시회장의 정중앙에는 부서진 도자기의 잔해가 그 상태 그대로 전시되어 있었다. 국내 문화재 역사에 대격변을 불러온 하나의 상징으로 말이다.

할머니를 어디로 보내야 하는가

땅동.

전광판의 대기 번호가 5654번으로 바뀌고 할머니는 손에 든 번호표를 확인해본다. 아직 아니다. 너무 늦게 왔다. 상담 창구 너머, 하얀 제복 차림의 직원들이 바쁘게 움직이고 있다. 소리를 지르는 고객을 응대하기도 하고, 울어대는 고객을 응대하기도 하고, 떼를 쓰는 고객을 응대하기도 한다. 직원들은 바쁘고 지쳐 보인다.

땅동.

번호가 바뀌는 소리에, 할머니는 자신의 차례인가 싶어 고개를 든다. 전광판에는 번호 대신 글자가 쓰여 있다.

[마감]

"아!"

할머니의 상체가 조금 일으켜졌다. 안 되는데. 지금 꼭 가야 하는데.

직원들이 창구의 불을 끄며 정리를 시작한다. 고객들도 하나둘, 건물 밖으로 나간다. 할머니는 자리에 앉아 안절부절못하며 직원들을 쳐다본다. 할머니를 발견한 젊은 막내 직원이 창구 너머로 다가와 말을 건다.

"오늘은 마감했구요. 내일 오셔야겠는데요."

"아, 안 되는데… 오늘 꼭 가야 하는데! 아가씨, 어떻게 안 될까? 응?"

손을 덥석 잡고 올려다보는 할머니의 모습에 난처해진 막내 직원은 뒤돌아 마감 중인 직원들을 본다. 하나같이 지친 얼굴로 고개를 흔들고 손을 내젓고 시계를 가리킨다. 그녀는 다시 미안해하는 얼굴로 할머니를 돌아본다.

"저기, 오늘은 안 되시구요, 내일…."

"아가씨 제발 부탁해요! 꼭 오늘 가야 해요!"

간절한 할머니의 모습에 한숨을 내쉰 막내 직원은 뒤돌아 직원들 눈치를 보다가, 결국 할머니에게 고개를 끄덕거린다.

"알겠어요. 이리로 오세요…."

뒤돌아 다시 한 창구로 가 불을 켜고 앉는 막내 직원의 모습에 할머니는 연신 고맙다며 그 앞에 앉는다. 뒤에 선 직원들은 단박에 인상을 찌푸린다. 그녀의 독단 때문에 퇴근 시간이 늦어지는 것이 너무나 못마땅하다. 이곳의 직원들은 모두가 동시에 올라가야만 했기에.

자리에 앉은 막내 직원은 빠르게 처리하기 위해 곧장 할머니의 문의 사항을 넘겨짚는다.

"혹시 젊음 관련 문의인가요?"

"아니. 그게 아니고요."

"그럼요?"

이어지는 할머니의 말에 그녀의 얼굴이 멍해진다.

"지옥으로 가고 싶어요…."

"네?"

막내 직원의 머리 위에서 빛나는 엔젤 링이 흔들린다.

• • •

천국출입국사무소의 막내 직원은 할머니의 인생 기록을 보며 중얼거린다.

"이름 김덕순. 63세 사망. 평생 남에게 피해를 주지 않으려 노력하시고, 남의 가슴에 상처 주는 말도 한 적 없으시고, 좋은 일도 많이 하시고… 아니, 이거는 무조건 천국이신데? 그것도 요즘은 드문, 1등급으로 최우선 대상이신데?"

그녀의 인상이 찌푸려진다. 이해할 수 없다.

"아니 왜, 도대체 왜 지옥을 가시려고요? 3일 동안 천국 구경 한 번도 안 해보셨어요?"

할머니는 눈시울이 붉어져 말한다.

"죽고 나서야 알았어요. 천국이 있고 지옥이 있고…. 근데 내 딸이… 내 딸이 자살을 했어요."

"네?"

"자살한 사람은 지옥에 간다면서요? 그게 벌써 몇십 년 전이에요. 내가 가야 해요. 내가 얼른 가서, 내 딸 옆에 있어줘야 해요. 지옥에 있는 불쌍한 내 딸 옆에 함께 있어줘야 해요…."

막내 직원은 할 말을 잃는다. 아직 신입이었던 그녀는 이럴 때 어떡해야 하는지 교육받은 적이 없다.

"무슨 일이야?"

시간이 지체되는 것을 참지 못한 남자 선배가 다가온다. 약간은 짜증이 배인 말투였고, 막내 직원은 당황한다.

"아, 그게요… 이분이 지옥에 가고 싶다고 하셔가지고…."

"뭐? 지옥을?"

마찬가지로 황당한 선배는 막내 직원이 상황을 설명해주자, 얼굴이 굳으며 옆에 놓인 할머니의 인생 기록을 집어 든다. 그사이 막내 직원은 할머니를 다시 설득한다.

"할머니! 그래도 지옥에 가시는 건 안 돼요. 시스템적으로도 어려운 일이고요."

"저승사자가 그랬어요. 죽고 나서 3일 안에는 갈 수 있다고요. 오늘이 마지막 3일이에요. 난 꼭 가야 해요, 아가씨."

"누가 뭐랬다고요? 아니 그 미친 양반이!"

막내 직원은 짜증 난 얼굴로 누군가를 원망하고, 그사이 인생 기록을 읽던 선배는 옆에서 쯧쯧, 허허, 아이구, 어휴… 온갖 추임새를 넣으며 안타까워한다.

"거 참! 할머니 인생이…."

"응?"

막내 직원의 고개가 돌아가고, 씁쓸해하는 얼굴의 선배가 말한다.

"어릴 때 사고로 부모님 다 돌아가시고… 사촌 집에서 눈칫밥 먹으며 식모처럼 사시다가… 쯧. 어린 나이에 파렴치한 사촌에게 몹쓸 짓을 당하셨네."

"아…."

"18세에 집을 탈출해서 도망갔는데, 갈 곳이 없어서 길에서 주무셨네. 며칠을 굶으면서 쓰레기통도 뒤지시고… 어휴! 그러다가 겨우 구한 식당에서 일하면서 먹고 자고 했는데… 아이고오, 도둑으로 몰려서 몰매 맞고 쫓겨나시고… 길을 전전하시다 겨우 구한 공장 일을 하시다가 사고로 손가락 하나를 잃어서 쫓겨나시고…."

"세상에!"

"그래도 어떻게 미용실에 취직해서 보조 일을 하시면서 적은 돈이나마 꾸준히 저축했는데… 같은 방 쓰던 언니한테 전 재산 사기를 당하셨네 또?"

"이런!"

"죽을까 싶다가도, 좋아하던 남자가 나타나 결혼도 하고, 인생이 좀 피나 했더니! 쯧, 서른 살에 남편분이 먼저 돌아가셨네! 혼자몸으로 어린 딸자식 키우려고 궂은일, 고생이란 고생은 다 하셨는데… 글쎄 그 딸도 18세에 자살을 해버렸으니! 죽지 못해 사시다가, 아무도 없는 골방에서 혼자 외롭게 죽으셨구나… 아이구! 평생을 가난 속에서 허덕이다 가셨어! 용하다 용해! 그런 환경에서도 이렇게 착하게 사셔서 1등급이 나오다니…."

두 직원의 얼굴이 안타까움으로 울 듯하다. 할머니는 고개를 끄덕이며 말한다.

"예. 제가 가난해서… 배운 것 없는 이 어미가 너무 가난해서, 우리 딸 하고 싶은 거 아무것도 해주지 못하고 죽게 만들었어요. 뭐하나 해준 게 없어요. 그러니까 가야 해요. 내가 내 불쌍한 딸 옆에 있어줘야 해요. 네? 도와주세요."

애원하는 할머니의 모습에 둘의 얼굴이 난감해진다.

"에휴, 할머니! 살면서 그렇게 고생만 하셨으면, 죽어서는 편하게 사셔야죠. 지옥이 얼마나 힘든 곳인데요!"

"내 딸이 지금 지옥에 있는데 내가 어떻게 편하게 살아요. 안 돼요, 안 돼. 내 딸 옆에 내가 있어줘야 해요."

도리질하며 눈물 흘리는 할머니의 모습이 두 직원은 안쓰럽기만

하다. 할머니의 인생은 분명, 천국에서 충분한 보상을 받아야 할 삶이다.

"아, 이거 진짜 답답하네… 여기 좀 와봐!"

선배는 다른 직원을 손짓으로 부른다. 안경을 쓴 남자 직원이 짜증을 내며 다가온다.

"아 정말, 뭐 하는 거야? 퇴근 안 할 거야? 뭔데 그래?"

"이거 어떡하지? 지옥으로 보내달라시는데?"

"뭐야? 지옥?"

역시 황당해한다. 곧, 사정을 모두 들은 안경도 안타까움으로 탄식한다.

"아이고, 할머니 인생이 참."

고민하던 안경이 말한다.

"보내드리자."

"뭐?"

"그렇게 따님 옆에 가고 싶으시다는데, 어쩔 수 없잖아? 지옥에 보내드리자."

"뭐야? 너 미쳤어? 거기가 어떤 곳인데 할머니를 보내!"

둘의 의견이 대립하자, 중간에 낀 막내 직원은 난처해진다. 그녀는 둘의 대화에 끼지 않고, 그냥 할머니 손을 잡아드리며 미안해하는 표정으로 웃으며 고개만 끄덕거린다. 반면 둘의 목소리 톤은 점점 높아진다.

"할머니 인생 기록 못 봤어? 평생 죽어라 불행했는데, 죽어서라도 천국에 있어야지!"

"할머니 본인이 지옥에 가고 싶으시다잖아! 지옥에 딸을 두고 천국에서 맘이 편하시겠어?"

"안 돼! 거기가 얼마나 고통스러운데! 이 할머니는 이제 더 이상 고통을 겪으시면 안 돼!"

둘이 벌이는 소란에, 뒤에서 퇴근을 기다리던 다른 직원들도 다가오기 시작한다.

"뭔데? 뭔데 그러는 거야?"

"거, 퇴근 좀 하자! 오늘 종일 진상 고객 때문에 얼마나 고생했는데 진짜!"

"너희 왜 그러는데 정말? 하여간에, 너 거기 신입! 마감 후엔 절대 고객 받지 말랬지?"

직원들이 짜증 내며 다가오자, 선배와 안경이 설명한다.

"아니, 들어봐! 얘가 하는 말이…"

직원들은 사정을 듣고, 할머니의 인생 기록을 서로 돌려보며 안타까운 탄성을 내지른다. 지옥일지라도 불쌍한 내 딸 옆에 있어주고 싶다는 할머니의 마음은 그들을 먹먹하게 만든다.

"야. 내가 보기에도… 그냥 지옥 보내드리는 게 맞는 것 같은데?"

"무슨 소리야? 천국에 가셔야지!"

어느새 직원들도 두 패로 나뉜다.

"야야! 모르면 가만히 있어! 딸을 그렇게 사랑하시는데, 지옥에 딸을 두고 천국에 계시면 매일을 눈물로 사셔야 할걸!"

"너 지옥이 어딘지 몰라? 유황불 근처도 안 가봤으면 말을 마 인마! 그런 데다 어떻게 할머니를 보내?"

"그런 데에서 딸이 고생하고 있으니까 마음이 불편하신 거지!"

"야 이! 평생 지옥 같은 삶을 살았는데, 죽어서도 지옥에 떨어지라고? 그건 지옥에 있는 딸도 원치 않는 일이야!"

"네가 어떻게 알아 그걸?"

직원들은 서로의 의견을 내세우며 연신 열을 올리고, 막내 직원만이 할머니의 손을 잡고 미안해하는 얼굴로 미소를 짓는다. 그때 눈물을 흘리는 할머니가 그들을 향해 말한다.

"미안해요. 나 때문에… 여러분 이렇게 싸우시고…."

모두 화들짝 놀라 손을 내젓는다.

"아니에요! 미안하시긴요!"

"아이, 괜찮아요. 할머니! 저희 싸우는 거 아녜요! 괜찮아요."

미소로 할머니를 보다가도 돌아서면, 또다시 시작되는 언쟁.

"그러니까 할머니는 천국에 가셔야 한다고! 이젠 제발 행복하셔야 해!"

"답답하네! 딸 옆에 가고 싶으시다잖아! 원하시는 걸 해드려야지!"

"지옥에선 서로 고통스러울 뿐이라니까!"

답이 나오지 않는다. 천국파, 지옥파 서로의 주장이 모두 명분이 있다. 그때, 천국파 쪽에서 번뜩! 할머니를 향해 소리친다!

"아! 할머니! 남편분 보고 싶지 않으세요? 돌아가신 남편분이요!"

"우리 남편?"

할머니의 얼굴이 멍해진다. 그는 할머니의 인생 기록을 집어 들고는, 다른 한 사람의 인생 기록을 소환해서 내용을 확인한다.

"천국에 계시네! 이분 지금 천국에 계세요, 할머니! 할머니 천국에서 남편분 만나실 수 있으세요!"

"아아…."

할머니의 눈시울이 다시 뜨겁게 붉어진다.

"맞아요. 맞아요. 내가 우리 남편 다시 만날 수 있다면, 꼭 듣고 싶은 말이 있었어요. 내가, 우리 딸 열심히 키웠다고. 당신 없이도 열심히 키웠으니까, 잘했다고 말해달라고. 고맙다고 말해달라고. 나한테 미안하다고 말해달라고. 우리 남편한테 그 말 꼭 듣고 싶었어요. 내가 나중에 죽으면 그 말 꼭 듣고 싶었어요."

직원들이 가슴이 먹먹한 듯한 얼굴을 한다. 할머니는 껙껙 목을 울렁인다.

"근데 내가 미안해요. 내가 잘못해서 우리 딸 죽었어요. 내가 미안해요. 내가 잘못했어요. 어떡해요? 우린 남편 얼굴 어떻게 봐요…."

"아, 아니에요! 그건 할머니 잘못이 아닌데, 아 진짜!"

서럽게 우는 할머니의 모습에 직원들이 안절부절못하고, 괜한 말을 꺼낸 직원만 타박한다. 그들은 답답하다. 할머니를 지옥에 보내는 것도 죄송하고, 천국에 보내는 것도 죄송하다.

"아, 그 딸은 왜 자살을 해가지고!"

"야야! 쉿!"

직원들은 그 딸이 너무 원망스럽다. 지옥에 있을 딸을 생각하다 문득, 한 직원이 말한다.

"일단 지옥에 연락해서 물어봐야 하는 거 아니야? 할머니가 지옥에 내려갔을 때 딸이랑 함께 있을 수 있는지 말야! 애초에 그게 안 되면, 이런 고민 할 필요 없이, 그냥 천국에 계시는 게 낫잖아."

"음…."

그의 말은 옳았고, 직원들은 지옥 행정부로 정말 오랜만에 연락을 넣었다.

[여보세요?]

"지옥이죠? 천국인데요."

[잉?]

여차저차 사정을 설명한 직원들은, 할머니의 인생 기록을 보낸다. 그러자 그쪽에서도 마찬가지다.

[야 야 야! 오시라고 해! 우리가 그 정도는 해줄 수 있잖아?]

[무슨 소리야? 인생 기록 안 봤어? 그분은 천국에 있어야지! 이런 지옥에 왜 와?]

[까짓 편의 좀 봐드리면 되잖아!]

[지옥에 편의가 어딨어, 이 등신아?]

[뭐, 인마?]

똑같은 싸움이 벌어진다.

"뭐야…?"

천국 직원들의 얼굴이 황당해진다. 지옥에서 오히려 그들을 향해 소리쳐댄다.

[절대 지옥에 보내지 마십쇼! 예? 천국에서 편안하게 지내게 두시라고!]

[무슨 소리! 보내쇼! 보내면 내가 딸 옆에 보내드릴 테니까!]

[딸 옆이 유황불인데 뭘 보내 이 새끼야?]

[이 새끼가, 엄마 마음이 그런 게 아니야! 네가 엄마 마음을 알아 이 새끼야?]

문제가 오히려 더 복잡해진 셈이다. 여기서 보내겠다고 해도 거기서 반대할 상황을 생각해야 할 판국이다.

아! 도대체, 할머니를 지옥으로 보내야 하는가, 천국에 보내야 하는가?

그때, 할머니의 양손을 잡고 연신 위로해드리고 있던 처음의 막내 직원이 조심스럽게 말한다.

"저기 그러면 혹시… 환생하시면 어떨까요?"

"환생?"

[환생?]

"다시 엄마와 딸로 환생하셔서 사는 건 어떠세요, 할머니?"

직원들이 눈을 끔뻑끔뻑한다. 환생이라고? 급히 할머니의 얼굴을 살피는데, 할머니는 감격의 눈물을 흘리고 있다.

"그게 가능한가요? 가능해요? 정말 가능해요? 다시 제가 우리 딸엄마가 될 수 있는 거예요?"

그 말이 끝나자마자 직원들이 헐레벌떡 나선다.

"가능하죠! 얼마든지요! 환생 되지? 어? 1등급이시니까 환생 옵션 있잖아!"

"자, 잠깐만! 천국에서 환생은 죽은 날 바로 결정해야 하잖아! 할머니는 3일째인데, 안 되지 않아?"

"아냐! 아직 천국에 진입 안 하셨으니까, 3일까지는 가능할걸? 전에 저승사자한테 들었었던 것 같은데! 한번 알아봐!"

"근데, 지옥에 있는 딸은 어쩌지? 지옥에서는 선택해서 환생하는게 불가능하잖아?"

"부모가 쌓은 덕으로 어떻게 안 돼? 한번 알아봐 빨리!"

직원들이 바쁘게 움직인다. 지옥 행정부에다가도 바로 요청한다.

"혹시, 그 따님이 죗값을 치르는 게 얼마나 남았나요? 또 인간으로 선택 환생이 가능한가요?"

[잠깐. 잠시만요! 야, 안 되지 않나? 멀었잖아?]

[자살인데 당연히 아직 멀었지!]

[야 야 야! 같은 자살이라도 타인이 끼친 영향에 따라 좀 다르잖아? 한번 좀 뒤져봐!]

천국, 지옥 할 것 없이 모든 직원이 숨 가쁘게 움직인다. 할머니는 그 모습에 더욱 미안해하지만 말리지는 못한다.

"아이고… 아이고… 나 때문에… 괜히…."

"괜찮아요. 괜찮아요, 할머니."

막내 직원이 잡은 두 손을 쓰다듬으며, 고갤 끄덕여 계속 미소 지어드린다.

"된다! 돼! 1등급이시라서, 지금 당장 선택 환생이 가능해! 딸만 가능하면, 다시 같은 가족으로 환생하실 수 있어!"

"그래? 지옥은?"

[잠시만요! 야! 돼, 안 돼?]

[어 보자… 될 것도 같고 아닐 것도 같고… 그러니까….]

직원들은 침을 꿀꺽 삼키며 지옥의 대답을 기다린다.

[음… 꼭 첫째 딸일 필요는 없죠?]

"예?"

[죗값을 치를 시간이 좀 모자라는데, 할머니께서 이번에 환생하시고, 한 40년 뒤엔 가능하거든요? 그때 늦둥이를 보시는 거로 하면 어떻게 가능할 것도 같은데….]

"아! 할머니, 늦둥이도 괜찮으세요?"

할머니는 연신 눈물을 흘리며 고개를 끄덕거린다.

"내 딸을 다시 내 딸로 만날 수만 있다면, 아무래도 좋아요. 다시 평생을 고생해야 한다고 해도 좋아요. 정말 고맙습니다. 미안합니다. 고맙습니다."

할머니는 처음으로 환하게 웃는다. 고맙다며 연신 고개를 숙여 인사한다. 지옥 너머에도 고맙다며 인사한다. 직원들의 얼굴에 시큰거리는 미소가 피어오른다.

곧, 막내 직원이 할머니의 인생 기록에 도장을 찍는다.

"그럼, 환생할게요. 할머니."

할머니의 몸이 빛에 휩싸이고, 할머니는 마지막까지 고맙다며 고개 숙여 인사한다.

그렇게 할머니가 사라지고 난 뒤.

"…"

막내 직원 뒤에 선 직원들은 곧장 퇴근하지 않는다. 그 대신, 시끄럽게 달려든다.

"야 야 야! 축복 걸어! 축복 걸어!"

"빨리 행복 옵션 다 넣어!"

"재물! 건강! 인연! 미모! 기타 등등, 축복들 하나씩 다 걸라고 빨리!"

직원들은 분주하게 저마다 새로운 인생 기록에 축복을 걸어대기 시작한다. 당황한 막내 직원이 조심스럽게 묻는다.

"이, 이거 불법 아니에요?"

"알게 뭐야? 어차피 근무 시간 외의 일인데 누가 알겠어? 너도 빨리 하나 걸어, 인마!"

막내 직원은 환하게 함박웃음을 짓는다.

"예! 그럼 저는…자식 복을 걸게요!"

막내 직원은 할머니의 인생 기록에 축복을 걸며 진심으로 바란다. 할머니가 행복하기를.

좋은 일을 하면 다 돌아온다

그는 보편적인 우리나라 청년이다. 대학을 졸업했고, 학자금 대출이 남아 있고, 취업이 잘 안 되고 있다. 그런 그가 편의점에서 빵빠레를 하나 사 들고 나왔을 때, 작은 천사와 만났다.

[좋은 일을 하면 다 네게 돌아오는 법이야. 그 아이스크림을 불쌍한 아이에게 베풀어주지 않을래?]

그는 커진 눈으로 작은 천사의 주변을 살폈다. 아무리 봐도 컴퓨터그래픽 같은 게 아니라 진짜였다. 심지어 길을 걷던 사람이 아무렇지도 않게 천사의 몸을 통과하는 걸 보면, 본인의 눈에만 보이는 존재 같았다.

"뭐, 뭐야?"

[부모님이 안 계신 한 아이가 있어. 그 아이는 아이스크림이 너무

먹고 싶지만 그럴 형편이 안 되지. 그 아이에게 아이스크림을 베풀지 않을래?]

"이 아이스크림이요…?"

[그래. 그 아이는 평생 한 번도 그걸 먹어본 적이 없단다.]

"평생이나?"

그는 당황스러운 와중에도 얼떨결에 빵빠레를 천사에게 내밀었다.

[고마워! 그 아이가 정말 기뻐할 거야. 지금 이 선행은 확실히 네게로 다 돌아갈 거고.]

"엇?"

천사와 빵빠레가 동시에 사라졌다. 그는 귀신에 홀린 것 같은 얼굴로 손과 땅바닥을 확인했지만, 아이스크림은 확실히 없었다. 그는 꽤 오랫동안 그 자리를 벗어나지 못했다.

이 사실을 주변에 이야기했지만, 누구도 믿어주지 않았다. 사실 자신이었어도 안 믿었다. 스스로도 본인을 의심할 때쯤, 지하철역 자판기 앞에서 천사와 또 한 번 마주하게 되었다.

[안녕.]

"아! 그때!"

천사는 그의 손에 들린 생수를 가리켰다.

[지금 사막에서 이틀째 물 한 모금 못 마신 사람에게 그 생수를 베풀 생각이 없니? 그 물이 정말 큰 도움이 될 텐데.]

"아? 사막이요?"

[응. 네가 그 생수를 그에게 줄 생각이 있다면 내가 전해줄게. 도
와줘. 좋은 일을 하면 언젠가 다 네게 돌아갈 거야.]

"아. 음."

그는 여전히 혼란스러웠지만, 사막에서 괴로워할 사람을 생각하
면 생수를 내밀 수밖에 없었다.

[고마워!]

이번에도 천사는 생수를 들고 사라졌다. 허공을 바라보던 그는
이런 일이 왠지 계속 일어날 것 같은 예감이 들었다.

"아, 물."

그는 자판기에서 다시 물을 사 마셨다. 두 번째지만, 그 돈이 아깝
지는 않았다.

그가 예상했던 대로, 천사는 다시 나타났다. 이번에는 그가 도넛
박스를 들고 있을 때였다.

[생일인데도 굶고 있는 아이를 위해서 그 도넛을 베풀어줄 생각
없어?]

"생일인데 굶고 있다고요? 아니 세상에, 얼른 가져가세요."

그는 도넛 박스를 내밀었고, 천사는 고맙다는 말을 남긴 채 순식
간에 사라졌다. 이후로도 가끔 나타난 천사는 소소한 베풂을 부탁
했다. 그는 한 번도 거절하지 않았다. 그것들이 필요한 사람들의 사
정이 너무 딱했기 때문이다. 또 은근히 천사가 항상 하는 말을 기대
하기도 했다.

[좋은 일을 하면 다 돌아오는 법이야.]

천사 같은 존재가 하는 말이 허튼소리일 리가 없지 않겠는가? 누군가를 돕다 보면 언젠가 자신의 인생도 잘되리란 믿음이 생겼다. 좋은 일을 하면 다 돌아온다니까.

다만 선행의 보답이 즉시 돌아오지는 않았다. 그는 여전히 보편적인 우리나라 청년의 모습이었다. 학자금 대출은 남아 있었고, 취업 대신 아르바이트로 생활비를 충당했다. 다만, 이전과는 달리 걱정이 없었다. 자신은 결국 잘될 거라는 확실한 믿음이 있었다. 천사를 그렇게나 많이 도왔으니까!

몇 달이 지나자, 그는 드디어 취업에 성공했다. 면접관들은 밝고 긍정적인 태도의 그를 마음에 들어 했다. 그것은 회사 생활에도 그대로 이어졌다. 쉽게 적응했고, 쉽게 어울렸다. 몇 년이 지나자, 그는 건실한 사회인이 되어 있었다. 학자금 대출도 모두 갚았고, 차도 샀고, 여자 친구도 생겼다. 특히 그의 주변에는 사람이 많이 모였는데, 좋은 사람이라는 평판이 파다했기 때문이다. 사실, 좋은 일의 보상을 기다리던 그는 살면서 이기적이거나 나쁜 일을 할 수 없었다. 그깟 욕심 때문에 작은 천사를 도운 일을 다 헛일로 만들 순 없지 않은가.

덕분에 그는 점점 진짜 좋은 사람이 되어갔다. 좋은 사람의 곁에는 좋은 사람들로 채워졌고, 그의 인생도 그에 걸맞게 풍성해졌다. 결혼도 하게 되고, 아이도 낳고, 집도 사고….

수십 년 뒤 은퇴했을 때, 그는 인생에 후회가 없었다. 따지고 보면 로또 당첨 같은 행운이 한 번도 일어난 적 없는 인생이었지만, 그는 어느 날 문득 깨달았다.

"천사에게 작은 선행을 베푼 이후로 인생이 불안한 적이 없었어. 어떤 일이 일어나도 결국에는 잘될 수밖에 없다는 믿음이 있었지. 바로 그 마음가짐이 내 선행에 대한 가장 큰 보상이었던 거야. 난 이미 보상을 받았던 거지."

그는 이 깨달음에 만족했다. 인생의 진리를 깨우친 듯했다. 이보다 더한 보상은 없으리라.

어느 햇살 좋은 봄날, 전원주택의 마당에서 느긋하게 차를 마시던 그는 깜짝 놀랐다. 정말 오랜만에 작은 천사가 그를 방문했다. 그는 환하게 웃으며 손에 들고 있던 컵을 내밀었다.

"이 차가 필요한 사람이 있습니까? 기꺼이 드려야지요."

천사는 고개를 저으며 말했다.

[그 차가 아니라, 좀 더 큰 베풂이 필요해. 혹시 네 신장 하나를 베풀어줄 수 있겠어?]

"신장이요?"

그의 두 눈이 휘둥그레졌다. 이제껏 이런 제안은 없었는데?

"아니, 어떻게 신장을⋯."

[그냥 자연스럽게 원래 신장 한쪽이 없었던 것처럼 될 거야. 그 사람은 네 신장이 없다면 죽겠지.]

"어⋯. 음⋯."

그는 솔직하게 고민했다. 아이스크림 한 개를 나누는 정도가 아니지 않은가? 신장이 하나만 있어도 살아가는 데 지장은 없다지만, 그래도 장기인데.

"으음⋯."

주저하던 그는 끝내, 그러기로 마음먹었다. 그는 이미 선행에 대한 보상을 받았다. 덕분에 만족스러운 인생을 살아왔으니, 신장도 베풀 수 있었다. 결심을 굳힌 그가 입을 떼려 할 때, 천사가 먼저 말했다.

[좋은 일을 하면 다 돌아오는 법이야.]

그는 순간 멈칫했다. 나는 분명 선행에 대한 보상을 받았다고 생각했는데, 왜 저런 말을 계속하는 걸까? 설마, 진짜 뭔가 돌아오는 게 있다고? 얼마 남지도 않은 내 인생에서?

"좋은 일을 하면 뭐가 어떻게 돌아오는 겁니까?"

천사는 대답했다.

[좋은 일이 생길 거야.]

"좋은 일⋯ 이라고요? 확실한 보상이 존재한다는 말입니까?"

[응.]

보상이 있다는 말에 그의 표정은 아연해지더니 이내 실망한 듯도 했다. 그는 물질적인 무언가보다 선행하는 삶 자체가 보상이기를 바랐다.

[시간이 없어. 네 신장을 베풀어줄래?]

천사의 재촉에 그는 잠깐 고민했다. 어차피 자신은 만족한 삶을 여한 없이 살았다. 이제 와 보상 같은 것도 필요 없었다. 굳이 보상을 위해 신장을 베풀 필요가 있을까?

단지 보상을 위해서라면 그는 거절했을 것이다. 하지만 그는 오직 그 남자를 위해서 고개를 끄덕였다. 그게 평생 그의 몸에 밴 선이었다. 보상을 바라지 않은 선행 말이다.

"알겠습니다. 제 신장을 베풀겠습니다."

[고마워! 그 사람이 정말 기뻐할 거야!]

천사는 그의 몸을 통과해 사라졌다. 그는 움찔하며 무언가 이물감을 느꼈지만, 아프거나 하지는 않았다. 그는 괜히 배를 매만지며 허공을 가만히 바라보았다.

세월이 흘러, 그는 죽음의 순간을 맞이하게 되었다. 사랑하는 가족들이 지켜보는 가운데 눈을 감게 된 그의 표정은 평온했다. 한데 그 마지막 순간, 작은 천사가 그를 찾아왔다. 눈을 감으려던 그는 문득 보상이 없었단 게 떠올랐다. 혹시 이 평온한 죽음이 보상인 걸까?

천사는 그의 눈앞에 풍경을 보여주었다. 그 풍경 속에는 작은 천사가 한 여인에게 말을 걸고 있었다. 그에게 그랬던 것처럼, 베풂을 부탁하고 있었다.

[좋은 일을 하면 다 네게 돌아오는 법이야. 그 아이를 불쌍한 여자에게 베풀어주지 않을래?]

"뭐라고요?"

[불임으로 괴로워하는 한 여자가 있어. 네가 지우려는 그 아이를 그녀에게 베풀어주지 않을래?]

"제가 왜 그래야 하죠?"

천사는 여인의 신장 수술 자국을 가리켰다. 여인은 고개를 끄덕였다. 여인의 베풂을 받은 천사는 어딘가로 날아가 다른 여자에게 도착했다. 그 여자를 본 순간 그의 두 눈에서 눈물이 흘러내렸다. 그의 어머니였다. 그제야 그는 깨달았다. 자신은 아주 일찍 보상받은 것이었다. 그 후의 선행은 보상에 대한 갚음에 불과했다. 그는 선을 행한 본인의 삶이 정말 잘한 행동이었음을 확신하며 눈을 감았다. 그것이 그에게는 최고의 보상이었다.

찰나를 사는 남자

나 같은 사람의 인터뷰집을 낸다고요? 이건 정말 상식적으로 말이 안 되는 일인데? 아. 하긴 뭐, 말이 안 되려면 진즉에 저부터도 말이 안 돼야 했긴 하죠. 좋습니다. 제 소개를 먼저 하죠. 저는 찰나를 사는 남자입니다. 멋있는 표현이지 않습니까? 근데 글자 하나만 바꾸자면, 찰나'만' 사는 남자입니다. 초능력자 최민규가 그 능력을 쓰는 순간에만 나타나는 남자죠.

최민규라고 아십니까? 학원에서 초등학생들에게 수학을 가르치고 있는 평범한 남자죠. 문제는 이놈이 자신을 초능력자로 생각한다는 겁니다. 자, 놈이 태어나 처음으로 초능력을 착각한 건 방의 불을 끄는 일이었습니다. 어느 날 침대에서 일어나기가 너무 귀찮았던 녀석은 스위치를 향해 손가락을 뻗은 채 진지하게 생각했죠.

'꺼져라, 꺼져라, 꺼져라….'

문제는 정말 방의 불이 꺼졌다는 겁니다. 놀란 녀석은 벌떡 일어났고, 다시 시도해보았죠. 역시나 스위치가 눌리며 불이 켜졌습니다. 바로 그날이 녀석에게는 나름 초능력을 각성한 날인 겁니다. 처음 녀석은 자신의 초능력이 염동력이라고 생각했지만, 그것과는 조금 달랐습니다. 굳이 말하자면 녀석의 초능력은 '시작—과정—결과'에서 과정이 빠지는 것이었습니다. 앉은 자리에서 멀리 있는 컵을 내 손아귀에 쥐고 싶다고 생각하면, 컵이 손으로 날아오는 과정 없이 곧장 손에 컵이 들리는 결과가 나타나는 거죠. 손에 든 핸드폰을 책상 위 충전기에 연결하고 싶다고 염원하면, 핸드폰이 책상까지 날아가 충전기와 연결되는 과정 없이 바로 결과물이 나와 있는 거고요.

이게 얼마나 신기하겠습니까? 그러니까 녀석이 자신을 초능력자로 착각할 수밖에 없죠. 하지만 정확히 말하자면, 녀석이 아닌 제가 초능력자인 겁니다.

자, 설명하기에 앞서 사례 하나를 알려드리겠습니다. 유명한 다중인격 사례 중에, 어떤 인격일 때는 의학적으로 완벽한 실명 상태였다가 어떤 인격에서는 시각이 다시 돌아오는 일이 있습니다. 신기하죠? 최민규의 경우가 그것과 비슷합니다. 녀석의 숨겨진 인격인 저는 초능력자입니다. 제 초능력은 시간 정지와 육체 분리입니다. 최민규가 강하게 초능력 사용을 염원하는 순간, 제 인격이 깨어나며 시간이 정지됩니다. 동시에 최민규의 몸에서 저는 분리되는 거죠. 그럼 저는 정지된 시간 속에서 움직여 최민규의 손에 직접 컵을 쥐여 준 뒤 사라집니다.

　예 바로 그렇습니다. 저의 존재를 모르는 최민규는 자신이 초능력자라고 착각하지만, 사실은 제가 정지된 시간 속에서 투덜대면서다 몸으로 직접 때워주는 겁니다. 이거 아주 어이가 없죠. '과정'은제가 처리하고, 녀석은 시작과 결과만 받아보는 겁니다. 어휴. 그럼 뭐 제가 노예도 아니고 왜 최민규가 원하는 대로 해주느냐고요?최민규가 초능력을 강하게 염원하는 순간에만 제가 깨어날 수 있기 때문입니다. 초능력이 안 되면, 다시는 시도하지 않을 것 아닙니까? 찰나라도 존재하려면 녀석의 잔심부름을 해줄 수밖에 없는 신세인 겁니다, 전.

　이 사실을 모르는 녀석은 자기가 꼭 뭐라도 된 것처럼 그런 일기를 쓰지 뭡니까?

　'큰 힘에는 큰 책임이 따른다.'

　웃기고 있는 거죠. 큰 힘은 무슨 개뿔, 힘의 한계치는 딱 제 한계와 같습니다. 제가 직접 수동으로 하는 일이라 인간 남자 하나가 해낼 수 없는 건 불가능하죠. 아니 미친, 주차된 차량을 나보고 어떻게 옮기라는 겁니까? 녀석이 초능력의 한계를 실험하려고 이것저것 시도해볼 때, 내가 아니꼬워서 안 해주려다가 오토바이는 끙끙대며 한 번 옮겨준 적 있습니다. 근데 허! 수련해서 초능력을 점점강화하려고 하지 뭡니까? 영화를 너무 많이 본 거죠. 전 턱도 없는 짓 하지 말라는 취지로, 이후로는 절대 들어주지 않았습니다.

아. 지금 녀석을 조금 뒷담화하는 느낌이었긴 하지만, 그래도 최민규가 나쁜 놈은 아닙니다. 사실 이런 초능력이 있다면 안 들키고 뭐든 다 훔칠 수 있는 거 아니겠습니까? 정말 온갖 나쁜 짓이 가능할 텐데, 녀석은 적어도 범법 행위는 안 하거든요. 좀 순수하다고 해야 하나 뭐라고 해야 하나. 기억에 남는 녀석의 염원이 몇 가지 있습니다.

녀석 때문에 제가 지하철에서 변태 짓 하는 놈의 뒤통수를 꺾이도록 갈겨버린 적도 있고, 뒷골목에서 폭력을 행사 중인 놈들의 명치를 움푹 패게 강타한 적도 있고. 아 또 기억나는 게, 브레이크를 못 잡은 아이의 자전거가 트럭과 부딪히기 일보 직전의 순간에 제가 얼른 자전거를 옆으로 빼준 적도 있습니다. 근데 솔직히 정지된 상태에서 봤을 때는 어차피 안 부딪힐 각도였습니다. 녀석은 그걸 모르니까 엄청나게 뿌듯해하더군요. 그런데 그걸 또 티는 안 내요. 녀석은 절대 초능력을 들키지 않는다는 원칙을 정했는데, 그건 정말 잘한 일입니다. 괜히 사실을 떠벌리고 다녔다가 좋은 꼴 볼 일이 뭐가 있겠습니까? 어디 잡혀서 실험동물 신세가 될지도 모르죠. 다행히 녀석도 그걸 아는지, 꼭 혼자 있을 때만 초능력을 사용했습니다. 유일한 예외는 누군가를 구할 때였죠. 그래서 전 솔직히 녀석을 싫어하지 않습니다. 괜찮은 놈이죠.

그런데 어느 날, 처음으로 초능력의 결이 다른 날이 있었습니다.

한 여성이 놓친 아이스크림을 다시 제자리로 돌려놓으려고 초능력을 쓰더군요. 고작 그런 사소한 일에 원칙을 깬다? 들킬 위험을 감수한다? 바로 알겠더군요. 최민규가 그녀에게 반했다는 사실을 말입니다. 그녀의 이름은 한나루였습니다. 신입으로 온 그녀에게 반한 최민규는 한나루를 위해 초능력을 쓰기 시작하더군요. 나중에는 정말 어이가 없었습니다. 그녀가 앉으려는 의자 각도를 고작 한 뼘 수정하려고 초능력을 쓰지 뭡니까? 무슨 유난인지 원….

처음엔 저도 녀석의 연애 사업을 도와줄 생각이었습니다. 놈도 나이가 있으니까요. 근데 아니 이 미친놈이, 자기가 초능력이 있다고 고백하지 뭡니까?

"저… 저는 사실 초능력자입니다."

"예?"

"보여줄까요?"

정말 어이가 없었습니다. 평생 무덤까지 간직해도 모자랄 그 중요한 비밀을, 고작 여자 하나 꼬시려고 말한다고요? 나 원!

놈이 그녀 앞에서 초능력을 시연하려는데, 아 어림도 없죠. 저는 절대 녀석이 염원하는 걸 들어주지 않았습니다. 녀석은 당황하더군요.

"어? 이, 이거 왜 이러지? 잠깐만요. 진짜 초능력자거든요? 잠시만요."

식은땀까지 흘리면서 초능력을 계속 시도했지만, 전 절대 들어줄 생각이 없었습니다. 녀석의 얼굴이 새파랗게 질렸는데, 이게 웬걸?

그 진지한 모습이 그녀에게는 웃겼나 봅니다.

"푸하하! 최 선생님 웃긴 사람인 줄은 몰랐는데 웃긴 사람이었네요! 무슨 초능력자야."

"어, 어? 진짠데요…?"

"아 웃겨."

머리를 긁적거리던 최민규는 그녀와 헤어진 뒤 집에서 다시 초능력을 시도했고, 이때 저는 칼같이 들어주었습니다.

"아이 씨! 왜 지금은 또 되는 거야?"

다음 날에도 최민규는 다시 그녀 앞에서 초능력을 시도했지만, 턱도 없죠. 그렇게 며칠 더 시도하다가 혼자 결론을 내리더군요.

"한나루 선생님이 제 초능력 봉인구인 것 같습니다. 한 선생님과 있을 때만 초능력을 쓰지 못하게 됩니다. 어쩌면 이게 운명인 거 아니겠습니까? 저는 한 선생님과 함께하는 순간에만 평범한 인간으로 살 수 있는 겁니다."

정말 웃기는 고백 멘트 아닙니까? 근데 놀랍게도 이 말도 안 되는 고백이 먹히더군요. 둘이 연애를 시작하지 뭡니까? 정말 다 인연은 있다더니.

둘이 급속도로 가까워지는 동안, 틈만 나면 최민규는 초능력을 시도했습니다.

"내가 진짜 초능력을 쓸 줄 알거든? 혼자 있을 땐 진짜 된단 말이야. 내가 그 초능력으로 자전거 탄 꼬마 목숨도 구한 적이 있어."

"어유 알았어 알았어. 믿어줄게 오빠."

최민규는 왜 초능력을 보여줄 수 없는지 억울해했지만, 제 생각은 단호했습니다. 정체를 그렇게 쉽게 들켰다가 어떤 위험 부담을 져야 할 줄 알고요. 무슨 이 여자랑 결혼할 것도 아니지 않습니까?

아니지 않은 게 아니더군요! 이런 무슨, 불과 1년도 되기 전에 둘이 결혼해버리지 뭡니까? 세상에!

상황이 이렇게 되니, 저는 살짝 고민이 됐습니다. 평생 함께할 부부가 됐는데, 이 정도면 초능력을 보여줘도 될까? 근데 문득, 어떤 그림이 하나 그려지더군요. 이 신혼집의 온갖 집안일이 모두 제 몫이 되는 그림 말입니다. 한나루가 남편이 초능력자란 생각을 하게 되면, 빨래 걷는 일부터 쓰레기 버리는 일까지 모조리 다 시키지 않겠습니까? 어휴, 소름 돋게 끔찍하죠 그건. 저는 이전보다 더 철저하게 능력을 숨겼습니다. 절대 한나루 앞에서 초능력을 보여주지 않았는데, 둘이 매일 붙어 있으니 제가 깨어날 시간 자체가 확 줄어 버리더군요. 어느 순간부터 최민규는 아예 시도도 안 하게 됐고, 혼자 있을 때도 별로 초능력을 쓰지 않았습니다.

이 시절에 저는 제 정체성을 고민했습니다. 왠지 이렇게 제 존재가 사라지는 것이 자연스러운 흐름 같았습니다. 이제 가정까지 이룬 최민규의 삶에서 빠져줄 때가 된 듯했습니다. 어차피 저는 찰나에만 존재하고, 그 누구도 모르는 사람이니까요. 결국 저는 스스로 잠들기로 했습니다. 최민규의 행복을 빌면서요.

무의 상태로 잠들어 있던 어느 날, 이제껏 존재한 적이 없었던 어마어마하게 강력한 염원이 저를 깨웠습니다. 정신없이 튀어나온 제가 처음 목격한 것은 새파란 색깔, 이곳은 바다 위의 배였습니다. 그것도 풍랑을 만나 위태위태한 배 말입니다. 저는 바로 상황을 파악했습니다. 난간 쪽으로 미끄러진 듯한 최민규와 한나루의 널브러진 몸뚱이가 바라보는 지점은 같았습니다. 바다에 풍덩 떨어진 아이의 모습 말입니다. 최민규는 그 아이를 구하기 위해 가장 강력한 염원을 했던 겁니다.

저는 단번에 둘의 아이란 걸 알아보았고, 망설임 없이 바다로 뛰어 들었습니다. 그게 제 실수였습니다. 바다에서 그 아이를 들어 올릴 순 있었지만, 배 위로 올려다 줄 순 없었습니다. 배는 너무나도 높았습니다. 머릿속이 새하얘져서 아무것도 못 한 채로 시간 제약을 맞이하게 되려던 바로 그때였습니다.

"이리로!"

갑자기 배 난간에 나타난 여자가 나를 향해 손을 뻗었습니다. 모두가 정지된 시간 속에서 혼자 움직이고 있는 그 여자가요.

"어서! 아이를 이리로!"

저는 힘껏 아이를 들어 올렸고, 그녀가 아이의 팔을 아슬아슬하게 붙잡았습니다. 그 순간 저는 그녀의 정체를 깨달았습니다. 간절하게 손을 뻗고 있는 한나루의 몸에서 그녀가 튀어나왔다는 사실을 말입니다. 그녀가 아이를 끌어 올리고 제가 발바닥을 들어 밀었습니다. 끝내 아이는 배 위로 복귀했고, 찰나의 시간은 끝났습니다. 저와 그녀는 각자의 몸으로 돌아갔습니다. 최민규와 한나루는 과정이 사라진 초능력의 결과물을 볼 수 있게 되었고요.

"아아아!"

아이를 안고 엎드린 둘의 얼굴은 세상 모든 죄에서 구원받은 표정이었습니다. 안전한 곳으로 가 평온해진 최민규를 느낀 저는 다시 잠드는 선택을 하지 않았습니다. 제 존재를 지워버리기에는 '그녀'의 존재가 신경 쓰였습니다.

집으로 돌아간 최민규가 초능력으로 아이를 구했다고 말했을 때, 이번에는 한나루도 믿었습니다. 그래서 최민규가 다시 초능력을 보여주려고 했을 때, 저는 응해주기로 했습니다. 다만, 컵을 최민규가 아닌 한나루의 손에 놓아주었습니다.

"어머! 내 손에 컵이 있어!"

"어? 그게 왜 자기 손에 있지? 내 손에 와야 하는데?"

이런 일이 반복되자 제가 의도한 대로, 얼마 안 가 한나루도 초능력을 시도하게 되었습니다. 그러다 드디어 두 사람이 함께 초능력을 시도해보는 그림이 나왔을 때, 저는 만났습니다.

"안녕하세요."

"안녕하세요."

최민규와 한나루가 운명이었다면, 그녀와 저도 운명이었습니다. 어쩌면 둘보다 더한 운명일 수밖에 없죠.

"그들이 초능력자라고 착각하게 하는 거요, 둘이 동시에 초능력을 사용할 때만 우리가 해주는 게 어때요?"

"좋은 생각입니다. 그럼 그들이 초능력을 쓰려고 할 때마다 우린 만날 수 있겠죠. 찰나이지만 영원과도 같은 시간을 말입니다."

찰나를 사는 남자였던 저는 그렇게 영원을 사는 남자가 된 겁니다. 아! 또 이 부부가 빨래 걷기를 시키려나 봅니다. 기쁘게 준비해야겠네요. 그녀와 함께 봄날 아래서 수다 떨게 많거든요.

멍청한 악마

안개 자욱한 지옥의 문턱에 문지기가 중년 사내를 데려다 놓고 뒤로 빠졌다. 사내가 천천히 주변을 둘러보던 그때, 쿵쿵거리는 발소리가 울리며 '포포'가 나타났다. 커다란 덩치에 닭살 오른 살덩이가 씰룩거리는 머리 큰 악마다. 포포는 둔탁한 웃음을 흘리며 말했다.

"흐흐흐! 네가 죽기를 기다리고 있었어. 이제 계약을 이행해야지? 우리가 약속한 대로 네 영혼은 이제 영원히 지옥의 소유다."

중년 사내는 심각한 표정으로 신음을 흘렸다. 그가 젊은 시절, 이 악마와 계약했던 기억이 생생하게 되살아났다. 꿈인 줄 알았건만. 포포는 기뻐하며 지옥문을 가리켰다.

"자, 가자고! 지옥에서 영원한 고통을 맛볼 준비가 됐나? 네 영혼이 썩은 이끼처럼 변하는 데 몇천 년이 걸릴까? 흐흐흐흐!"

한데 그 순간, 사내가 단호하게 손바닥을 펼쳐 내밀었다.

"잠깐만."

"응?"

"내 생각에 우리 계약은 무효인 것 같은데."

"뭐? 무슨 헛소리야?"

"네가 내 소원을 제대로 이루어주지 않았잖아."

"뭐라고?"

포포는 펄쩍 뛰며 소리 질렀다.

"소원을 제대로 이루어주지 않았다니! 네가 바라는 대로 김 회장의 재산을 빼앗아 줬잖아! 그 덕분에 네가 얼마나 편하게 살았는지 기억 안 나? 라면으로 밥 때우던 처지에서 전담 요리사만 넷이 되었잖아! 평생 호의호식해놓고, 인제 와서 딴말이야!"

"정말 내 소원을 이루어줬다고 생각하나? 우리가 쓴 계약서 가져와봐."

"이익! 여기 봐!"

포포가 양피지로 된 계약서를 펼치자, 사내가 한 부분을 짚었다.

"여기 계약서를 봐라. 나는 김 회장의 '모든' 재산을 빼앗아 달라고 했다."

"그래서 내가 다 줬잖아! 김 회장의 해외 은닉 재산까지 모조리 다 빼앗아 줬는데!"

"그래. 하지만 넌 김 회장의 빚은 넘겨주지 않았잖아."

"뭐?"

"빚도 재산에 포함된다는 걸 모르나? 우린 그것을 소극재산이라고 부르지. 네가 내게 넘겨준 재산은 네 마법 같은 힘 때문에 그런지 모두 적극재산이었어. 내가 원한 건 빚을 포함한 김 회장의 모든 재산이었는데. 결국, 너는 계약을 제대로 이행하지 않은 셈이니까 이 계약은 무효인 거다."

"무슨 그런 말도 안 되는 소리야!"

"말도 안 되기는, 계약서에 분명 그렇게 쓰여 있지 않나?"

포포의 얼굴이 시뻘겋게 달아올랐지만, 할 말이 떠오르질 않았다. 어느새 다가온 저승 문지기가 중년 사내의 곁에 서며 물었다.

"지옥행이 아닌 것으로 판단해도 되겠습니까? 계약서로 증명할 수 없다면 다시 데려가겠습니다."

"그, 그건!"

포포는 당황했지만 따질 말이 없었다. 중년 사내는 문지기를 따라서 왔던 길로 돌아갔다. 포포는 망연자실 손을 뻗으며 외쳤다.

"아악! 안 돼! 또 망칠 순 없어! 이게 도대체 몇 번째냐고! 제발! 더는 악마로서 살 면목이 없다고! 아악!"

포포가 아무리 애타게 외쳐도, 결국 둘은 안개 속으로 사라졌다. 포포는 힘없이 주저앉아 머리를 쥐어뜯었다.

"으으…! 이 멍청한 포포야. 멍청해! 멍청해! 나 같은 건 악마도 아니야!"

그때, 지옥문 쪽에서 '카카'가 나타났다. 슈트가 잘 어울릴 듯한 길쭉한 체형에 깊이 있는 눈동자를 가진 악마다.

"이봐 포포. 무슨 일이야?"

"으으…. 내가 또 계약을 실수하고 말았어! 난 정말 멍청이야!"

"음."

다가온 카카는 포포의 어깨를 두드리며 위로했다.

"이봐, 이 일 하다 보면 실수도 할 수 있는 거지. 너무 그렇게 자책하지 마."

"자네는 내 심정을 몰라! 자네처럼 똑똑한 악마들은 단 한 번도 실패해본 적이 없잖아!"

"음."

"멍청한 포포! 멍청한 포포! 나는 왜 이렇게 멍청하게 태어난 걸까? 난 정말 악마들의 수치야! 나 같은 멍청한 악마가 왜 이런 중요한 일을 맡은 걸까? 나 같은 건 그냥 유황불이나 끓이고 있어야 하는 건데!"

"아니 그런 잡귀들이나 할 일을 자네가 왜 하나? 자네가 좀 부족하게 태어났다고 해도 악마야 악마."

"아니야! 정말 난 다른 악마들 볼 면목이 없어 정말! 나 같은 건 그냥 죽어야 해!"

"허허. 이거 참."

머리를 긁적거린 카카는 말했다.

"어쩔 수 없군. 이걸 자네에게 말해줘도 되나 싶은데, 자네가 실패한다고 문제 될 게 전혀 없어. 오히려 자네가 열심히 일해줘서 우린 얼마나 고마운지 몰라."

"됐어! 괜한 위로 할 생각 하지 마!"

"아니야. 자, 들어봐. 자네가 자네 말대로 좀 멍청할 순 있어. 근데 멍청한 건 좋은 거야."

"뭐라고? 지금 누구 놀려?"

"아니 정말이야. 멍청한 건 좋은 거야. 인간을 예로 들어볼게. 대체로 나쁜 인간들은 똑똑하지. 남을 빨아먹으며 사는 방법을 너무 잘 알거든. 반대로 좋은 인간들은 다 멍청하지. 멍청해서 자기 것을 나누고, 규칙을 지키고, 양보하고, 늘 손해 보며 살잖아. 근데, 인간들이 좋아하는 건 바로 그 멍청한 인간들이야. 인간이 여태 멸종하지 않은 이유도 다 그 멍청한 인간들 덕분이지. 그러니까 멍청한 건 좋은 거야."

"흐음…. 인간은 그렇다 쳐! 악마가 멍청한 게 무슨 소용이야!"

"아냐, 자네가 멍청한 것도 좋은 거야. 왜인 줄 알아? 자네의 멍청함 덕분에 똑똑한 나쁜 인간들이 지옥에 갇히지 않고 다시 세상으로 돌아가거든. 똑똑한 나쁜 인간 하나를 지옥에 가둬두는 것보다 세상에 풀어놓는 것이 우리 악마들에게는 훨씬 이로운 일이지 않나. 그를 가뒀을 때보다 풀어줬을 때 고통받는 인간의 수가 훨씬 더 많아지니까."

"흠!"

"이봐, 만약 모든 악마가 나처럼 철저하게 일했다면 세상에는 멍청한 좋은 인간들만 남았을 테야. 그럼 인간들이 악마와 계약할 필요도 적은 세상이 되겠지? 결국, 자네 같은 악마가 있기 때문에 우리 악마들은 이 악마 짓을 계속할 수가 있는 거야. 그러니까 자네는 전혀 자책할 필요가 없어. 자네가 좀 부족한 것에는 그 나름의 훌륭한 역할이 있는 거라고."

"오오오!"

점점 표정이 밝아지던 포포는 벌떡 일어났다.

"고마워! 자네 말을 듣고 보니 정말 그래! 아까 내가 보내준 인간도 정말 쓰레기 같은 놈이었거든!"

"그것 보게! 자네는 전혀 자책할 필요가 없다니까? 하하하하!"

"좋아, 그럼 다시 힘내서 일하러 가볼까?"

두 악마는 웃으며 세상으로 내려갔다. 각자의 훌륭한 역할을 품고서.

결정된 편지

고구준은 주말 아르바이트까지 빼고 친구의 요청에 응했다. 하지만 만나서 듣게 된 내용은 실로 실망스러웠다.

"구준아, 그 우체통 진짜 신기해. 우체통에 편지를 넣잖아? 그럼 바로 답장이 나온대. 미래에서 답장이 오는 거지!"

"이 자식이 지금, 그딴 말도 안 되는 소문 때문에 날 불러냈어? 너 혼자 가 새끼야!"

"야야. 그러지 말고. 나 진짜 수지한테 편지로 고백할 생각이라고. 같이 가자. 너는 구경만 하면 되잖아!"

고구준은 한숨을 내쉬며 친구를 따라나섰다. 스무 살이 되도록 그런 걸 믿는다는 게 어처구니가 없었다.

"편지는 개뿔, 고백하고 싶으면 그냥 만나서 말로 하지."

"야! 손편지의 낭만이 있는 거라고! 너는 뭐 살면서 편지 써본 적 없어?"

"없어 인마! 누가 요즘 편지를 보내냐!"

버럭 짜증을 낸 고구준은 문득, 어릴 적 기억이 떠올라 인상을 찌푸렸다. 자신도 인생에 단 한 번 편지를 보낸 적이 있었다. 보육원에서, 아주 짧게.

[엄마. 왜 날 버렸어요?]

그게 고구준 인생의 처음이자 마지막 편지였다. 보낼 곳도 모르던 편지.

"하여간…. 편지 답장 따위를 기다리느니 그냥 가서 고백해."

"아 일단 편지로 확인 좀 해보고! 아! 저기다!"

친구가 재빨리 편의점 2층으로 향하는 계단을 올랐다. 고구준은 한숨을 내쉬며 그 뒤를 따랐다. 2층 문을 두드리고 들어가니, 깔끔하게 양복을 차려입은 한 사내가 커다란 책상을 두고 앉아 있었다.

"어서 오세요."

"안녕하세요."

"이쪽으로 앉으시죠."

사내의 맞은편에 앉은 친구가 한 곳에 시선을 두며 물었다.

"저게 그 우체통인가요?"

"네, 맞습니다. 그 우체통입니다."

사내가 웃으며 고개를 끄덕이자, 친구의 목소리가 조금 높아졌다.

"정말, 미래의 답장을 미리 받아볼 수 있는 거죠?"

"그렇습니다. 이 우체통에 편지를 넣으면 무조건 답장이 돌아옵니다. 그 답장은 이미 '결정된 결과'를 담고 있습니다."

"결정된 결과?"

"이미 일어난 미래의 일 말입니다. 그 결과는 무슨 일이 있어도 바뀌지 않습니다."

친구는 고개를 갸웃했지만, 품에서 편지를 꺼냈다.

"하여간 미리 답장을 볼 수 있다는 거죠? 그럼 이 편지를 좀 넣어보고 싶은데요. 괜찮나요?"

"얼마든지요."

자리에서 일어난 친구는 우체통 앞에 서서 심호흡했다. 여태 한마디도 없던 고구준은 한심하다는 듯 그 광경을 지켜보았다. 이윽고 친구가 편지를 넣은 순간, 우체통 아래의 입구에서 두 장의 편지가 튀어나왔다.

"앗!"

얼른 편지를 주워 든 친구의 두 눈이 휘둥그레졌다. 하나는 방금 넣은 편지인데, 다른 하나는 처음 보는 꽃무늬 봉투에 담긴 편지였다.

"정재준에게? 이게 수지의 답장이라고?"

고구준도 조금 놀란 얼굴로 물었다.

"진짜 그게 수지가 쓴 편지라고?"

"그, 그런가 봐!"

"열어 봐. 내용을 봐야 믿지."

"어? 어어."

고구준이 다가가자, 친구가 급히 봉투를 뜯었다. 편지 내용을 읽어 내려가던 친구의 입꼬리가 점점 올라갔다.

「재준아. ㅎㅎ 나도 얼마 전에 알았어. 사실, 네가 언제 데이트 신청할까 기다렸는데, 설마 손편지로 보낼 줄은 몰랐네. 너 의외의 구석이 있구나? ㅋㅋㅋ 좋아! 이번 주말에 우리 데이트하자!」

"으하하하!"

기뻐하는 친구와 달리, 고구준의 미간은 펴질 줄 몰랐다.

"이게 진짜 수지가 쓴 편지라고? 미래에서 왔다고?"

사내가 대답했다.

"그렇습니다. 그 편지를 그분께 보냈을 때, 그분이 보낼 답장이 나온 겁니다."

"말도 안 돼!"

고구준은 도저히 믿을 수 없었지만, 친구는 아니었다.

"뭐가 말도 안 돼! 진짜 수지 글씨체라고! 사장님 감사합니다! 정말 감사합니다!"

"하하. 별말씀을요."

웃는 둘 사이에서 고구준이 날카롭게 물었다.

"잠깐, 잠깐만! 이 답장이 정말 미래에서 왔단 말입니까? 그렇다

치고, 만약 재준이가 이제 편지를 안 보내면 어떻게 됩니까? 그러면 어떻게 되는데요?"

사내는 피식 웃었다.

"그럴 순 없습니다. 답장이 왔다는 건 편지를 보냈다는 행위의 결과니까 말입니다."

"예? 그럴 순 없다니? 그냥 재준이가 안 보내면….."

"아뇨, 그럴 순 없습니다."

사내는 단호하게 고개를 저었다. 확신에 찬 그 표정에 고구준도 더는 묻지 못했다.

◆ ◆ ◆

편의점 건물을 떠나며, 고구준이 친구에게 제안했다.

"야. 너 그 편지, 수지한테 보내지 말아봐. 어떻게 되는지 보자."

하지만 친구는 고개를 저었다.

"아니, 나 보내볼래. 정말로 똑같은 내용의 답장이 오는지 확인해보자. 그래도 되잖아? 토씨 하나 안 틀리고 똑같이 오나 보자고."

"으음….."

며칠 뒤, 정재준이 그녀에게 답장을 받자 고구준도 함께 확인했다. 두 사람은 이미 같은 꽃무늬 봉투를 본 순간 소름이 돋았다. 내용은 더욱 놀라웠다.

「재준아. ㅎㅎ 나도 얼마 전에 알았어. 사실, 네가 언제 데이트 신청할까 기다렸는데, 설마 손편지로 보낼 줄은 몰랐네. 너 의외의 구석이 있구나? ㅋㅋㅋ 좋아! 이번 주말에 우리 데이트하자!」

"정말이야! 정말 그 내용대로야! 으히히하!"

친구가 몹시 기뻐하는 사이, 고구준은 심각해졌다.

"이게 말이 돼? 어떻게 이런…."

"말이 되든 안 되든 뭐가 중요해! 수지랑 내가 데이트한다니까!"

"아니 이건…. 거기 다시 한번 가보자!"

"어? 어어. 다음에. 나 일단 수지랑 통화 좀 하고!"

친구의 정신이 딴 데 가 있는 걸 본 고구준은 인상을 찌푸린 채로 혼자 편의점 2층을 찾아갔다.

"오! 어서 오세요."

"안녕하십니까."

사내와 마주한 고구준은 우체통을 보며 물었다.

"도대체 이 우체통은 뭐죠? 어떻게 그런 게 가능합니까?"

"하하. 별것 아닙니다. 편지의 답장을 조금 빨리 받아볼 수 있을 뿐이죠."

"으음…."

굳은 얼굴로 머뭇거리던 고구준이 사내에게 물었다.

"사랑 고백 편지가 아니더라도 답장은 옵니까?"

"물론입니다."

"그럼 혹시, 남는 편지지가 좀 있습니까?"

"있습니다. 드리죠."

사내는 책상 서랍에서 여러 장의 편지지와 펜을 꺼내 책상 위에 내려놓았다. 펜을 집어 든 고구준은 사내를 힐끔거린 뒤 뒤돌아 글을 썼다.

「이 우체통이 정말 진짜입니까?」

사내가 보지 못하도록 편지 봉투에 밀봉한 고구준은, 우체통에 편지를 넣었다. 곧바로 아래 구멍에서 두 장의 편지가 나타났다.

두 눈이 휘둥그레진 고구준은 자신이 넣지 않은 다른 편지를 들어보았다. '고구준 씨에게'라고 적혀 있는 봉투를 본 그는 사내의 눈치를 살피다가 편지를 뜯었다.

「네, 이 우체통은 진짜입니다.」

"허…."

"뭐라고 쓰여 있습니까?"

고구준의 당황한 표정을 본 사내는 웃으며 물었고, 고구준은 인상을 쓴 채로 자신이 아까 썼던 편지를 사내에게 건넸다.

그 편지를 받아서 열어본 사내는 곧장 편지지에 답장을 쓰기 시작했다. 그 내용을 지켜본 고구준은 신음을 삼켰다.

「네, 이 우체통은 진짜입니다.」

사내는 편지를 봉투에 담아 고구준에게 건넸지만, 고구준은 그 편지를 열지도 않았다.

"편지를 한 번만 더 써보겠습니다."

"얼마든지요."

고구준은 또 뒤돌아 편지를 썼다.

「만약 내가 당신에게 편지를 주지 않는다면요?」

사내가 내용을 볼 수 없게 편지를 밀봉한 고구준은 그대로 우체통에 넣었다. 한데, 우체통이 편지를 그대로 토해내는 게 아닌가?

"이게 어떻게 된 겁니까? 왜 답장이 안 나오는 겁니까?"

사내는 웃으며 말했다.

"당신은 그 편지를 전달할 생각이 없지 않았습니까?"

"예?"

"상대에게 편지를 전달하지 않을 건데 어떻게 답장이 오겠습니까? 편지를 전달한 미래가 있어야지 답장도 있는 겁니다."

"아니 그건⋯. 맞습니다. 원래는 편지를 주지 않을 생각이었습니다. 하지만 제가 갑자기 마음을 바꿔서 편지를 전달할 수도 있는 것 아닙니까?"

"그럴 일은 없었습니다."

"아니, 그러면 제가 지금 당장 당신에게 이 편지를 전달하면 어떻게 됩니까?"

"그럼 저는 답장을 쓰겠죠. 하지만, 당신이 그걸 마음먹은 순간, 이 우체통의 '결과'도 다시 정해졌을 겁니다."

"아….."

고구준은 알 듯 말 듯한 얼굴로 고개를 갸웃했다.

"내가 죽어도 전달하지 않을 거라면 절대 답장이 나오지 않고, 만약 답장이 나온다면 무슨 일이 있어도 전달했다는 말이군요?"

"그렇습니다."

"음."

고구준은 편지를 몇 번 더 우체통에 넣어보았다. 그러나 아무리 넣어도 답장은 나오지 않았다. 계속 시도하는 그를 사내가 웃으며 말렸다.

"제가 생각하기에 지금 그건 헛수고입니다. 아무리 반복해도 그 편지의 미래는 이미 결정됐습니다. 당신은 어떻게든 답장이 나올 때까지 편지를 넣어볼 생각입니다. 마음먹기의 문제라고 하니, 반드시 편지를 전달하겠단 생각으로 애쓰고 있습니다. 하지만 지금 당신이 아무리 다짐해도, 막상 우체통이 답장을 내놓는 순간 당신은 이 시스템을 깨버리고 싶어 편지를 전달하지 않을 겁니다. 결국 당신의 자유의지가 미래를 결정한 겁니다."

"아….."

고구준은 그만뒀다. 듣고 보니 맞는 말이다. 이 편지는 절대 답장을 받아볼 수 없는 편지다. 생각에 잠겨 가만히 우체통을 바라보던 그는 물었다.

"시간의 제약은 없는 겁니까? 그러니까, 제가 당사자에게 편지를 늦게 전달하면 말입니다."

"수십 년이 걸려도 언젠가 전달되기만 한다면 답장은 나올 겁니다."

"전달되기만 한다면…."

고구준은 어머니를 띠올렸다. 갓난아기 때 버려저서 얼굴조차 모르지만, 한번 만나보고 싶었다. 그가 보육원을 나오고 가장 먼저 한 일은 어머니 찾기였다. 물론 실패했지만…. 만약, 어머니께 쓴 편지에 답장이 돌아온다면? 살다가 언젠가는 어머니를 찾는단 말이 아닌가?

"편지 한 통만 더 쓰겠습니다."

"그럼요. 얼마든지요."

"감사합니다."

막상 편지지와 펜을 집어 든 고구준은 망설였다. 그가 묻고 싶은 말은 길지 않았지만, 어려웠다. 한참 망설이다가, 한 문장을 쓰고 편지를 밀봉했다.

「왜 날 버렸나요?」

편지를 들고 우체통 앞에 선 고구준은 마른 입술을 깨물었다. 살면서 가장 긴장되는 순간이었다. 망설이던 그는 모르겠다는 심정으로 그냥 편지를 확 넣어버렸다. 순간, 고구준은 벼락을 맞은 듯 굳었다. 그의 시선이 향하는 바닥에 두 통의 편지가 나와 있다. 고구준의 전신이 서서히 떨리기 시작했고, 천천히 흔들리는 손을 뻗어 편지를 주웠다. 그는 두 번 접힌 그 종이를 겨우 펼쳐 읽었다.

「미안하다.」

첫 줄에서 고구준은 울컥 눈시울이 붉어졌다.

「그때 난 어렸고, 무서웠단다. 사실은, 그때 모두가 내게 말했단다. 아빠 없는 아이는 지워야 한다고⋯. 최대한 빨리 지우라고. 난 그러지 못했고, 너를 낳아 이렇게 상처를 주고 말았구나. 정말 미안하다.」

목까지 시뻘게진 채로 부들부들 떨던 고구준은, 바로 책상의 편지를 들고 글을 휘갈겼다.

「그럴 거면⋯ 그럴 거면 차라리 낳지 말지 그랬어요. 차라리 그냥 지우지, 왜 저를 낳았어요. 내가 태어나고 싶어서 태어난 줄 알아요?」

폭발하는 감정을 담은 편지가 급박히 밀봉되었고, 고구준은 편지를 얼른 우체통에 넣어버렸다.

"아! 도대체 왜!"

한데, 이번에는 답장이 나오지 않았다. 편지를 몇 번이고 다시 집어넣던 고구준이 허탈해하는 표정으로 사내를 돌아보았다. 사내는 손가락 두 개를 세워 하나씩 접으며 말했다.

"당신이 전달하지 않았거나, 혹은."

"혹은?"

"전달받은 사람이 답장하지 않았거나."

고구준의 얼굴이 사정없이 구겨졌다. 몇 번이고 다시 편지를 집어넣던 그는 '쾅!' 하고 우체통을 내려친 뒤에야 멈췄다. 고개를 돌린 그는 어머니의 첫 답장을 다시 펼쳤다. 꼼짝도 안 하고 몇 번이나 읽었다. 태어나 처음으로 마주한 어머니의 흔적이다.

고구준은 문장 하나, 단어 하나, 필체 하나까지도 눈에 깊이 새겨졌다.

❖ ❖ ❖

고구준은 편지들을 늘 지갑에 넣고 다녔다. 살면서 언젠가는 자신이 편지를 어머니께 전달할 거라는 게 이미 '결정된 미래'임을 알기에 그랬다. 하지만 왠지 그날이 빨리 올 것 같지 않은 예감이 들었고, 그것은 사실이었다. 편지들은 고구준의 지갑에 오래도록 잠들어 있었다. 스무 살이던 그가 대학을 졸업하고, 직장인이 되고, 서른이 넘어 결혼할 때까지도.

결혼식 날, 고구준은 오랜만에 본 보육원 원장을 통해 한 이야기를 듣게 되었다.

"몇 년 전에 보육원에 찾아온 여자가 있었는데, 그땐 그냥 봉사하러 온 여자인 줄 알았다. 근데 지금 생각해보면, 아무래도 그 여자가 네 어머니였던 것 같아. 네가 이곳에 들어온 그 시절의 갓난아기 얘기도 묻고 그 아이가 어떻게 보육원을 떠났는지도 꽤나 자세히 물었던 게 말이다."

"…그래요?"

"동대문인가 남대문인가, 어디에서 문구점을 한다고 했던 것 같은데 기억이 잘 안 나네. 혹시 다시 찾아오면 연락해줄게."

"알겠어요. 감사합니다."

고구준은 자신이 어머니와 만날 날이 머지않았음을 느꼈다. 스무 살 때 편지의 답장을 받았었기 때문에 가능한 예감이었다. 그가 어머니에게 편지를 전달하는 건 이미 결정된 미래니까.

신혼여행에서 돌아온 고구준은 틈이 날 때마다 동대문, 남대문 근방의 문구점을 찾아다녔다. 얼굴도 모르는 어머니를 그런 식으로 찾을 수 있을까 싶었지만, 이미 결정된 미래를 믿었다.

그렇게 1년이 흐르고, 어느새 고구준도 한 아이의 아빠가 되었다. 그리고 드디어 어느 문구점에서 강렬한 운명을 느꼈다. 문구점 아주머니의 얼굴을 알아봐서가 아니었다. 계산대 위에 펼쳐진 메모용 공책 때문이었다. 고구준은 그 공책을 결코 지나칠 수가 없었다. 그가 수만 번은 봤던 어머니의 답장과 똑같은 무늬였으니까.

순식간에 눈시울이 붉어진 고구준은 목이 잠긴 채 상대를 불렀다.

"저기 아주머니."

"네, 잠시만요."

다가온 그녀와 마주한 순간, 고구준은 잠시 말을 할 수가 없었다.

평생을 원망하고 그리워했던 어머니가 눈앞에 있다니, 온갖 감정이 몰려왔다.

"네? 손님?"

"…."

"손님?"

"혹시 보근보육원을 아십니까?"

"아!"

두 눈이 휘둥그레진 그녀의 눈동자가 사정없이 흔들렸다. 심장이 내려앉은 듯한 그녀의 모습에 고구준은 확신했다. 그는 지갑 속 오래도록 잠자고 있던 편지를 어머니께 내밀었다. 그가 전달해야 할 편지였다.

"답장해주시죠."

떨리는 손으로 편지를 받아 든 어머니는 편지를 펼치자마자 탄식했다.

「왜 날 버렸나요?」

심호흡하는 그녀의 숨이 가늘게 떨렸다. 그녀는 계산대 위에 놓인 공책을 앞으로 당기며 볼펜을 집어 들었다. 손을 너무 떠는 나머지 볼펜을 떨어뜨렸다.

"아."

주저앉아 볼펜을 잡으려던 그녀의 손이, 먼저 볼펜을 주운 고구준의 손과 닿았다. 볼펜을 들고 일어난 고구준은 가만히 그녀를 바라보다가, 직접 볼펜을 쥐어 주었다.

"…."

형용할 수 없는 표정으로 고구준을 바라보던 그녀는 공책 위로 펜을 움직였다.

「미안하다.」

첫마디에서 고구준은 울컥했다. 그녀의 눈에도 눈물이 맺혔다. 그녀는 눈물을 훔치며 글을 마무리했다. 고구준은 어머니가 공책의 페이지를 뜯는 모습을 가만히 지켜보았다. 찢긴 모양부터 두 번 접는 것까지, 이미 수만 번은 봐서 익숙한 그 답장이었다.

어머니는 편지를 건넸고, 아들은 펼쳐서 읽었다.

「그때 난 어렸고, 무서웠단다. 사실은, 그때 모두가 내게 말했단다. 아빠 없는 아이는 지워야 한다고…. 최대한 빨리 지우라고. 난 그러지 못했고, 너를 낳아 이렇게 상처를 주고 말았구나. 정말 미안하다.」

기어코 눈물을 흘린 고구준은 스무 살 때 왜 두 번째 편지의 답장이 없었는지 알 수 있었다. 그는 원망하듯 목소리를 쥐어 짜냈다.

"그럴 거면… 그럴 거면 차라리 낳지 말지 그랬어요. 차라리 그냥 지우지, 왜 저를 낳았어요. 내가 태어나고 싶어서 태어난 줄 알아요?"

흐느끼는 고구준을 보며 어머니도 울었다. 그녀는 뒤돌아섰고, 고구준은 절규했다.

"어차피 버릴 거면 낳지 말지! 태어나고 싶지도 않았다고요!"

허리를 숙인 그녀는, 다시 뒤돌아 고구준에게 손을 내밀었다. 손위에는 가방에서 꺼낸 편지가 있었다.

오래되고 낡은 편지를 내려다보며 이해하지 못하던 고구준의 두 눈이 급격히 흔들렸다. 설마? 놀란 고구준이 고갤 들어 어머니를 바라보자, 울먹이는 어머니가 고개를 끄덕였다. 고구준은 떨리는 손으로 그 편지를 펼쳤다.

「모두가 내게 너를 지우라고 해. 역시 그게 맞는 거겠지? 난 오늘 너를 지우러 가. 근데 사실은 모르겠어. 무서워. 난 어떻게 해야 할까? 만약 네가 내게 말해줄 수 있다면 정말 좋을 텐데⋯. 있잖아, 구준아. 엄마는 어떻게 해야 할까?」

편지를 꽉 붙잡은 고구준의 두 손이 부들부들 떨렸다. 그가 목이 멘 소리로 물었다.

"⋯이 편지의 답장이 왔습니까? 뭐였나요?"

어머니는 두 손을 뻗어 고구준의 손을 맞잡고, 직접 그 손에 볼펜을 쥐여 주었다.

"그 내용은 너도 알고 있단다."

"⋯."

어머니의 눈물과 미소를 보며, 고구준은 펜을 고쳐 잡았다. 그는 어머니가 내어준 자리에 앉아 공책을 펼쳤다. 아주 천천히 편지를 쓰기 시작했다. 어머니에게 보낼 편지를, 수십 년 전에 이미 결정된 편지를, 자신을 이 세상에 태어나게 할 편지를 말이다.

복수심의 크기

친구들이 모두 대학에 진학할 때 남자는 일을 시작했다. 캠퍼스에서 청춘을 만끽하는 친구들이 부러울 때가 있었지만, 통장에 차곡차곡 쌓이는 돈을 바라보며 견뎠다. 그렇게 10년이 흘렀을 때, 그는 2억을 저축한 사람이 되어 있었다. 그는 그 돈으로 친구와 동업을 시작했다. 좋은 대학 나온 똑똑한 친구의 아이디어에 설득당한 것이었는데, 실제 2년 만에 사업은 대박이 났다. 대기업의 인수 제안을 받아들이며 100억 가까운 돈을 벌게 된 거다. 그러나 마지막 순간, 남자는 충격적인 진실을 알게 되었다. 그 사업에 남자의 권리는 아무것도 없었던 거다. 모든 수익을 혼자 꿀꺽한 친구는 해외로 잠적해버렸고, 남자는 반쯤 미쳐버렸다. 믿었던 친구의 배신에 그는 피눈물을 흘렸다. 갑작스러운 배신도 아니고, 2년 전부터 설계

한 배신이란 점에 더 분노가 컸다. 친구를 증오하는 것만으로 하루 하루를 폐인처럼 보내던 그의 앞에, 악마가 나타나 조롱했다.

[네가 복수귀라고? 아니야. 네 복수심은 그렇게나 강하지 않아. 그 정도는 길바닥에 굴러다닐 정도로 흔한 증오야.]

민취한 남자는 이 난데없는 헛것을 보며 분노했다. 복수할 수 있다면 자기 목숨까지도 바칠 수 있는 정도라며 반박했다. 악마는 히죽 웃으며 말했다.

[그 정도밖에 안 된다는 거지. 난 네 복수를 도와줄 수 있어. 하지만 고작 그 정도 감정으로는 못 할걸?]

남자가 정말 뭐든지 할 수 있다고 얘기를 하자, 악마가 가늘어진 눈초리로 말했다.

[그럼 이건 어때? 네가 가장 사랑하는 사람의 뺨을 때리면, 그놈의 뺨도 때리게 될 거야. 네가 그걸 할 수 있을 것 같아?]

당황한 남자는 대답하지 못했고, 악마는 비웃었다.

[그것 봐. 그러니까 네 복수심은 고작 그 정도라고 했던 거야. 아니라고? 반박하고 싶으면, 네가 가장 사랑하는 사람의 뺨을 때려 봐. 그럼 그때 다시 얘기해보자고.]

악마가 사라진 뒤, 남자는 자신에게 물어보았다. 그가 가장 사랑하는 여자 친구의 뺨을 때릴 수 있을까? 내가 그 새끼 뺨을 아무리 때리고 싶다지만, 그럴 수 있을까?

남자는 고개를 흔들었다. 절대 그럴 수 없지만, 그렇지만 자신의 복수심이 별것 아니라는 걸 인정하기도 싫었다.

　다음 날, 술에서 깬 남자는 자신을 챙겨주려고 나타난 여자 친구와 마주했다. 그녀는 매일같이 진심으로 남자를 격려했다. 다시 시작할 수 있다고, 필요한 게 있다면 뭐든 해주겠다고. 그녀가 정말 좋은 사람이란 생각을 하면서도 악마의 말이 맴돌았다. 가장 사랑하는 사람의 뺨을 때리면, 그 새끼의 뺨도 때릴 수 있다고?

　그 생각을 뿌리치지 못한 남자는 어느 날, 그녀가 자신에게 사과하는 모습을 마주하게 되었다.

　"오빠 미안해. 오빠 차 끌고 나갔다가 실수로 긁어버렸어."

　그 일로 남자는 전혀 화가 나지 않았다. 하지만 순간적으로 그녀의 얼굴 위에 그놈의 얼굴이 겹쳐 보였다. 남자는 자기도 모르게 손을 들어 올렸다.

　"안 그래도 힘들어 죽겠는데, 너까지 왜 이래 진짜!"

　남자는 손을 휘둘렀고, 그녀의 뺨은 돌아갔다. 동시에 남자는 시간이 정지된 것처럼 눈앞에 광경이 겹치는 걸 보았다. 자신을 배신한 친구의 뺨이 시원하게 돌아가는 모습을 말이다. 그것은 속이 뻥 뚫리는 쾌감을 주었다.

　한데 곧, 뺨을 감싸 쥐며 놀란 그녀의 얼굴이 나타나자, 남자는 놀라 굳어버렸다. 내가 지금 도대체 무슨 짓을 저질렀단 말인가?

　남자는 그녀의 얼굴을 더 보지 못하고 뒤돌아 자리를 피했다. 그가 다시 만취했을 때, 악마가 나타났다.

[정말 할 줄은 몰랐는데? 자, 이걸 좀 보라고.]

악마는 친구가 뺨을 맞는 모습을 남자에게 보여주었다. 반복되는 그 영상을 남자는 뚫어지게 바라보았다. 낮게 웃으며 그 모습을 지켜보던 악마가 말했다.

[내 예상보다 네 복수심이 조금 컸다는 건 인정하지. 근데 이 정도는 복수라고 할 수도 없지. 이건 어때? 네가 원한다면 난 그놈이 암에 걸리게 해줄 수 있어. 물론, 그렇게 되면 네가 가장 사랑하는 사람도 암에 걸리겠지. 네 복수심이 그 정도가 되겠어?]

남자의 인상이 찌푸려졌다. 그 새끼가 암에 걸리는 건 대환영할 일이지만, 그걸 위해 사랑하는 여자 친구가 암에 걸리는 건 정말 말도 안 되었다. 남자는 당연하다는 듯이 거절했고, 악마는 비웃었다.

[그것 봐. 네 복수심은 고작 그 정도라니까.]

악마가 사라진 뒤 남자는 화가 났다. 그는 복수에 진짜 목숨까지 걸 자신이 있었다. 만약 자신이 암에 걸리는 것으로 친구도 암에 걸린다면 잴 필요도 없었다. 하지만 아무 죄 없는 그녀를 복수심의 제물로 삼는 것은 도저히….

여자 친구를 다시 만났을 때, 그녀는 헤어짐을 통보했다. 남자는 무릎 꿇고 매달렸다. 어떻게 그 일을 용서받을까 생각했는데, 그녀는 놀랍게도 한 번 더 기회를 주었다. 정신적으로 너무 힘들었을 테니 이해해보겠다고까지 했다. 더욱 죄책감이 든 남자는 새삼 이 사람이 얼마나 소중한 존재인지 깨달았다.

'내 복수심이 아무리 대단하다 한들, 여자 친구가 소중한 것보다 더 크진 않다.'

남자는 재기를 결심했다. 친구에게 뒤통수를 맞은 이후로 집에서 술만 마셨는데, 처음으로 일자리를 찾아 나섰다. 그는 곧 예전에 하던 일을 다시 시작하게 되었고, 여자 친구는 감동해서 울었다. 그 모습을 보며 남자는 자기 최면을 걸어서라도 복수심을 다 잊기로 했다.

그렇게 흘러간 시간이 한 달, 1년, 3년, 어느새 10년. 행복한 가정을 꾸리고 사는 남자를 보고 주변 사람들은 말했다.

"솔직히 네가 그 일 겪었을 때, 다들 네가 이렇게 쉽게 극복해낼 줄 몰랐다. 다들 말은 안 하지만, 속으로 너를 진짜 대단하게 생각하고 존경할걸?"

남자는 그 말이 좀 씁쓸하면서도 좋았다. 어느 주말 밤, 아내와 부엌 식탁에 앉아 간단하게 맥주와 땅콩을 먹으며 남자가 말했다.

"10년 전에 내가 당신 뺨 때린 일 기억나?"

"술맛 떨어지게 무슨 그런 이야기를 해?"

"지금 생각해도 그땐 내가 제정신이 아니었어. 평생 사과해도 모자라. 근데 변명은 아니고, 그게 사실은 말이야…"

남자는 악마와 있었던 이야기를 모두 털어놓았다. 덧붙이기를, 그 시절에 술에 절어 살면서 헛것을 봤던 것 같기도 하다면서.

이야기를 들은 여자는 웃으며 말했다.

"악마가 아니라 천사 아니야? 덕분에 우리 이렇게 잘 살고 있잖아."

"그런가? 글쎄 모르겠네."

며칠 뒤, 직장에서 일하던 남자에게 친구의 급한 전화가 걸려 왔다.

"야! 최무정이 그 새끼 말이야! 폐임으로 죽었다던데?"

"뭐라고?"

남자의 놀란 얼굴이 급격히 일그러졌다. 그토록 바라던 복수가 이루어졌지만, 기쁨을 느낄 새가 없었다. 그는 하던 일을 내팽개치고 황급히 집으로 달려가 아내를 찾았다. 이 시간에 갑자기 웬일이냐는 그녀를 끌고 나와 곧장 병원으로 향했다.

"당장, 당장 모든 암 검사를 다 해주세요! 당장!"

다행히도 그녀는 건강했고, 남자는 안도의 한숨을 내쉬었다. 그때 남자는 깨달았다. 자신의 머릿속은 오직 그녀에 대한 걱정뿐이었지, 복수가 주는 통쾌함은 떠올릴 새가 없었다는 것을 말이다. 인제야 뒤늦게 복수가 이루어졌음을 실감하고 있다는 것을.

그날 밤, 남자는 아내와 단둘이 술을 마셨다. 배신한 친구가 죽었다는 소식을 이야기하면서 울기도 했다. 시간이 흘러 아내가 먼저 들어가 잠들었을 때, 술자리를 정리하던 남자 앞에 악마가 나타났다.

[내가 말했지? 네 복수심은 고작 그 정도라고.]

악마의 그 비웃음에, 남자는 그냥 순순히 고개를 끄덕여 인정했다. 자신의 복수심은 고작 그 정도였을 뿐이라고 말이다. 기분 좋게 웃은 악마는 알면 됐다며 사라졌다. 남자는 한동안 그곳을 바라보다가 정리하던 것을 놓아두고 안방으로 들어갔다. 따뜻한 그녀의 옆으로.

인생 최고의 업적

저널리즘학과의 투 톱이자 라이벌인 라일리와 에이든은 이번 과제에 필사적이었다. 교수가 단 한 장 써주기로 한 추천사를 반드시 확보하기 위함이다.

'부모님 인생의 최고 업적과 최악을 인터뷰하라.'

라일리는 자신 있었다. 그의 아버지 인생은 드라마틱했다. 난민 사생아 출신인 그가 방송국 PD와 스테디셀러 작가가 되기까지는 절대 순탄치 않았으니까.

곧장 라일리는 아버지를 찾아가 인터뷰하려 했는데, 아버지는 고개를 저었다.

"그런 과제라면, 너는 엄마에 대해 써야 한다."

"엄마? 엄마를 쓰라고? 왜?"

"그야 당연히 네 엄마가 아빠보다 더 멋지니까. 네 엄마는 실업 배구팀 최연소 감독이었다."

라일리의 얼굴이 일그러졌다. 그게 도대체 몇 년 전 일인가? 엄마의 인생이 나쁘다는 건 아니지만, 그걸로는 에이든을 이길 수 없었다. 에이든의 그 유명한 아버지는 퓰리처상 수상자니까 말이다.

"엄마도 좋은데, 근데 그냥 아빠로 할래. 이번 과제가 정말 중요해서 그래."

"그걸 위해서라면 네 엄마가 더 나은 선택이다. 진심으로."

"아니 근데, 내가 아빠로 이미 구상을 다 해서 그래. 그리고 어차피 엄마는 지금 할머니 댁 가서 없잖아."

"잠깐만 기다리거라."

방으로 들어간 라일리의 아버지는 오래된 사진첩에서 사진 한 장을 꺼내서 보여주었다. 배구 경기장에서 목청 높여 소리 지르는 듯한 어머니의 젊은 모습이 담긴 사진이었다.

"정말 멋지지 않으냐? 이런 멋진 사람이 네 엄마인 거다."

"아니 그건 아는데."

"알면 해야지."

라일리의 미간이 찌푸려질 때, 아버지는 단호하게 말했다.

"모르겠다면, 네 엄마가 얼마나 멋진 사람이었는지 먼저 알아보고 판단해라."

어쩔 수 없었다. 라일리는 일단 따르는 시늉이라도 한 다음에 다시 아버지에게 부탁하는 방법을 고려했다. 방으로 돌아간 그녀는 어머니에게 전화를 걸었다.

"엄마, 언제 돌아와?"

수화기 너머 어머니는 몹시 바쁜 듯했다.

"무슨 일인데? 엄마는 좀 걸릴 것 같은데, 잠깐."

수화기 밖으로 "그거 아니라니까!" 하고 고함치는 어머니의 찌르는 듯한 목청 소리에 라일리는 그냥 대충 질문을 던졌다.

"엄마! 엄마 들려? 엄마 인생 최고의 업적이 뭐야? 최악은 뭐고? 과제 때문에 인터뷰가 필요해."

"응 뭐라고?"

"그냥 질문이야. 엄마 인생 최고의 업적이 뭔데? 최연소 배구 감독이야?"

라일리는 대답을 기다렸지만, 어머니는 수화기 밖에서 다른 일로 바쁜 듯했다. 한 번 더 재촉한 뒤에야 대답을 들을 수 있었는데, 그것은 라일리를 황당하게 했다.

"엄마 인생 최고의 업적? 당연히 우리 사랑하는 딸을 낳은 거지."

"뭐? 아니 지금, 엄마 인생 최고의 업적이 고작 출산이라고 말하는 거야?"

"그러엄, 우리 보물 같은 라일리지! 엄마 지금 바쁘니까 나중에 다시 통화하자."

"엄마!"

일방적으로 전화가 끊어지자 라일리의 얼굴이 일그러졌다.

"이것 봐! 이럴 줄 알았다니까."

한숨을 내쉰 라일리는 노트북을 펼치며 자체 조사를 시작했다. 어머니 인생의 최고 업적을 출산으로 소개하는 대참사를 막기 위해서라도, 국내 최연소 배구 감독 업적을 자세히 알아봐야 했다.

인터넷으로 옛날 배구 감독 시절 어머니의 흔적을 더듬어가던 라일리는 놀랐다. 어머니는 그녀의 생각보다 훨씬 더 대단했다. 만년 강등권이었던 팀을 맡아 리그 강팀으로 올려놓더니, 컵대회 결승권도 따낸 엄청난 감독이었다. 배구계에 돌풍을 일으킨 젊은 피라며 온갖 극찬 기사들이 어머니에게 쏟아지고 있었다. 심지어 그 시절에 남성 팀을 여성 감독이 꾸린 것이었기에 더 그랬다.

"세상에."

라일리로서는 도저히 상상할 수 없는 일이었다. 그녀의 기억 속 어머니는 늘 집에서 가정을 돌보는 사람이었다. 이렇게 대단한 경력이 있었던 감독인데, 왜 이런 모습이 되었단 말인가.

좀 더 기사를 조사하던 라일리는 어머니의 감독 경력이 갑자기 끊어진 결정적인 사건을 찾았다. 리그 우승을 결정짓는 가장 중요한 경기를 망친 것이 원인이었다.

"뭐야? 고작 한 경기 망쳤다고 감독을 경질시켜?"

불합리함을 느낀 라일리는 좀 더 깊이 그 사건을 검색했고, 진실을 알게 되었다. 팀 내 최고 에이스 선수를 출전 명단에서 빼버린

게 원인이었다. 그 선수만 있었다면 우승이 기정사실이었기에, 어머니의 독단적인 결정은 일부러 우승을 포기한 것이나 다름없었다. 도대체 왜 그런 판단을 내렸는가? 그것은 경기가 끝난 뒤의 감독 인터뷰 영상에서 알 수 있었다. 라일리는 그 영상을 재생했고, 젊은 어머니가 남성 기자와 대화하는 모습을 보게 되었다.

기자는 날카롭게 질문했다.

[리암 선수는 부상도 없었고, 팀 내 불화 문제도 없었습니다. 보통 감독이라면 리그 최고 선수를 가장 중요한 경기에서 빼진 않을 겁니다. 그렇지 않습니까?]

어머니는 굳이 입을 열지 않았고, 기자는 대답을 들을 필요도 없다는 듯 말했다.

[너무나도 당연한 일이죠. 그런데 제가 알기로 리암 선수가 이번 경기에 참여하지 않기로 한 것은 아이의 출산에 참여하기 위함이라고 들었습니다. 감독으로서 그걸 허락하신 겁니까?]

'감독이라면 그런 결정을 내려선 안 되는 것 아니냐'란 의도가 대놓고 보이는 질문이었다. 어머니는 고개를 살짝 흔들며 대답했다.

[허락한 게 아니라, 제가 가라고 했습니다.]

[지금, 직접 권유를 하셨단 말입니까? 가장 중요한 경기에서 빠지라고?]

[그렇습니다.]

기자는 어이가 없는 듯 헛웃음과 함께 말했다.

[그게 정상적입니까? 리그 우승을 결정짓는 중요한 경기를 고작 그런 사적인 이유로 포기하게 만든다는 것이?]

[고작이 아닙니다. 기자분은 아이가 있으십니까?]

[없습니다.]

[기자분도 언젠가 아이를 가진다면 이해할 겁니다. 자기 아이가 태어난다는 건 인간이 경험할 수 있는 최고의 순간입니다. 삶에서 배구가 가장 중요합니까?]

[아닙니다. 그러나 리그 우승은 중요합니다.]

[누구에게 중요하죠?]

[모두에게요. 팀에게, 팬에게, 선수의 경력에도 중요합니다. 그게 스포츠입니다. 그것이 중요하지 않다면 배구라는 스포츠가 존재할 이유가 없습니다. 그것이 중요하지 않다면, 공을 가지고 노는 비생산적인 행위에 어떤 의미도 우린 붙일 수가 없습니다. 그건 정말로, 진심으로 중요한 겁니다.]

기자의 훈계하는 듯한 말에도 어머니의 모습은 일관적이었다.

[예 중요합니다. 그러나 그것이 한 아이의 탄생만큼 경이로운 일은 아닙니다. 역대 최고 관객 수? 리그 최고의 이변? MVP? 우승 타이틀? 그 밖의 무엇과도 비교할 수 없습니다. 지금 리암은 천국에 있는 느낌일 겁니다. 전 그 덕에 정말 행복할 뿐입니다.]

기자는 잠깐 침묵하다가 물었다.

[그것은 당신이 여성이라서 그런 겁니까?]

어머니는 그대로 자리에서 일어나 나가버렸다. 그녀에겐 헛웃음이 나온 질문이었겠지만, 여론은 아니었다. '여성 감독의 감수성이 우승을 망쳤다'란 기사가 쏟아졌고, 맹렬한 비난 끝에 그녀는 경질당한 것이다. 그렇게 리그 최연소 감독은 평범한 인생을 살게 되었다.

이 모든 사실을 알게 된 라일리는 화가 났다. 다만 그 대상에는 어머니도 포함되어 있었다. 왜 그런 바보 같은 결정으로 인생 최고 업적을 날린단 말인가? 출산을 보러 가라고 했다고? 그럼 부모님이 돌아가셔도 경기를 뛴 스포츠 선수들은 뭔가? 부모님이 돌아가신 날에도 무대에 오른 코미디언은 뭔가?

화가 나서 방 안을 걸어 다닌 라일리는 고개를 흔들었다. 아버지는 알아보면 다를 거라고 생각한 모양이지만, 처음보다 더욱 싫어졌다. 그녀는 아버지를 찾아가 다시 말했다.

"아빠 나 그냥 아빠 인터뷰할래. 어차피 시간도 별로 없어."

아버지는 단호했다.

"아까도 말했다시피 너는 엄마를 인터뷰해야 한다."

"아이, 이거 진짜 중요한 과제라서 그래!"

"네 엄마보다 중요하냐?"

"그런 이야기가 아니잖아?"

"아무튼 아빠는 안 돼. 네 엄마가 정말 훌륭한 사람이니까 엄마를 잘 인터뷰해봐."

더 매달릴 수도 없게 아버지가 아예 외출을 해버리자, 라일리는 울컥했다. 방으로 돌아간 그녀는 홧김에 키보드를 두드리기 시작했다. 마구잡이로 쓰는 것 같으면서도, 어느새 정갈하게 정리되기 시작했다. '인생의 최고의 업적'에서 프로 배구 최연소 감독이자 남성팀 유일 여성 감독 같은 부분을 최대한 부각했다. 리그에 돌풍을 일으키며 우승권 진출이라는 엄청난 성과를 낸 부분까지도. 물론, 그 이후의 결말은 일절 쓰지 않았다.

다음으로 '최악'에서 라일리는 인상을 찡그린 채 고민했다. 어머니에게 전화를 걸어서 묻는 대신, 그녀는 지금의 감정에 맞춰 휘갈겼다.

'그녀의 최악은 출산이다. 그로 인해 경력을 잃지 않았다면 지금 그녀는 더 나은 위치에 서 있었을 것이다.'

중의적인 의미로 쓰인 것이었지만, 실제로 라일리가 느낀 점이 그랬으니까.

파일을 저장하고 노트북을 덮어버린 그녀는 될 대로 되라는 식으로 침대에 몸을 묻었다. 아버지가 들어오면 어떻게든 부탁해서 다시 하는 게 현명하리라.

그러나 그 생각이 마음대로 되지 않는 사이 어영부영 시간이 흘렀고, 어쩔 수 없이 라일리는 어머니의 인터뷰를 과제로 발표해야 할 상황을 맞이했다.

강의실에서 라일리는 자신이 과제 발표자가 되지 않거나, 만약 한다고 해도 에이든보다 먼저 해서 주목받지 않길 바랐다. 누가 봐도 이번 과제의 주인공은 에이든이 될 테니까. 애석하게도 발표는 에이든이 먼저였다.

"저는 제 아버지 필립 씨를 인터뷰했습니다. 필립 씨는 객관적으로 누구나 존경할 인생의 업적을 가진 사람입니다. 세상에 한 단어만으로도 설명이 가능한 사람은 그리 많지 않겠지만, 그는 그 사람 중 하나입니다. 퓰리처상."

"오오."

"예. 필립 씨 인생의 최고 업적은 퓰리처상 수상입니다. 그는 그 사진을 찍게 된 건 우연이었다고 말합니다."

끝났다. 강의실의 환호하는 분위기 속에서 라일리의 얼굴이 찡그려졌다. 이번 과제의 주인공은 그의 것이고, 교수의 추천사도 그의 차지가 될 것이다.

라일리는 힘 빠진 얼굴로 에이든의 발표를 지켜보았다. 얄미울 정도로 재치 있는 인터뷰였다. 저널리즘학과 학생들의 박수 속에서 업적 소개를 끝낸 에이든은 이어 말했다. 그것은 라일리를 놀라게 할 내용이었다.

"그런 그의 인생에도 최악은 있었습니다. 그는 제게 한 가지 사건을 고백했습니다. 신입 기자이던 시절 그는 스포츠를 담당했습니다. 프로 배구 결승이 끝난 뒤에 패배한 팀의 감독을 인터뷰했는데, 그는 그 여성 감독에게 공격적이었습니다. 그로서는 그 감독을 이해할 수 없었거든요. 그 감독은 팀을 우승시켜줄 에이스 선수를 결승전 명단에서 뺐는데, 그 선수가 아이의 출산을 지켜봐야 한다는 이유였습니다.

훗날 그 선수는 항상 말했다고 합니다. 그녀에게 감사하다고요. 내 인생에서 최고의 순간을 지켜주었다고요. 필립 씨도 훗날 그녀에게 사과했습니다. 필립 씨는 에이든이라는 아이를 가졌을 때, 그녀의 말이 모두 사실임을 깨달았습니다. 자기 아이의 탄생을 지켜보는 일은 세상 그 무엇보다 중요하다는 그녀의 말은 사실이었습니다. 필립 씨는 인생에서 최악의 순간을 그날로 꼽습니다. 그는 감독의 어리석은 결정이 우승을 망쳤다고 했지만, 사실 그녀는 최고의 결정을 내렸던 것이었다고 말입니다. 그래서 그는 후회했고, 그녀에게 평생 미안해했습니다. 그가 아는 가장 훌륭한 사람인 그녀에게 자신의 잘못된 인터뷰로 피해를 준 것, 그게 그의 인생 최악의 일입니다."

에이든이 발표를 끝내고 들어간 뒤, 교수는 라일리를 다음 차례로 지목했다. 의자에 앉은 라일리는 곧장 자리에서 일어나지 못했다. 그녀의 눈시울이 붉었다. 겨우 일어난 그녀는 앞으로 나가 발표를 시작했다.

"제가 인터뷰한 건 제 어머니 에일리 씨입니다. 지금부터 정말 멋진 그녀 인생 최고의 업적을 알려드리겠습니다. 장담하는데, 정말 훌륭할 겁니다."

라일리는 떨리는 목소리로 어머니의 업적을 이야기했다. 그것은 당연히 최고의 결말이 포함된 이야기였다.

인간은 언제 신을 믿는가

열정 가득한 젊은 천사는 늙은 천사에게 분노했다.

"왜 안 된다는 겁니까? 우리가 가서 직접 신을 전해야 합니다!"

"아니다. 강요해선 안 된다."

"정말 답답합니다! 지금 세상을 보십시오. 인간들이 더는 신을 믿지 않고 있습니다. 나날이 점점 더 심해지고 있습니다. 대책이 필요합니다. 저 오만한 인간들은 언젠가 결국 신을 잊어버릴 것입니다."

"그럴 일은 없다. 인간의 마음속에는 항상 싹이 심겨 있다. 가만히 두어도 그들 스스로 신을 찾는다."

"누구도 믿으라 권하지 않는데 어떻게 그렇습니까! 모르시겠습니까? 지금은 누구도 신을 믿으려 하지 않는 시대란 말입니다!"

늙은 천사는 길을 열었다.

"가서 보아라."

앞장서는 늙은 천사의 뒤를 젊은 천사가 굳은 얼굴로 뒤따랐다. 늙은 천사가 찾아간 곳은 어느 시장 통의 과일 가게였다. 붕어빵 기계로 찍어낸 듯 닮은 세 부자가 가게를 지키고 있었는데, 다들 표정이 좋지 않았다. 신발집 아주머니가 전해주고 간 소식 때문이다.

"여기 이 신문 좀 봐! 여기 여기, 이 대통령 표창 받은 거 기름집 아재 아니야? 아이고 세상에, 다른 곳도 알려줘야지!"

몇 년 전에 시장 통 사람들을 등쳐먹고 도망쳤던 기름집 남자가 유명 기업인으로 대통령 표창까지 받았다니? 과일집 부자는 충격받을 수밖에 없었다.

"아니, 세상이 뭐 이런답니까? 그 자식이 어떻게 그런답니까?"

"그러니까! 형! 우리가 그 새끼 잡으러 가야 하는 거 아니야?"

씩씩거리는 두 아들을 아버지가 급히 만류했다.

"됐다. 다 해보질 않았더냐? 법으로도 안 되는데 잡아서 뭘 하냐. 부질없다."

"아니 그래도 아버지! 그런 놈이 떵떵거리며 산다는 게 말이나 됩니까?"

"아버지는 억울하지도 않습니까? 그놈 때문에 아버지 다리까지 그리됐는데! 법적으로 안 되면 직접 복수라도 해야지요!"

아버지는 눈살을 찌푸렸지만, 고개를 저었다.

"복수해서 뭐가 남겠냐. 됐다, 잊어라."

"어떻게 그럽니까!"

"그냥 잊으래도."

큰아들은 아버지가 답답했다.

"뭘 자꾸 잊으라고 하십니까? 해볼 수 있는 거 다 해야지요. 기자들 만나서 제보도 해보고, 법적으로도 다시 걸어보고, 다 안 되면 잡아 쳐 죽이기라도 해야지!"

아버지는 한쪽 다리를 힘겨워하면서도 자리에서 벌떡 일어나 소리쳤다.

"아 이놈아! 그냥 다 잊으래도! 복수는 무슨! 다 잊고 내가 그냥 잘 사는 게 최고의 복수다."

"그런 말씀 좀 마세요! 그게 무슨 복수입니까?"

"이놈이 진짜?"

작은아들은 이러다가 싸움 난다며 급히 중간에 끼어들었다. 큰아들은 내가 아버지랑 어떻게 싸우냐며 한풀 꺾였지만, 얼굴에 드러난 불만은 사라지지 않았다. 아버지가 타이르듯 말했다.

"내가 살아보니까 그렇더라. 복수심으로 사는 사람은 자기 살 깎아 먹고 사는 사람인 거야. 그게 불행이다. 불행은 누군가를 미워하는 마음을 먹고 자란다."

큰아들은 고개를 돌려버렸다. 그때, 시장 아주머니가 급하게 다가와 또 다른 소식을 전했다. 그것은 셋의 눈을 휘둥그레지게 할 내용이었다.

"신발집 양반이 열 뻗쳐서 찾아봤더니, 기름집 아재가 몇 달 전에 벌써 죽었대!"

"예? 아니?"

"작년에 표창 받고 올해 갔대!"

"정말입니까!"

아주머니에게 한발 다가서던 두 아들은 순간 뒤에서 들려온 '쿵' 소리에 급히 뒤돌아보았다. 의자에 털썩 주저앉으며 주변의 과일을 바닥에 흘려버린 아버지가 붉게 상기된 얼굴로 외쳤다.

"잘 죽었다! 아이고 신은 존재하는구나!"

순수하게 튀어나와버린 아버지의 진심에 두 아들이 놀란 얼굴을 했다. 마찬가지로 그 풍경을 보고 있던 젊은 천사가 늙은 천사에게 물었다.

"인간은 천벌이 이루어지는 순간 신을 믿게 될 거란 말입니까?"

"아니다. 더 보아라."

늙은 천사가 또 길을 열고 앞장서자 젊은 천사가 뒤따랐다. 이번에 보게 된 것은 어느 아파트 가정집의 중년 부부였다. 현관 앞에서 출근 준비 중인 남편의 표정이 잔뜩 일그러져 있었다.

"내가 진짜 오늘 퇴근길에 올라가서 한바탕한다. 애새끼 못 뛰어다니게 다리몽둥이를 분지르든가, 어!"

"그러니까 어제 올라가서 말하라니까! 내가 말하면 씨알도 안 먹

202

힌다니까."

"알았어, 내가 퇴근할 때 가서 말할 거니까 당신은 기다려."

남편은 천장을 노려보며 출근했다. 하지만 그날 그의 회사는 밤 늦게까지 정말 바빴고, 지쳐 녹초가 된 그는 아파트 엘리베이터에 올라탔을 때부터 넥타이를 풀며 자기 집 도어록 비밀번호를 눌렀다. 아침의 약속은 까맣게 잊고 내려버린 그는, 현관에서 번호를 한 번 잘못 누른 것조차도 짜증스러워할 정도로 휴식이 간절했다. 집 안에 들어서자마자 양말을 벗어 들고 욕실로 향했다. 거실 소파에 앉아 있던 아내는 무언가 할 말이 있는 듯 다급히 일어나는 모양새였지만, 욕실로 쏙 들어가버린 남편의 행동이 더 빨랐다. 그녀는 다시 앉았다. 얼마 뒤 씻고 나온 남편은 주방으로 가 냉장고 문을 열었다. 소파에 앉았던 아내가 다가가자, 남편이 말했다.

"웬일로 오늘은 조용하대?"

주어가 없어도 남편의 말이 어디를 향하는 건지 아내는 알았다. 평소라면 아내도 한마디 거들었겠지만 오늘은 그럴 수 없다. 아내는 굳은 얼굴로 말했다.

"저녁에 난리가 났어. 위층 애가 트럭에 치여서."

"뭐?"

맥주를 꺼내던 남편의 눈이 커졌다. 아내가 심각하게 말했다.

"애 피가 화단까지 흘렀대. 지금 위층 다 병원 가 있어. 근데 반찬 집 엄마가 하는 말이, 그 애가 오늘 새벽을 넘기기 힘들 거래."

"아니….."

남편의 표정도 아내처럼 심각해졌다. 아직 열려 있는 냉장고에서 아내도 손을 뻗어 맥주 한 캔을 꺼내어 거실로 향했다. 남편이 뒤따랐다.

"아니 어쩌다가?"

거실 소파에 앉은 아내가 전해 들은 바를 이야기했다.

"몰라. 트럭 운전자가 술 취해서 그랬나 봐."

"아니, 이 동네에서?"

남편은 여기서 그런 일이 일어나선 절대 안 되는 게 아니냐는 듯한 얼굴이었다.

"애가 날아갔대. 처음에 일어나더니 또 픽 쓰러져서 아유. 반찬집 엄마가 바로 보고 119 신고했는데 근데 아유. 너무 울었어 반찬집 엄마도 오늘."

"아니… 병원에서 진짜 오늘 새벽 못 넘긴대?"

"몰라, 응."

남편은 자기도 모르게 천장을 보았다. 그가 지난 1년간 가장 욕한 대상이 윗집 아이였다. 솔직히 그 욕설 중에 죽어버리면 좋겠단 말이 없었을 리가 없다.

"걔가 몇 살이었지?"

"이제 열 살이야."

"겨우?"

남편은 목이 타는 듯 맥주 캔을 들이켰다. 아내도 똑같았고, 그걸로 갑작스럽게 부부의 대화는 끊어졌다. 그날 밤 남편은 밤잠을 설쳤다. 평소처럼 쿵쿵거리지 않았는데도 그랬다.

다음 날 아침에 깨어난 부부는 이상하리만치 대화가 없었는데, 서로 그것을 눈치채지도 못했다. 두 사람 모두 마음에 무거운 돌덩어리를 얹은 듯한 표정이었다. 얼마 뒤, 조용히 출근 준비를 마친 남편은 현관문을 열었다. 그때 거실에 있던 아내가 전화를 받았고, 남편은 자기도 모르게 멈춰 서 그 모습을 가만히 지켜보았다. 통화를 끝낸 아내는 곧장 남편을 돌아보며 외쳤다.

"여보! 애가 살았대! 애가 새벽에 눈을 떴대!"

"살았대?"

"살았대! 고비를 넘겼다나 봐!"

비로소 마음이 놓인 남편은 길고 긴 한숨을 내쉬었다.

"다행이네. 다행이야. 그래도 신께선 존재하는구먼."

남편은 한결 가벼워진 발걸음으로 출근길에 나섰다. 그 모습을 지켜보던 젊은 천사가 물었다.

"인간의 마음에 죄책감이 있어서 신을 믿게 될 거란 말입니까?"

"아니다. 더 보아라."

늙은 천사가 또 길을 열고 앞장서자 젊은 천사가 뒤따랐다. 이번에 보게 된 것은 어느 병실의 젊은 남녀였다. 여자는 언제 죽어도 이상하지 않을 만큼 피폐한 모습이었고, 남자는 그녀의 손을 꼭 붙잡고 있었다. 곧, 여자는 손을 빼내며 고개를 반대편으로 돌려버렸다. 성공하기 힘든 수술을 앞둔 여자는 남자에게 이별을 고했다. 그러자 남자는 역으로 결혼을 제안했다. 여자가 바보 같은 소리 하지 말라며 화를 내자, 남자는 별것 아니라는 듯이 말했다.

"자기가 죽으면 어차피 이별할 수밖에 없는데 지금 굳이 미리 이별할 필요가 있을까? 죽으면 이별이고, 살면 결혼인 거지."

"내가 산다고 해도 그 몸으로 어떻게 당신이랑 결혼해? 평생 짐이 되고 싶지 않아."

"내가 원해서 하는 도박도 아닌데, 그럼 내게도 좋은 일이 있어야지. 나쁜 일만 있는 도박이 어딨어? 내가 이겨서 당신이 살면 우린 결혼할 거야. 난 이미 베팅했거든."

남자는 준비한 반지를 내밀었고, 예상 못 한 상황에 눈이 커진 여자는 울어버렸다. 그녀는 손가락에 반지를 낄 수밖에 없었다. 다행히도, 여자의 수술은 성공적이었다. 그녀는 천천히 회복했고 남자는 선언한 대로 결혼을 추진했다. 남자의 아버지가 여자를 격렬히 반대했지만, 연을 끊는 각오로 남자는 결혼식을 올려버렸다. 이후 두 사람은 3년을 살았고, 주변의 우려가 무색할 만큼 행복했다. 다만 한 가지, 아이는 포기했다. 여자의 몸에 아이가 들어서긴 어렵다는 진단이 있었기 때문이다. 하지만 기적적으로 두 사람에게 생명이 찾아왔다. 그날 울며불며 서로를 얼싸안은 부부는 주변에도 소식을 전했다. 남자가 아버지께 소식을 전했을 때, 여자를 그렇게도 반대했던 아버지는 울면서 말했다.

"잘되었다⋯ 정말 잘되었어⋯ 신이 정말 존재하는구나⋯."

그 모습을 지켜본 젊은 천사는 아무 말도 하지 않았다. 그는 신을 믿지 않던 인간이 신을 믿게 된 과정 세 번을 지켜보았고, 비로소 깨달았다. 늙은 천사가 말한 인간의 마음속 싹은 감사함이었다. 인간은 차고 넘쳐 감당할 수 없는 감사함을 느낄 때 신을 찾았다. 그러니 신께서 인간을 사랑할 수밖에.

커튼 너머의 세상

몇 년간 은둔형 외톨이 생활 중인 청년과는 달리, 그의 할아버지는 평생 해외를 떠돌아다녔다. 이번에 갑자기 청년을 찾아왔을 때도 해외에서 이상한 물건을 가져온 참이었다.

"어차피 너 밖에 안 나갈 거 안다. 그래서 이 커튼을 가져왔다. 그냥 주면 안 달겠지? 내가 달아주마."

할아버지는 청년의 방에 이미 걸려 있던 커다란 커튼을 떼고, 새까만 커튼을 달았다. 청년은 갑자기 무슨 짓인가 싶었지만, 그래도 이전보다 차단 효과가 좋은 새까만 커튼이 마음에 들었다. 할아버지는 떠나기 전에 말했다.

"녀석아, 가끔은 커튼을 치고 세상을 좀 봐라. 그 정도 용기만 있어도 네게 새로운 세상이 펼쳐질 거다. 다른 선물은 밖에 두고 갈 테니까 잘 쓰고."

할아버지의 당부에도 불구하고 청년은 며칠간 커튼을 한 번도 걷지 않았다. 그러다 어느 어두운 밤, 창밖으로 쏟아지는 비를 보고 싶은 마음에 용기를 냈다. 처음으로 검은 커튼을 걷은 순간, 청년은 두 눈이 휘둥그레졌다. 원래 있어야 할 창밖의 골목길이 아니라, 웬 남의 집 거실 풍경이 나타나는 게 아닌가? 깜짝 놀라 반사적으로 커튼을 닫은 청년은 혼란스러워하는 표정을 지었다. 무슨 일이지? 창밖에 왜 남의 집이 나오지? 커튼을 친 사이에 건물끼리 붙이는 공사라도 일어났단 말인가?

도저히 이해할 수 없는 상황에, 청년은 조심스럽게 다시 커튼을 쳤다가 걷었다. 이번엔 더 놀랐다. 아까 보았던 거실과 완전히 다른 풍경이 나오는 게 아닌가? 이후 몇 번의 조심스러운 시도 끝에 청년은 상황을 파악했다. 이 검은 커튼은 닫았다가 열 때마다 무작위로 어딘가의 집이 나온다는 걸 말이다. 이 말도 안 되는 일은 곧 청년에게 가장 중요해졌다. 이 커튼 너머의 시야가 일방통행이었기 때문이다. 방 밖으로 나가지 못하는 그에게 평범한 사람들의 거실을 훔쳐보는 일은 절대 참지 못할 유혹이었다. 할아버지의 말대로, 그는 매일 새로운 세상을 보게 되었다. 평범한 가정집의 모습은 별것이 없음에도 그에겐 너무나도 흥미로웠다.

온 가족이 강아지를 훈련하는 모습이나, 생일 이벤트를 몰래 준비하는 모습이나, 보드게임을 하다가 웃겨서 뒤집히는 모습이나,

어린아이가 부모님 앞에서 TV의 춤을 따라 추는 모습이나. 그 어떤 모습도 그의 눈길을 떼지 못하게 했다. 다만 모든 풍경이 반드시 좋은 건 아니었다. 무작위로 나오는 가정의 수만큼 풍경도 다 달랐다. 물건을 던지며 싸우기도 하고, 아이가 까무러치게 체벌하는 일도 있고, 치매 노인이 온 곳에 배설물을 흘리고 다니는 모습도 보였다. 청년은 이왕이면 웃음 가득한 풍경을 보고 싶어 했다. 어두운 풍경이 나오면 몇 번이고 커튼을 닫았다가 열었다. 그러다 순간, 엄청나게 고급스러운 거실의 풍경에 청년의 손이 멈칫했다. 이윽고 그는 순간적으로 숨이 멎어지는 듯했는데, 문을 열고 나타난 여인의 정체 때문이었다. 현재 가장 잘나가는 배우 신혜진이 아닌가.

청년은 커튼을 최대로 친 다음 신혜진의 모습에 집중했다. 어딘가 피곤해 보이는 그녀는 아일랜드 식탁으로 터벅터벅 걸어가더니, 컵을 집어 들고 음료를 마셨다. 크게 고개가 꺾일 정도로 많은 음료를 한 번에 마시는 듯했는데, 잔을 탁 내려놓은 그녀가 뒤돌아서다가 갑자기 휘청했다. 다리에 힘이 풀린 듯 넘어지던 그녀의 머리가 아일랜드 식탁에 부딪히고, 그대로 바닥에 쓰러졌다. 놀란 청년이 벌떡 일어나 바라보았다. 그녀는 움직이질 않았다.

"어어? 어어?"

청년은 그녀가 일어나기를 기다렸지만, 죽은 것처럼 꼼짝도 하지 않았다. 몇 분이 지나도 꼼짝도 하지 않는 그녀의 모습을 본 청년의 안색이 창백해졌다. 설마? 사고로 죽었다고? 유명 배우 신혜진이?

청년은 창 주변을 왔다 갔다 하며 어쩔 줄을 몰라 했다. 계속 꼼작도 하지 않는 그녀의 모습에 사태의 심각성을 감지한 청년은 두 가지 가능성을 가정했다. 그녀가 사망했거나, 119의 도움이 필요하거나. 어느 쪽이든 시급했다.

"시, 신고! 신고해야…!"

청년은 급히 핸드폰을 집어 들었지만, 다음 행동은 할 수 없었다. 어딘 줄 알고 신고를 한단 말인가? 뭐라고 신고해야 한단 말인가?

한시가 급한 상황에서 청년의 머리가 미친 듯이 회전했다. 그는 곧, 신혜진의 집 거실을 샅샅이 훑어보았다. 혹시 집 주소를 알 방법이 있을까 생각하던 그는 문득, 그녀가 〈나 혼자 산다〉에 출연했다는 사실을 깨닫고 바로 인터넷 검색에 들어갔다. 정신없이 검색해댔더니, 역시나 인터넷 탐정들이 그녀의 집 주소를 추정한 게 나왔다. 그녀가 현재 매물로 집을 내놓았고, 집값을 올리기 위해 〈나 혼자 산다〉에 출연했다는 악플이었다.

"보그나르 타워 1101호!"

주소를 알아낸 청년은 바로 핸드폰을 들었다. 그러나 순간, 멈칫했다. 119에 신고해서 뭐라고 말해야 하지? 신비한 커튼으로 봤는데, 연예인 신혜진이 집 안에서 쓰러졌다고? 괜히 신고했다가는 분명 골치 아프게 얽힐 텐데….

흔들리는 청년의 눈이 거실 창 너머로 돌아갔다. 여전히 쓰러진 그녀의 모습은 영락없는 시신이었다. 어차피 이미 늦은 것 같은데,

포기할까? 괜히 피곤하게 엮일 이유가 있을까? 갈등하던 청년은 눈을 질끈 감고, 끝내 전화를 걸었다.

"여보세요? 아! 저, 그! 제가 연예인 신혜진 매니저입니다! 전화 통화 중에 끊어졌는데, 큰 사고가 일어난 것 같아서요! 비명 이후로 연락이 안 됩니다! 빨리 용산 보그나르 타워 1101호로 출동해주세요! 부탁드립니다!"

청년의 거짓말은 먹혔다. 할 수 있는 걸 다한 그는 의자에 앉아 초조하게 거실 너머를 바라보았다. 15분쯤 지났을까. 드디어 신혜진의 집 현관문이 강제로 열리며 구급대원들이 들이닥쳤다. 벌떡 일어난 청년의 심장이 크게 뛰었다. 과연 그녀는 죽었을까? 아니면 단지 기절한 걸까?

다음 순간, 청년의 두 눈이 휘둥그레졌다. 구급대원들이 그녀에게 다가가기도 전에 쓰러져 있던 신혜진이 아무렇지도 않게 자리에서 일어나는 게 아닌가?

"어?"

청년은 당황했고, 구급대원들도 마찬가지인 모양새였다. 그들에게 신혜진은 무언가를 말했다. 이윽고 구급대원들과 신혜진이 집 이곳저곳을 올려다보는 모습이 보였다. 한 구급대원이 어딘가로 연락하고 얼마 뒤, 청년의 핸드폰이 울렸다.

[아! 신혜진 님 사고 신고자분 되십니까? 신고자분 성함이 어떻게 되십니까?]

"예, 예?"

[협조 부탁드립니다. 선생님, 신혜진 님이 쓰러진 걸 어떻게 아셨죠?]

청년의 두 눈이 흔들렸다. 그는 신혜진이 구급대원들에게 한 말이 무엇인지 나중에 알게 되었다.

"지금 119에 신고한 사람 있죠? 그 사람이 제 스토커예요. 우리 집에 카메라를 설치하고 저를 훔쳐보고 있는 스토커 말이에요. 그 사람을 잡으려고 제가 쓰러진 척 연기했던 거거든요? 그 사람 소재 확보 좀 부탁드려요."

◆ ◆ ◆

몇 년간 유지해왔던 청년의 은둔 생활은 강제로 끝날 수밖에 없었다. 설마 그게 경찰서 출두일 줄은 그도 전혀 상상하지 못했지만.

정신을 차릴 수 없는 혼란 속에서, 청년은 신혜진과 단둘이 마주 앉게 되었다. 신혜진은 경멸의 눈빛으로 차갑게 물었다.

"카메라 어디에 설치하셨어요?"

"예? 아, 아닙니다, 저는."

"이제 와 잡아떼는 것도 웃기지 않아요? 선처해줄 생각도 있으니까 묻는 말에 모두 성실히 대답해주세요."

"아, 아뇨, 저는 진짜 스토커가 아니고요."

"이러실 거예요?"

청년은 미칠 것 같았다. 정말 자신은 그녀가 찾던 그 스토커가 아닌데! 커튼으로 훔쳐봤을 뿐인데!

"정말 아무것도 말하지 않으실 거면, 좋아요. 저도 진짜 그쪽 인생이 망하도록 최선을 다할게요. 이거 이슈 될 사건인 거 아시죠?"

청년은 그녀가 주는 압박감에 잔뜩 움츠러들었다. 신혜진의 모습은 미디어에서 보던 순진한 이미지와는 딴판이었다. 청년은 어쩔 수 없이 사실을 털어놓았다.

"사실 제 방에 검은 커튼이 있는데요."

청년이 횡설수설 떠드는 이야기를 모두 들은 그녀의 반응은 역시나 예상과 같았다.

"지금 정말 그 얘기가 통할 거라고 생각한 거예요?"

"지, 진짜입니다!"

"그래요? 그럼 보여줘요. 믿어줄게요 그럼."

그녀는 비꼬려고 한 말이었지만, 오히려 청년은 반색했다.

"보여드리겠습니다! 정말 보여드릴 수 있습니다!"

"뭐라고요?"

눈살을 찌푸린 신혜진은 청년의 진지한 얼굴을 보며 잠시 생각에 잠겼다. 곧, 고개를 끄덕였다.

"어디 한번 보죠 그럼."

· · ·

청년의 방문이 열렸다. 청년은 이 어려운 상황에서도 문득, 자신의 방에 여자가 온 게 처음이란 바보 같은 생각을 했다. 신혜진은 시간을 낭비할 생각이 없었는지, 곧장 검은 커튼으로 향했다.

"이 커튼이죠?"

"예? 아 예!"

신혜진은 거침없이 커튼을 확 젖혔다. 곧, 그녀의 두 눈이 동그래졌다.

"뭐야 이거?"

커튼 너머에는 아기가 걸음마를 시작하고, 젊은 부부가 손뼉을 치고 있는 풍경이 펼쳐지고 있었다. 청년은 다급히 말했다.

"저, 정말이라고 하지 않았습니까? 자 보세요. 다시 닫았다가 치면…."

청년이 커튼을 닫았다가 여니까, 아까와 다른 거실 풍경이 펼쳐졌다. 신혜진은 할 말을 잃고 창문 너머만 바라보았다.

"저는 정말 스토커가 아닙니다. 우연히 그, 배우님의 거실이 나왔는데 쓰러지셔서… 걱정된 마음에 신고했던 겁니다."

신혜진은 아무 말 없이 커튼 너머만 바라보았다. 노부부가 노란 장판에 앉아 실뜨기하는 모습이었다. 장난스러운 노부부의 얼굴에는 웃음꽃이 피어 있었다. 청년은 입을 닫고 조용히 신혜진의 눈치를 보았고, 그녀는 가만히 창 너머만 바라보았다. 한참 만에 그녀는 청년을 돌아보며 말했다.

"좋아요. 당신이 스토커가 아니란 거, 믿어줄게요. 근데 당신이 스토커랑 다를 게 뭐죠? 남의 집 훔쳐보는 변태잖아요."

"예? 아, 아니 그건…."

청년은 뭐라 변명할 말이 없었고, 신혜진도 딱히 들을 생각이 없는 듯 곧장 방을 떠나갔다. 청년은 아무 말도 없이 떠난 그녀의 모습에 어쩔 줄을 몰라 했다. 그럼 이제 어떻게 되는 걸까? 다 해결된 걸까?

이후 청년은 더 복잡한 문제에 휘말리지 않아도 되었다. 어떤 수완인지 몰라도 그녀가 모든 걸 해결한 듯했다. 청년은 다행이라고 안심했는데, 한 가지 문제가 생겼다.

"히키코모리라고요? 잘됐네요. 어디 가서 떠들진 않겠죠."

신혜진이 종종 청년의 집에 찾아와 커튼 너머를 보고 간다는 것이었다. 그녀는 스케줄이 없이 한가한 날만 되면 청년의 집을 제집처럼 찾아가 커튼 너머에 몰두했다. 지은 죄가 있었던 청년은 그 행위를 막지 못했다. 솔직히 말하면, 그녀처럼 아름답고 유명한 배우가 자기 집에 찾아오는 게 딱히 싫지 않았다.

신혜진은 별말 없이 찾아와서 커튼 앞에 앉았고, 거의 대화 없이 창 너머만 바라보다가 가곤 했다. 청년은 웬만하면 감히 먼저 말을 걸려고 하지 않았다. 신혜진도 창밖을 볼 때는 청년처럼 마음에 드는 집이 나올 때까지 커튼을 여닫았는데, 가장 좋아하는 풍경도 청년과 비슷했다. 웃음이 끊이질 않는 화목한 가정 말이다. 그런 집을 찾아 멍하니 바라볼 때면, 청년도 그녀의 조금 뒤편에서 멍하니 창밖을 바라보았다. 물론, 그녀를 몰래 힐끔거리기도 하면서.

신혜진의 방문이 잦아지면서 청년의 모습이 변하기 시작했다. 언제 그녀가 올 줄 모르니까 항상 집 안을 깨끗이 했고, 매일 씻고 깔끔하게 옷을 입었다. 은둔 생활을 할 때와는 비교도 안 되는 모습이었다. 심지어는 그녀에게 간단한 음료나 다과를 제공하고 싶은 마음이 들기도 했다. 그것은 정말 놀랍게도, 청년이 스스로 집 밖을 나가도록 만들었다. 심장이 터질 듯한 걸 참고 용기를 낸 그는 집 앞 편의점에서 먹을거리를 사 왔다. 처음에는 정신이 나갈 것 같았지만, 매번 반복하면서 점점 익숙해졌다. 기어이 그는 좀 더 먼 거리의 카페까지 왕복하는 데도 성공했다. 그녀가 좋아할 법한 음료를 대접하고 싶다는 마음의 힘이었다.

청년이 음료와 간식을 내오면, 신혜진은 마다하지 않았다. 의자에 푹 기대어 앉아 탁자 위의 음료와 과자를 먹으며 창 너머를 바라보는 그녀의 모습은 정말 편안해 보였다. 청년은 그 자체에 뿌듯함을 느꼈고, 그게 딱 그가 지킨 선이었다. 그는 항상 신혜진에게 '감히'란 마음가짐으로 대응했다. 선을 넘는 건 신혜진 쪽에서 먼저 일어났다.

"저 애기가 추는 춤 어느 아이돌 같아요?"

"예? 아, 그… 검색해보겠습니다."

"뭘 검색까지."

신혜진은 종종 청년에게 말을 걸기 시작했다. 서로 좋아하는 풍경이 같아서 공감대가 잘 형성되었는데, 그 대화가 청년에게는 큰 기쁨이었다. 기어이 어느 날, 술 냄새를 풍기며 찾아온 그녀는 마음속까지 조금 보여주었다.

"참 부러워요. 내 인생은 절대 행복하지 못할 거야."

지나가는 듯한 그 말에도 청년은 전력으로 심각하게 고민했고, 매우 조심스럽게 대꾸했다.

"이마트 봉지가 보라색인 거 아십니까? 저는 커튼 너머로 처음 알았습니다. 함께 장을 보고 온 가족이 봉지를 내려놓고 정리하는 모습을 보는 게 좋았거든요. 아이들이 가장 먼저 봉지 속 과자만 쏙 빼 가면, 부모님이 뭐라고 하거든요. 아마 '저녁 먹어야 하니까 밥 먹고 먹어'란 말이 아니었을까 합니다. 그… 저는 어제 십몇 년 만에 처음으로 이마트를 갔다 왔습니다. 이마트 보라색 봉지를 들고 왔죠. 몇 달 전의 저는 이런 제 모습을 절대 상상도 못 했습니다. 근데 저는 지금 그렇게 됐거든요. 그러니까 배우님도 인생에 '절대'는 없지 않을까요?"

"그런가? 그런가."

신혜진은 그날 청년이 이마트에서 사 왔다던 간식을 모두 비우고 갔다. 청년은 똑같은 간식을 여럿 사서 방 안에 챙겨놓았다. 그런데 그건 중요한 일이 아니게 되었다. 신혜진의 스캔들이 터진 거다. 청년의 집을 드나드는 신혜진의 모습이 찍힌 사진이 온 인터넷에 퍼져버렸다.

청년은 정신이 나갈 듯했다. 신혜진을 향한 모든 공격이 다 자기 탓 같았다. 그는 기자회견을 해서라도 지금 돌아다니는 헛소리들이 모두 가짜란 걸 밝혀야 한다고 생각했다. 수많은 사람과 카메라 앞에 직접 나서는 한이 있어도 그래야 한다고 생각했다. 또 한편으로는, 자신이 섣불리 나서지 않는 게 그녀를 위한 것 같기도 했다. 다만 마음의 준비는 했다. 그녀가 바란다면 모든 걸 다 하리라.

신혜진에게서 연락은 없었다. 그녀가 다시는 오지 않으리란 것은 확실해 보였다. 하지만 놀랍게도 그녀는 직접 집으로 찾아왔다. 크게 지친 모습도 아니었다.

"누가 사진 퍼트렸을 것 같아요? 제가 전에 말한 스토커 알죠?"

"아!"

"이러니까 제가 행복해질 수 있겠어요?"

신혜진이 농담인 듯 던진 그 말에 청년은 심각한 얼굴로 말했다.

"제가 어떻게 하면 배우님 일이 해결될 수 있습니까? 시키는 건 다 하겠습니다."

"뭘 할 수 있겠어요? 연예계를 그렇게 몰라요? 이 마당에."

"아…."

청년은 무력감을 느꼈지만, 그녀는 대수롭지 않은 듯했다. 그녀는 핸드폰을 꺼내 두드렸고, 청년은 아무것도 못 한 채로 그저 서 있었다. 곧, 할 일을 끝냈다는 듯 그녀는 커튼 앞으로 가 앉았다. 검은 커튼을 친 그녀는 가만히 창밖을 바라보았다. 그 너머 거실에는 조립식 가구를 이렇게 저렇게 맞추고 있는 젊은 부부가 보였다. 뭐가 문제인지 쉽게 되지 않는 모양인데도 부부의 표정에는 웃음이 가득했다.

청년도 항상 있던 자리로 가 창 너머를 함께 보았다. 신혜진의 핸드폰이 울렸다. 받지 않았지만, 전화는 끊임없이 울렸다. 청년이 힐끔거리며 전화기를 보자 그녀가 창 너머를 바라보며 말했다.

"그냥 인정해버렸어요."

"예?"

"아까, 스캔들 맞는다고 인정해버렸다고요. 열 받잖아요. 그럼 나도 엿 먹여야죠. 그래야 조금이라도 행복해지지."

"예?"

청년의 머리가 혼란으로 새하얘졌다. 신혜진은 가만히 창 너머만 바라보았고, 청년은 그녀만 바라보았다. 얼마 뒤 청년의 집 현관이 소란스러워지기 시작했다.

- 신혜진 씨! 안에 계십니까? 인터뷰 좀 부탁드립니다!

- 신혜진 씨 안에 계시죠!

- 안에 지금 두 분 계신 겁니까!

청년은 흠칫 놀라 어쩔 줄을 몰라 했고, 신혜진은 미간을 찌푸렸다.

"너무 시끄럽지 않아요? 내가 뭐라고."

"아…."

신혜진은 창문으로 손바닥을 뻗었다.

"저 집은 참 조용하네요. 저 사람들이 정말 부러워요. 부럽지 않아요?"

"예… 부럽습니다."

신혜진은 창 너머에 집중했고, 청년도 그녀에게 집중했다. 밖의 소란이 두 사람에게 안 들렸다. 청년은 그녀의 작은 속삭임을 정확히 들었다.

"근데 이 창문 열면 어떻게 되는지 알아요?"

"예?"

"커튼 친 뒤로 창문 열어본 적 없죠?"

"아… 예."

"창문 열면 저리로 갈 수 있을까요 혹시?"

청년은 한 번도 생각해보지 못한 얼굴이었는데, 신혜진이 창문 손잡이를 잡았다. 그가 놀란 눈으로 보는 가운데 신혜진은 곧장 창문을 열었다.

- 하하하! 거기가 아니잖아! 내가 설계도 더 잘 본다니까!

- 아니야 아직 몰라!

창문을 열자 이제는 그들의 목소리까지 넘어오고 있었다. 예상할 수 없이 전개되는 상황에 멍하니 창 너머를 바라보던 청년은, 신혜진의 말에 화들짝 놀랐다.

"창문 밖으로 넘어가면 저기로 갈 수 있을까요?"

"예?"

"너무 부러워서 나도 저기로 가고 싶어요."

청년은 신혜진이 또 곧바로 행동할까 봐 다급히 말렸다.

"여, 여긴 3층입니다! 그러나 잘못하면…!"

"하지만 난 탈출하고 싶어요. 정말."

신혜진은 청년의 눈을 한 번 마주했다가, 그대로 창밖으로 몸을 날렸다. 신혜진의 모습이 녹아버리듯 사라졌지만, 창 너머 부부 사이에 그녀는 없었다. 두 눈을 부릅뜬 청년도 곧장 창밖으로 몸을 날렸다.

"아!"

차가운 바람과 함께 청년은 자신이 추락하는 걸 느꼈다. 익히 알고 있던 평범한 골목길의 풍경이 보였다. 그의 눈에 절망이 깃들었다. 그럼 신혜진도 추락했단 말인가?

바닥으로 고개가 내려가며 떨어지던 청년의 두 눈이 점점 커졌다. 이윽고 퍽 소리와 함께 충격이 그를 감쌌다.

그 충격은 거기서 끝이었다. 그도 그럴 것이, 아주 푹신한 매트 위에 떨어졌으니 말이다. 그의 창문 바로 밑 공터에는 초대형 공기안전매트가 놓여 있었다. 언제부터 놓여 있었는지 모를 더러운 매트가 말이다.

"이, 이건…?"

"추락 대비도 해뒀어요?"

바로 곁에서 들려오는 신혜진의 질문에 청년은 뭐라고 할 말이 없었다. 새까만 매트의 색에서 갑자기 할아버지의 모습이 떠올랐지만, 그 생각을 이어가기에는 신혜진과 나란히 누워 있어 생각을 이어갈 수 없었다. 더욱이 뒤이은 신혜진의 행동도 너무나 뜻밖이었다. 그녀가 매트에서 내려가기 위해 꿈틀대는 동안 청년의 머릿속은 새하얘졌다. 마침내 바닥에 발을 딛고 선 신혜진은 그에게 손을 내밀며 말했다.

"기자회견 해본 적 있어요? 없죠?"

"예?"

"근데 나도 잘 못하니까, 같이 옆에 꼭 있어줘요. 히키코모리라고 내빼면 안 돼요."

그녀의 말과 함께 멀리서 소란스러운 소리가 점점 가까워왔다. 두 사람을 향해 기자들이 몰려오는 모습을 본 청년은 비장하게 고개를 끄덕이며 그녀의 손을 잡고 내려왔다. 그녀보다 한 발은 앞에 서리란 생각으로.

"끝나고 이마트 같이 가요."

"아, 옙."

청년은 그녀가 웃는 걸 보고 기쁨의 미소를 지었다.

가족과 꿈의 경계에서

늦은 저녁, 집으로 향하는 장진주의 걸음에 힘이 없다. 무거운 걸 못 든다고 여학생은 아르바이트로 쓰지 않는다니.

우울한 기분으로 걷던 장진주는 동네 놀이터에서 서성이는 중년 남성을 보았다. 수염은 제멋대로 자라 덥수룩하고, 머리는 자를 때가 지나 지저분해 보이는 남자였다.

"아빠?"

아빠는 고개를 돌려 장진주를 바라보았다. 한데, 모양새가 영 이상했다. 귀신이라도 본 것 같은 얼굴로 딸의 얼굴을 뚫어져라 보고 있었다. 장진주는 의아하다는 듯이 아빠 앞에 섰다.

"왜 그래?"

"…."

아빠는 대답 없이 심각한 얼굴로 장진주를 바라보았다. 그의 몸이 미약하게 떨렸고, 음성 역시 떨렸다.

"네가… 내 딸이니? 내 딸… 내 딸 맞니?"

"무슨 소리야? 아빠 또 술 먹었어?"

장진주가 눈살을 찌푸리며 술 냄새를 맡아보지만, 나지 않았다. 이상하다는 듯이 아빠를 쳐다보니, 눈시울이 붉다. 이내 눈물이 주르륵 흘러내리는 것이 아닌가.

"뭐, 뭐야? 왜 그래?"

대답 없이 눈물만 흘리며 부들부들 떨던 아빠가 그녀를 와락 껴안았다.

"으익? 왜 그래, 갑자기?"

"내 딸, 내 딸! 정말 보고 싶었다. 정말 보고 싶었어, 내 딸!"

"무슨 소리야? 아침에도 봤잖아?"

장진주는 난데없는 이 상황이 이상하다 못해 당황스러웠다. 아빠는 울먹이며 말했다.

"난 너를 처음 봤단다. 17년 전… 네 엄마가 너를 유산한 뒤로 말이다."

장진주의 눈이 휘둥그레졌다.

‧‧‧

장진주는 믿을 수 없다는 얼굴로 아빠를 바라보았다.

"평행 우주? 멀티버스란 말이야?"

아빠는 자신이 평행 우주의 다른 지구에서 차원을 건너왔다고 했다. 그곳은 모든 게 이 지구와 똑같지만, 장진주가 유산되어 존재하지 않는 세계라고 했다. 장진주는 어이가 없다는 듯이 아빠를 보다가 버럭 화를 냈다.

"아빠, 무슨… 무슨 소리야, 도대체!"

아빠는 담담한 얼굴로 말했다.

"아빠에게 전화해보겠니?"

"뭐?"

"그래. 영상통화를 해보면 알겠구나."

"…."

장진주는 황당했지만, 아빠의 얼굴이 너무나 진지하였다. 그녀는 찜찜한 마음으로 핸드폰을 꺼내서 영상통화를 걸어보았다.

[어 왜? 웬 영상통화냐?]

장진주의 두 눈이 점점 커졌다. 핸드폰 너머에도 아빠가 존재했다. 그녀는 핸드폰 속 아빠와 옆의 아빠를 번갈아 보며 말을 더듬었다.

"어? 어어?"

[어, 왜 그러는데?]

현실 아빠는 장진주를 향해 고개를 끄덕였다. 장진주는 최대한 진정하려 애쓰며 영상통화를 일단 정리했다.

"어, 어. 어딘가 해서… 나중에 봐."

[뭐야?]

장진주는 충격으로 한동안 말을 잃었다가 한참 만에 정신을 차리고 물었다.

"혹시 아빠랑 쌍둥이예요?"

"아니. 정말 평행 우주란다. 난 네가 태어나지 않은 세상에서 온 네 아빠다."

"그 말이 진짜면… 왜? 그, 여기는 왜 오신 건가요?"

아빠는 씁쓸하게 웃으며 입을 열었다.

"엄마… 네 엄마 있지?"

"네? 네."

"여기서는 엄마가 어떤 선택을 했는지 알겠구나. 너를 이렇게 예쁘게 키워냈으니까 말이다. 근데 그곳에서 네 엄마는… 네가 태어나기 전에 너를 지웠단다."

"네?"

엄마가? 나를? 황당해하는 장진주에게 설명이 이어졌다.

"네 엄마의 꿈은 배우였어. 17년 전에 엄마에게 기회가 왔고, 엄마는 갈등했지. 임신한 상태로는 영화에 출연할 수가 없었거든. 알고 있었니?"

"아, 아뇨?"

처음 듣는 얘기에 장진주는 혼란스러워졌다. 아빠는 씁쓸하게 고개를 끄덕였다.

"그래… 여기선 좋은 엄마구나…. 넌 모르겠지만, 엄마는 너를 지우고 싶어 했어. 난 반대했지. 제발 아이는 지우지 말자고 무릎까지 꿇고 빌었어. 알았다고 하더구나. 그래서 그런 줄로만 믿었는데… 내가 없을 때, 엄마는 인공유산을 했단다."

"아…."

그때를 떠올리는 아빠의 얼굴이 슬픔과 분노로 뜨거워졌다.

"그때의 후유증으로 네 엄마는 다신 임신을 하지 못하는 몸이 됐어…. 그래, 영화엔 출연했지. 일도 잘 풀렸어. 축하할 만해! 근데 그 대가로 다시는 너를 볼 수 없게 되었어. 넌 이해할 수 있어? 너를 희생해서 꿈을 이룬 그 여자를 이해할 수 있어?"

"아…."

울컥한 아빠의 눈시울이 붉게 충혈됐고, 장진주는 무슨 대답을 해야 할지 몰랐다. 잠시 뒤, 긴 호흡으로 화를 삭인 아빠는 본론을 꺼냈다.

"내가 왜 왔냐고 물었니?"

"예?"

"그 여자에게 너를 한번 보여주고 싶었어. 네가 버린 딸이, 그 소

228

중한 딸이 어떤 딸인지 두 눈으로 직접 보게 해주고 싶었어."

"아…."

"잠깐만… 도와주겠니? 아주 잠시만 말이다. 내 딸아…."

장진주의 얼굴이 심각해졌다.

***

"나 왔어."

현관문을 열고 들어선 장진주는 신발을 벗으며 눈으로 엄마를 찾았다. TV 앞에 앉아 가계부를 쓰고 있던 엄마는 돌아보지도 않고 물었다.

"밥은?"

"어, 먹었어."

장진주는 조심스럽게 엄마 옆으로 가 앉았다. 그녀는 괜히 리모컨을 잡고 TV 채널을 돌리다가 가벼운 투로 말했다.

"저기, 엄마."

"왜?"

"엄마는 꿈이 뭐였어?"

"뭐라니?"

엄마가 관심 없는 듯 가계부에 집중하자, 장진주가 다시 한번 물었다.

"엄마 꿈이 배우였어?"

볼펜을 잡은 엄마의 손이 뚝 멈췄다. 곧, 장진주를 돌아보며 물었다.

"누가 그래? 아빠가 그래?"

"으으응. 그냥….."

"…."

장진주는 엄마의 시선에 긴장했다. 엄마는 잠깐 말이 없다가 다시 가계부로 얼굴을 돌렸다.

"배우였었지. 한때는 말이야. 엄마가 한 미모 하잖니?"

"응…."

장진주는 다시 볼펜을 움직이는 엄마의 손을 보았다. 거칠다. TV에 나오는 여배우들은 나이가 먹어도 손이 참 곱던데.

"엄마. 혹시, 후회해?"

"뭐가?"

"그, 왜… 꿈을 포기한 것 말이야."

"…."

엄마는 다시 펜을 멈추고, 장진주를 돌아보았다. 마치, 애가 무엇을 알고 있나 알아내려고 살피는 듯했다. 장진주는 어색하게 웃었다. 곧, 엄마의 입에서 단단한 목소리가 나왔다.

"엄마는 후회 안 해. 절대로."

"…응."

"가서 설거지나 좀 해."

엄마는 다시 가계부에 집중했다. 자리에서 일어난 장진주의 얼굴이 복잡하다. 미안한 듯하면서도 안심하는 기색이 역력하다.

◆ ◆ ◆

불 꺼진 방 안. 침대에 누운 장진주는 머릿속이 복잡해 쉽사리 잠에 들지 못했다. 아까는 그 아빠의 부탁을 거절했다. 말이 안 된다는 생각이 들었는데, 설사 말이 된다 해도 그렇다. 자신을 강제로 유산한 엄마를 왜 보러 가고 싶겠는가?

한데, 집에 돌아와 엄마를 보고 나서는 생각이 많아졌다. 평소 엄마의 꿈 같은 건 생각해본 적도 없었다. 엄마의 꿈은 그냥 엄마인줄 알았다. 한데, 17년 전에는 엄마도 나처럼 꿈이 있었다. 그 꿈을 펼칠 기회도 있었다. 어떤 마음으로 꿈을 포기했을까? 엄마는 정말로, 한 번도 후회한 적이 없을까? 만약 엄마가, 엄마를 위한 인생을 살았다면 어땠을까? 지금보다 훨씬 행복하지 않았을까?

보고 싶어졌다. 자신이 아닌, 꿈을 선택한 엄마가 보고 싶어졌다. 만약 내일, 다시 한 번 그 아빠를 만난다면.

"…."

장진주의 미간이 갈등으로 좁아졌다.

✦ ✦ ✦

"거긴 어떻게 갔다 오는 거예요? 아니, 애초에 어떻게 넘어오셨어
요?"

어제와 같은 놀이터. 장진주는 다른 차원의 아빠를 만나 물었다.

"그냥 악마와 거래를 했다고 생각해주렴."

아빠는 주머니에서 돌돌 말린 양피지를 꺼내어 펼쳤다. 양피지
속 그림 하단부에는 커다란 지구가, 상단부 왼쪽에는 작은 태양이
그려져 있었다. 장진주의 눈에도 그것은 범상치 않은 물건이었다.
고민하던 장진주가 물었다.

"한 번만 만나면 되는 거죠?"

"그래. 한 번이면 충분해."

"알았어요. 그럼 만날게요."

고마워하며 고개를 끄덕인 아빠는 검지를 뻗어서 양피지 속 태양
을 짚었다. 장진주도 시키는 대로 함께 태양을 짚었고, 왼쪽에 있던
태양을 오른쪽으로 끌어 옮겼다. 신비롭게도 그림이 움직였다. 무
슨 일이 일어날거라 생각한 장진주가 긴장할 때, 아빠가 아무렇지
도 않게 손가락을 뗐다.

"다 왔다."

"에? 끝났어요?"

"그래. 여기가 아빠가 사는 세상이야."

장진주는 두리번거리며 주변을 살폈지만, 이전과 달라진 부분을 찾지 못했다.

"우리 집에 가자. 엄마가 기다리고 있단다."

"아… 예."

장진주는 앞장서는 아빠의 뒤를 따르면서도 연신 주변을 둘러보았다. 전혀 이질감이 느껴지지 않아 신기하고 이상했다.

◆ ◆ ◆

"여, 여기가 집이라고요?"

"그래."

장진주의 입이 떡 벌어졌다. TV에서나 보던 초호화 아파트였다. 장진주가 너무 놀라자, 아빠가 덧붙여 말했다.

"네 엄마는 유명한 배우니까."

"와아…."

장진주는 약간 기가 죽을 정도로 놀랐다. 엄마가 배우로 이렇게까지 성공해 있을 줄은 예상하지 못했다. 거짓말 좀 보태서, 지금 올라탄 이 엘리베이터만 해도 자신의 방만 하다고 생각했다.

엘리베이터에서 내려, 문 앞에 선 둘은 잠시 멈췄다.

"괜찮니?"

"네… 아, 잠시만요."

긴장한 장진주는, 빠르게 뛰는 심장을 느끼며 가슴에 손을 올렸다. 잡생각들이 머릿속에서 마구 엉켰다.

꿈을 이룬 엄마의 모습은 어떨까? 나를 보면 무슨 말을 할까? 나를 유산했을 때는 무슨 생각을 했을까?

"진주야."

"네? 아… 예. 괜찮아요…."

"그래."

장진주는 심호흡했고, 앞장서는 아빠를 따라 집 안으로 들어섰다.

"여보."

아빠의 부름에 거실 소파에 앉아 책을 보던 엄마가 돌아보았고, 장진주와 눈이 마주쳤다. 장진주는 깜짝 놀라 눈이 커졌다. 엄마가 맞았다. 분명 맞는데, 너무나 달랐다. 10년은 젊어 보였다. 얼굴에 주름이 없고, 피부는 잡티 없이 깨끗하고, 머릿결은 너무나 곱고, 몸에는 군살 하나 없었다. 맑은 눈빛마저도 왠지 우아해 보였다. 정말 예뻤다.

엄마 역시 장진주를 보며 살짝 놀란 모양새였다. 엄마는 무슨 상황인지 묻는 듯한 얼굴로 급히 아빠를 쳐다봤다.

"우리 딸이야. 우리 딸 장진주."

벌떡 일어나는 엄마의 눈동자가 사정없이 흔들렸다. 장진주는 엄마의 강렬한 시선에 무슨 말을 해야 할지 몰라 쳐다만 보았다.

말은 아빠에게서 나왔다. 비웃는 듯 냉소적으로.

"어때? 네가 버린 딸을 본 감상이? 이렇게 예쁘게 컸어. 신기하지? 너랑 꼭 닮았어."

"…."

"왜? 왜 그래? 왜 말이 없어? 뭐라고 말 좀 해보지?"

"…."

"뭐라고 말 좀 해보라고. 할 말이 있을 것 아니야! 어? 예쁘다든가! 잘 자랐다든가! 그게 아니면, 유산해서 미안하다든가!"

"…."

아빠는 충혈된 눈으로 소리 질러댔고, 장진주는 어찌할 줄을 몰라 눈치를 살폈다. 다음 순간, 엄마의 눈에서 눈물이 주르륵 흘러내렸다. 무너진 얼굴로 울먹이며 말했다.

"미안해… 미안해… 미안해… 미안해…."

"아."

"…."

끝없이 반복되는 그 말 외에는 다른 어떤 말도 하지 못했다.

◆ ◆ ◆

아빠가 자리를 피해준 거실 소파에 장진주와 엄마가 나란히 앉았다. 어색한 침묵을 깨고, 눈이 퉁퉁 부은 엄마가 먼저 입을 열었다.

"난… 네 아빠가 거짓말을 하는 줄 알았어. 근데, 널 처음 봤을 때 바로 알겠더라. 딸이 맞구나. 진짜 내 딸이구나. 이상하지만 그랬어."

"아, 네…."

장진주는 어색함에 경직되어 있었다. 분명 엄마가 맞지만, 너무 달랐다.

"몇 살이니?"

"아… 열일곱 살이요…."

"그래… 참 예쁘다. 남자 친구는 있니?"

"네? 아, 아뇨…."

"응… 뭐, 좋아하니? 먹고 싶은 거 있어? 배고프니?"

"아니요, 괜찮아요."

"그래. 취미가 뭐니? 너도 아이돌 좋아하고 그러니? 사인 CD 같은 거 구해줄까?"

"아뇨, 아뇨. 아뇨…."

엄마는 마치 장진주에 대해 모든 걸 알고 싶다는 듯, 끊임없이 질문해댔다. 장진주는 어색했다. 분명 엄마가 맞는 걸 느끼면서도 그랬다. 집에 있는 엄마가 아주 예쁘게 꾸며도 이렇게 어색할까?

엄마는 연신 질문을 하다가, 어색해하는 장진주의 모습을 보고 말을 멈췄다. 그 대신 손을 잡으며 지긋하게 장진주를 바라보았다. 소중한 보물을 보듯이, 하나라도 놓치지 않겠다는 듯이 그렇게 보았다.

장진주는 고개 숙여 엄마의 손을 바라보았다. 부드러웠다. 집에서 가계부를 쓰던 엄마의 거친 손과 너무 달랐다. 입술을 축이고, 장진주는 조심스럽게 물었다.

"저기… 배우시잖아요?"

"응."

"꿈을 이루신 거잖아요. 그… 행복하세요?"

"…"

질문 속에 담긴 의미 때문인지, 단박에 엄마의 표정이 어두워졌다. 당황한 장진주가 급히 정정했다.

"아뇨, 미안해하실 필요 없고요. 저는 저를 유산… 아무튼, 그걸 탓하려는 게 아니라요… 꿈을 이루고 행복하신지가 궁금해서요. 아시겠지만, 제가 사는 곳에도 그, 엄마가 있잖아요? 전 엄마 꿈이 배우였던 것도 17년 만에 처음 알았거든요. 그러니까, 나쁜 뜻으로 묻는 게 아니고요…."

"그래. 그래."

고개를 끄덕거리는 엄마의 얼굴이 조금 슬퍼 보였다. 장진주는 팬히 미안해졌다.

잠깐 말없이 손을 내려다보고 있던 엄마가 입을 열었다.

"너에게 미안했어. 믿을지 모르겠지만, 정말 많이 울었어."

"…."

"그래서 디 열심히 했어. 내 아이까지 포기하면서 얻은 기회였으니까, 필사적으로 했지. 행복했냐고 묻는다면… 응, 행복했어."

"아…."

"좋았지. 꿈꿔왔던 영화에 출연하고, TV에 나오고, 유명해지고… 돈도 많이 벌고, 좋아해주는 팬들도 생기고… 사람들에게 인정도 받고. 어떻게 행복하지 않을 수가 있겠어?"

엄마는 말을 하며 한쪽 벽을 바라보았다. 그 시선 끝에, 진열대 한가득 각종 트로피들이 빛나고 있었다.

"…."

장진주는 집에 있는 엄마를 생각했다. 엄마도 행복할까? 알 수 없다. 하지만 내가 만약 엄마라면….

"저기… 진주야?"

"네?"

생각에 잠겨 있던 장진주가 고개를 돌리자, 엄마가 조심스럽게 말했다.

"한 번만… 안아봐도 될까?"

"아…."

장진주가 고개를 끄덕이자, 엄마는 장진주를 꼭 끌어안았다. 엄마는 장진주의 묵직한 실체감을 느끼며 눈물을 흘렸다. 장진주는 생각했다. 엄마 냄새다. 엄마랑 냄새가 똑같구나. 엄마가 맞구나.

◆ ◆ ◆

식탁에 차려진 음식의 반의 반도 못 먹고 남길 정도로 호화로운 저녁 식사가 끝났다. 식사 내내 두 모녀의 대화를 듣기만 할 뿐, 한마디도 하지 않던 아빠가 처음 입을 열었다.

"이제 그만… 가자."

"아!"

"아….."

아빠의 말에 엄마가 슬퍼했다. 장진주는 왠지 미안해졌지만, 의자에서 일어나는 아빠를 따라 어정쩡하게 몸을 일으켰다. 그때 급히 장진주의 손을 잡은 엄마가 말했다.

"저기, 진주야!"

"네?"

"저기… 저기….."

우물쭈물하던 엄마는 우는 듯 웃는 듯한 얼굴로 말했다.

"엄마랑… 여기서 같이 살지 않을래?"

"네?"

장진주는 크게 당황했다. 엄마의 얼굴이 너무 간절했다. 그때, 옆에 있던 아빠가 웃음을 터트렸다.

분위기에 맞지 않는 그 경박한 웃음이 둘의 시선을 끌었다. 한참을 웃던 아빠는 엄마를 보며 차갑게 말했다.

"네가 그런 말을 할 자격이 있어?"

"…."

"그 결정은 17년 전에 했어야지. 지금 이렇게 남의 딸 앞에서 할 게 아니라."

"…."

엄마는 반박을 하지 못했다. 아빠는 한껏 입술을 비틀어 웃었다.

"넌 엄마 자격이 없어. 그러니까 아이도 가질 수 없는 몸이 된 거야. 하늘에서도 너 같은 엄마에게는 자식을 주고 싶지 않을 테니까."

"…."

엄마는 가장 아픈 상처를 찔린 것처럼 눈물을 주르륵 흘렸다. 중간에서 끼어들 수 없었던 장진주만 안절부절못했다. 아빠는 엄마의 그 표정에 통쾌한 듯, 혹은 슬픈 듯, 복잡한 얼굴로 쳐다보다가 돌아섰다.

"가자. 너무 늦지 않게 가야지…."

"네…."

장진주는 엄마를 향해 다른 말은 못 하고, 꾸벅 인사만 한 뒤 아빠의 뒤를 따라나섰다.

식탁에 홀로 남겨진 엄마는 양 손바닥으로 얼굴을 감싸며 무너져 내렸다.

◆ ◆ ◆

장진주가 사는 동네의 놀이터로 걸어가는 길. 무거운 공기 속에 아빠가 자조 섞인 웃음을 지었다.

"아빠가 참… 못났지? 실망했지?"

"…"

아빠는 대답을 기대하지는 않은 듯, 변명처럼 혼자 중얼거렸다.

"아빠가 고아인 건 알지? 아빠는 꿈이 있었어. 나를 닮은 아이를 낳아서, 내가 받지 못했던 사랑 다 주고 싶었어. 그런 행복한 가정을 만들고 싶었어. 근데…."

아빠는 고개를 흔들며 말을 끊었다가, 다시 이어 말했다.

"알아. 아빠가 생각해도 아빠는 참… 쓰레기야. 17년 전 그날 이후로 단 한순간도 엄마를 미워하지 않은 적이 없었어. 알고 있어. 엄마도 힘들었겠지… 힘든 결정이었고, 다시는 아이를 가질 수 없게 됐을 땐 더 힘들었을 거야. 내가 옆에서 엄마를 위로해줬어야 했겠지."

"…."

"그런데 그럴 수 없었어. 위로해줄 수 없었고, 응원해줄 수도 없었어. 아빠도 힘들었거든. 너를 잃고 나서 너무 힘들었거든."

"…."

"네 엄마가 너를 유산한 뒤로 아빠 인생도 끝났어. 매일 술이나 마시고, 경마장에나 다니고, 일도 안 하고 쓰레기처럼 살았어. 그래도 엄마는 아무 말도 안 하더라. 차라리 화를 냈으면 아빠가 변할 수도 있었을 텐데, 화 한번 안 내더라…. 우린 17년 동안 부부이면서 부부가 아니었어."

"…."

"지금도 가끔 꿈을 꿔. 만약 17년 전 그날에 엄마가 다른 선택을 했다면 어땠을까? 우리 가족은 지금 무엇이 되어 있을까? 부질없지만… 만약 그랬으면 나는, 우리 가족은 지금 어떻게 되어 있을까?"

"…."

아빠는 씁쓸해하는 얼굴로 입을 다물었다. 곧, 둘은 놀이터 앞에 도착했고, 아빠가 양피지를 꺼냈다.

그때까지 한마디도 하지 않던 장진주가 아빠를 불렀다.

"아빠."

"어? 어어, 진주야!"

처음으로 불린 아빠라는 호칭에 그의 얼굴이 상기됐다. 장진주는 가만히 아빠를 보다가 말했다.

"우리 엄마랑 여기 엄마는 너무 달랐어. 여기 엄마가 더 예쁘고, 더 우아하고, 더 행복하고… 근데."

"?"

"근데 아빠는 똑같아."

"뭐?"

아빠의 얼굴이 멍해졌다.

"아빠는 여기나 거기나 똑같아. 매일 술만 마시고, 도박이나 하고, 엄마만 고생시키고… 정말 못난 아빠야."

"뭐?"

흔들리는 아빠의 얼굴을 장진주는 똑바로 바라보며 말했다.

"엄마 때문이라고만 생각하진 마. 아빠 인생이 지금 그런 건… 모두 다 엄마 잘못만은 아니야. 아빠는 원래… 원래 그런 사람이니까."

아빠의 눈동자가 흔들렸다. 장진주는 손가락을 뻗어 양피지의 태양을 짚으며 마지막으로 말했다.

"그러니까, 엄마만 너무 미워하지 마. 아빠 인생은 아빠가 결정한 거니까…."

장진주는 태양을 옮기며 연기처럼 사라져버렸다. 홀로 남겨진 아빠는 석상처럼 굳어서 움직일 줄을 몰랐다.

♦♦♦

"아!"

장진주는 순식간에 사라진 아빠의 모습에 주변을 두리번거렸다.

"아… 돌아왔구나…. 어?"

묘한 한숨을 내쉬던 장진주의 시선이 발밑으로 향했다. 그곳에 양피지가 떨어져 있었다. 장진주는 주워 든 양피지를 복잡한 얼굴로 바라보았다.

♦♦♦

"어디 갔다 오니? 전화는 왜 안 돼?"

"어? 어어… 핸드폰 배터리가 나갔어."

집으로 돌아온 장진주는 엄마를 자세히 살폈다. 조금 전 보고 온 엄마와 너무 달랐다. 더 늙었고, 더 삶에 찌들어 있었다.

"왜? 뭐 묻었어?"

"…아니."

실없다는 표정을 지은 엄마는 부엌으로 향했다. 그 뒷모습을 보던 장진주가 물었다.

"엄마! 주름 방지 화장품 같은 거 안 써?"

"어이구, 그럴 돈이 어딨니? 로션 살 돈도 없어!"

돌아오는 대답이 너무 팍팍하여 장진주는 슬펐다. 건너 세계에서 멋있게 사는 엄마와 비교되어 미안했다. 만약 자신이 아니었다면, 엄마도 그렇게 살 수 있었을 텐데. 장진주는 싱크대 앞의 엄마에게 달려가 뒤에서 끌어안았다.

"어머? 왜 이래?"

"엄마…."

"왜 그래? 용돈 필요해? 엄마 돈 없어."

"아니. 그냥. 미안해서…."

"원 참! 뭐가 미안해."

장진주는 엄마 등에 얼굴을 묻었다. 자신 때문에 꿈을 포기한 엄마에게 미안했다.

한데, 지금 이 순간 장진주가 정말로 미안했던 것은, 자기 인생도 엄마처럼 될까 봐 걱정하고 있는 자신의 마음이었다.

◆ ◆ ◆

불이 꺼진 호화로운 집 안. 여인이 넓은 소파에 웅크리고 앉아 무릎 사이에 얼굴을 묻고 있었다. 현관문이 열리고 사내가 걸어왔다.

"…."

사내는 복잡한 얼굴로 여인을 내려다보다가, 들릴 듯 말 듯한 음성으로 말했다.

"미안해."

사내가 17년 만에 처음 해보는 말이었다. 여인이 천천히 고개를 들어 사내를 올려다보았다.

"…."

"…."

두 사람은 오랫동안 마주 보았다.

◆ ◆ ◆

침대에 누운 장진주는 오늘 밤도 쉽사리 잠들 수 없었다. 장진주도 어릴 적부터 간직해온 꿈이 있었다. 스튜어디스. 그건 지금의 가정 형편으로는 절대 이룰 수 없는, 참아야 할 꿈이었다.

장진주는 배우고 싶었다. 공부가 하고 싶었다. 남들처럼 대학에도 가고 싶었다. 하지만 현실은 녹록지 않았다. 고등학교를 졸업하자마자 취업해서 집안 빚을 갚아야 했다. 아니, 지금 당장에라도 아르바이트 자리를 구해야 했다.

지금 장진주가 잠들지 못하는 건 자신에게 기회가 생겼기 때문이다. 장진주는 양피지를 만지작거렸다.

만약, 저쪽 세계로 넘어간다면 어떨까? 그쪽 엄마의 딸이 된다면… 내 꿈을 마음대로 이룰 수 있지 않을까?

장진주의 고민은, 17년 전 엄마의 고민과 닮아 있었다. 두 엄마의 모습을 떠올리며 자신의 미래를 투영했다.

"…"

아무리 생각해도 그녀는 엄마처럼 되고 싶지 않았다.

◆ ◆ ◆

김치찌개와 멸치조림, 오징어젓갈. 항상 장진주네 식탁에 올라오는 반찬이었다. 밥을 깨작대던 장진주가 엄마에게 물었다.

"엄마, 있잖아… 엄마 꿈 말이야. 영화배우."

"또, 왜?"

"그거 포기한 거, 정말로 후회 안 해? 만약 영화배우 했으면 진짜 성공해서 유명한 배우가 됐을지도 모르잖아."

"당연히 유명해졌겠지. 엄마가 워낙 예뻤으니까."

"응, 그건 그래. 그러니까 후회 안 해?"

"흠…"

젓가락질을 멈춘 엄마가 장진주의 얼굴을 쳐다보았다. 심각한 표정으로 눈을 몇 번 깜빡여가며 장진주의 얼굴을 관찰하다가, 피식 웃었다.

"후회 많이 했지."

"정말?"

놀라 되묻는 장진주의 눈동자가 커졌다.

"그래도 네가 태어난 그날 이후로는, 단 한 번도 후회한 적이 없어. 너를 내 품에 안자마자, 세상에 그 어떤 것도 너랑 비교하면 의미가 없어졌거든."

"아….."

엄마는 사랑 가득한 눈으로 장진주를 바라보았다. 장진주는 왠지 찔려서 그 시선을 받아주지 못했다.

◆ ◆ ◆

며칠 뒤. 장진주는 놀이터에서 양피지를 펼쳐 들고 한참을 갈등하고 있었다. 곧 장진주는 스스로 다짐하듯 중얼거렸다.

"그래. 물어만 보자. 17년 전에 꿈을 선택한 걸 정말 후회하는지 안 하는지만 물어보고 오자…."

장진주는 손가락을 뻗어 양피지의 태양을 짚었다.

"진주야? 진주야!"

엄마는 경비실까지 버선발로 달려왔다. 금세 눈시울이 붉어져 장진주의 손을 잡았다. 장진주는 조금 어색했다.

"아, 저⋯."

"들어가자. 일단 들어가자."

엄마는 얼른 장진주를 집으로 데려갔다. 아빠는 없었다.

"저⋯ 묻고 싶은 게 있어서요."

"그래그래."

뭐든지 물어보라는 듯 엄마는 웃으며 고개를 끄덕였다. 장진주는 조심스럽게 물었다.

"17년 전에 그⋯ 꿈을 선택하셨잖아요."

"아⋯ 으응⋯."

"혹시⋯ 후회하세요?"

"⋯."

장진주는 솔직하게 말해달라는 듯 엄마를 보았다. 엄마는 잠시 말이 없었다.

"⋯후회했어."

"아."

장진주의 입에서 탄식이 흘러나왔다. 후회하는구나. 엄마는 후회하지 않았는데, 이곳 엄마는 후회하는구나.

한데, 엄마의 말은 끝나지 않았다.

"사람이니까… 사람이니까 후회했지. 살면서 몇 번씩 생각했어. 만약 그때 다른 선택을 했다면 어땠을까? 그런데….."

엄마가 미안해하며 말했다.

"만약 다시 그때로 돌아간다고 해도, 난 아마 같은 선택을 했을 거야. 너를 앞에 두고 할 말은 아니지만… 아마 그랬을 거야. 정말 미안해….."

"아….."

"너는 어때? 너도 꿈이 있니? 무슨 일이 있어도 이루고 싶은 소중한 꿈 말이야."

장진주의 머릿속이 복잡해졌다.

◆ ◆ ◆

"하아."

집으로 돌아온 장진주가 가장 먼저 들은 건 엄마의 한숨 소리였다. 장진주는 가계부와 씨름하고 있는 엄마의 모습이 불쌍했다. 엄마는 왜 저렇게 살아야 하는 걸까. 충분히 더 행복하게 살 수 있었는데.

두려웠다. 나도 엄마처럼 되는 걸까? 보잘것없는 내 미래도 결국 엄마를 닮게 되는 걸까?

다른 차원의 엄마가 했던 말이 장진주의 머릿속에 떠올랐다.

[언제라도 좋으니까… 진주가 엄마한테 기회를 줄 수 있다면, 엄마는 언제라도 좋으니까, 응? 늘 기다리고 있을게.]

"…."

양피지를 잡고 있는 장진주의 손에 힘이 꾹 들어갔다.

◆ ◆ ◆

장진주는 놀이터에 서 있었다. 아까부터 태양 위에 손가락을 올려놓은 채 멈춰 있었다. 아주 오랜 시간이 걸려 그녀는 눈을 질끈 감고, 손가락을 옆으로 그었다.

눈을 꾹 감고 부들부들 떨고 있는 장진주의 귓가에 갑자기 남자의 음성이 들려왔다.

"진주야…."

"아!"

장진주가 눈을 뜨자, 장진주를 기다리고 있던 아빠의 모습이 보였다. 아직 혼란스러워하는 장진주를 보며 아빠가 물었다.

"결정한 거니?"

"…네."

아빠는 가만히 장진주를 바라보다가 이내 장진주 쪽으로 손바닥을 내밀었다. 곧, 장진주가 그 위에 양피지를 얹었다. 양피지를 챙겨 넣은 아빠는 고개를 끄덕이며 앞장섰다.

"가자. 내 딸 진주야."

"…."

따라나서는 장진주의 얼굴에 확신 같은 건 없었다.

　　　　　　　　　　　◆ ◆ ◆

엄마는 장진주를 끌어안고 울며 같은 말만 반복했다.

"고마워… 고마워… 고마워…."

"…."

장진주의 코끝이 시큰해졌다. 그러나, 그녀의 붉은 눈시울이 무엇을 생각하고 있는지는 알 수 없었다.

옆에서 모녀를 바라보던 아빠는 생각에 잠겨 있었다. 모녀의 포옹이 끝나자 그가 입을 열었다.

"진주야."

"네?"

"정말로 우리 딸로 살기로 한 거지? 다시는 그곳으로 돌아가지 않고, 이 세계에서 살기로 한 거지?"

장진주는 무거운 얼굴로 고개를 끄덕거렸다.

"…네."

아빠는 잠시 말이 없다가, 다시 물었다.

"진주야. 그럼 그곳에 있는 진짜 엄마는?"

"여보!"

소리쳐 말을 막는 엄마를 아빠는 힐끔 쳐다만 볼 뿐, 다시 진주에게 물었다.

"거기 있는 엄마를… 버린 거니?"

"여보!"

엄마는 기겁하며 아예 아빠의 앞을 막아섰다. 아빠는 아랑곳없이 대답을 요구했고, 장진주는 괴로워하며 대답했다.

"예. 전… 저도 제 꿈을 이루고 싶어요. 가난한 그곳에선 절대 이룰 수 없는 제 꿈이요…."

엄마는 얼른 뒤돌아 장진주를 다시 안아주었다.

"그래그래. 뭐든지 하렴. 엄마가 뭐든지 다 해줄게."

한데 아빠는 가만히 장진주를 보다가 뜬금없이 물었다.

"진주야. 너도 알겠지만… 아빠는 쓰레기야. 알지?"

아빠는 양피지를 든 손으로, 한쪽 방을 가리키며 물었다.

"저 방 보이니?"

"네…."

"만약, 저 방 안에, 네 엄마가 숨어 있다면 어떡할래?"

"네?"

장진주의 눈이 흔들렸다.

"여보, 지금 무슨!"

깜짝 놀란 엄마에게 손을 뻗어 제지한 아빠가 말했다.

"저기 숨어서 네가 하는 이야기를 다 듣고 있었다면 어쩔래? 네가 그곳의 엄마를 버리고, 이곳을 선택했다는 걸 다 듣고 있었다면 말이야."

"왜… 왜, 왜?"

새하얗게 질려 떨리는 음성으로 묻는 장진주에게, 아빠는 냉정한 얼굴로 말했다.

"확실하게 하고 싶었어. 네가 확실하게 그쪽 세계와 연을 끊게 하고 싶었어. 이 방법이라면 가능하잖아?"

"거, 거짓말… 거짓말!"

고개를 흔드는 장진주의 모습에 아빠는 차갑게 말했다.

"넌 알고 있지? 저 방 안에 네 엄마가 지금 왜 조용한지. 여기서라면, 진주 네가 원하는 모든 꿈을 이룰 수 있단 걸 알고 있으니까 그렇겠지…."

장진주의 입술이 달달 떨렸다.

"한번… 확인해볼래? 확인해봐."

"아…."

아빠가 가리킨 문을 본 장진주는 마른침을 삼켰다. 아빠는 가보라며 재촉했고, 그녀는 떨리는 걸음걸이를 옮겼다. 아닐 거다, 아무도 없을 거다 생각하면서도 가슴이 울렁거려 정신을 잃을 지경이었다. 문고리를 잡은 손이 마구 떨렸다.

조심스럽게 문고리를 돌린 장진주는 이를 악물며 문을 확 젖혔다.

"아!"

장진주는 그 자리에 털썩 주저앉았다. 욕실이었다. 아무도 없었다. 부들거리던 그녀는 엉금엉금 기어가 커다란 욕조 안까지 살폈다. 아무도 없었다. 온몸에 힘이 빠졌다.

어느새 다가온 아빠가 장진주를 향해 양피지를 내밀었다. 착잡한 얼굴로 말했다.

"진주야… 또다시 17년 전과 같은 선택을 반복하진 말자. 이 세계에선… 더는 안 된다."

"아…."

"우리 부부는 슬픈 사람들이야. 당연해. 그건 17년 전 선택에 대한 당연한 대가야. 근데… 꿈까지 포기한 너희 엄마는 왜 슬퍼야 하는 거니?"

"아아….."

양피지를 받아 든 장진주는 엉엉 울었다.

"미안해요. 미안해요."

소리 내어 엉엉 울었다.

◆ ◆ ◆

늦은 밤의 놀이터. 퉁퉁 부은 눈의 장진주가 발밑을 바라보고 있었다. 말없이 장진주를 바라보던 아빠는, 외투를 벗어 장진주의 어깨에 둘러주었다.

"춥지?"

고개를 들어 아빠를 본 장진주는 작은 목소리로 사과했다.

"…죄송해요."

아빠는 고개를 저으며 미안해하는 목소리로 말했다.

"내가 미안하다. 난 엄마에게도, 너에게도 꿈을 포기하라고만 강요하는구나. 미안하다."

"아니에요."

장진주도 아빠를 따라 고개를 저었다. 곧 양피지를 펼쳐 든 장진주는 손가락으로 태양을 짚고는 아빠의 손가락을 기다렸다. 그러나 아빠는 고개를 가로저었다.

"난 됐다. 아마 다시 쓸 일도 없을 거야. 그곳에 가면… 양피지는 찢어도 된다."

"…네."

고개를 끄덕인 장진주는 마지막으로 다시 아빠에게 사과한 뒤 태양을 옮겼다.

"…."

연기처럼 사라진 딸의 빈자리를 바라보던 아빠가 미련 없이 뒤돌았다.

• • •

여인은 엉엉 울며 사내를 때렸다. 사내는 묵묵히 맞으며 여인을 안아주었다. 엉엉 우는 여인의 등을 토닥이며 사내는 말했다.

"우리, 개나 키울까? 고양이? 아니면… 입양은 어때?"

여인의 흐느낌이 사내의 품에서 점점 멎어 들었다.

• • •

"엄마!"

장진주가 엉엉 울며 엄마에게 달려들어 안겼다.

"어머! 왜 이래? 무슨 일 있어? 응?"

깜짝 놀란 엄마가 걱정스러워하는 얼굴로 장진주를 보듬었다. 연신 미안하다며 엉엉 울던 장진주는 엄마의 질문에 겨우 소리 내 답했다.

"그냥… 그냥 엄마가 나를 낳아준 게 너무 고마워서 그래!"

엄마는 황당하다는 듯 딸을 안으며 대답했다.

"으이구! 네가 태어나준 게 더 고마워!"

모녀는 서로를 따스하게 안아주었다.

"근데 너 그 옷은 뭐니? 어디서 났어? 비싸 보이는데?"

"응? 아앗, 맞다! 어, 이 옷은, 그게 그러니까… 응? 뭐지?"

외투 주머니에 손을 넣은 장진주가 고개를 갸웃했다. 아빠의 외투 주머니는 묵직했다.

천사의 변장

아침에 눈을 뜬 청년은 오늘 자살하기로 결심했다. 전혀 갚을 수 없을 것 같은 수천만 원의 빚은 절망적이었고, 벌써 며칠째 집에만 처박혀 있는 한심한 처지가 너무 싫었다.

그래서 어떻게 죽을까? 결정은 쉬웠다. 꾀죄죄한 그의 몰골을 물에 던져버리면 그만이니까. 바다? 저수지? 역시, 바다. 청년은 바다로 가기 위한 돈을 긁어모으려 방안을 뒤졌다. 은행 행사에서 받았던 돼지 저금통을 가른다면 몇 푼은 나오겠지.

청년이 돼지 저금통을 뜯기 위해 애쓸 때, 말 그대로 '펑!' 하며 그가 나타났다.

[아주 훌륭한 결정을 했어! 자살 좋지!]

청년은 깜짝 놀랐다. 검붉은 날개와 뿔이 달린 새까만 가죽의 그

259

자는 히죽거리며 말했다.

[그리 놀랄 것 없어. 나는 네 자살을 몹시 반기는 악마니까. 근데 정말 자살할 거야?]

"으, 으으…."

[아니, 자살을 결심해놓고 막상 겁나서 못 하는 인간들이 너무 많단 말이야! 내 입장이 되어봐. 얼마나 답답하겠어? 정말 확실하게 자살할 수 있어?]

청년은 너무 놀란 상태라 제대로 대답조차 못 했다. 악마는 그 모습을 보며 코웃음을 쳤다.

[에이! 딱 보니까 너 자살 안 하겠네. 안 죽을 거지? 그치? 하긴, 진짜 죽을 마음이 있었으면 그냥 집에서 해도 되지, 뭣 하러 바다 핑계를 댔겠어? 애초에 자살할 생각이 없었어.]

도발하는 듯한 그 말에 청년은 울컥했고, 굳어 있던 몸이 풀렸다.

"자, 자살할 겁니다!"

[에이. 아닌 것 같은데?]

"한다니까!"

청년이 버럭 화를 내자 악마는 음흉하게 웃었다.

[그래? 정말 진심으로 자살한다고?]

"한다고! 이 거지 같은 인생을 계속 살 생각 없다고!"

[좋아! 그래야지! 그따위 인생 살아봐야 뭐 해? 당연히 자살해야지!]

흐뭇하게 고개를 끄덕이던 악마가 갑자기 표정을 바꾸며 말했다.

[근데 조심해. 자살하러 가는 길에 네 마음이 흔들릴 수가 있어. 가령, 자차 운전자나, 기차 여행 하는 여성이나, 택시 기사 같은 사람을 만나서. 왜냐고? 정체를 숨긴 천사가 나타나서 수작을 부릴 거거든!]

"뭐?"

[그 천사한테 속아서 세상이 살 만하다고 느낀다거나 그러지 말란 말이야. 꼭 자살에 성공해야 해! 정체를 숨긴 그 천사에게 절대 속지 말고! 알겠어? 꼭!]

그 말을 메아리처럼 남긴 악마는 신기루처럼 사라졌다. 청년은 멍하니 허공을 바라보다가 고개를 흔들었다. 자신이 환각을 본 걸까? 죽으려고 마음을 먹었더니 정신이 이상해지는 걸까?

다시 손을 움직이기 시작한 청년은 돼지 저금통을 갈랐다. 몇천 원을 건진 청년은 집 밖으로 나섰다. 안에서 입고 있던 차림 그대로 나와서 그런지 추위를 조금 느꼈지만, 발길을 되돌리지는 않았다. 어차피 죽을 거니까.

시골 터미널로 향한 청년은 목적지로 가는 푯값을 살펴보았다. 다행히 모자라진 않았다. 매표소에서 구멍 뚫린 투명한 아크릴 판 너머로 청년이 말했다.

"고현터미널 한 장이요."

매표소의 아주머니가 고개를 든 순간, 청년은 주머니에서 동전들을 꺼내기 시작했다. 쏟아지는 동전을 본 아주머니의 눈이 커졌다.

"뭐야?"

청년은 순간 민망했지만, 어차피란 생각으로 묵묵히 동전을 세어가며 투입구에 밀어 넣었다. 그러는 동안 아주머니의 눈동자가 가만히 청년을 훑었다.

청년이 모든 동전을 내자, 아주머니는 아무 말 없이 표를 건넸다. 표를 받아 든 청년이 돌아섰을 때, 아주머니의 목소리가 들려왔다.

"저기, 학생!"

"예?"

"이거 하나 먹어."

매표소 구멍 사이로 초코파이를 든 손이 내밀어졌다. 청년은 당황했다.

"괜찮습니다."

"아니야, 원래 나가는 거야."

뭐가 원래 나간다는 것인지 모르겠지만, 청년은 얼떨결에 초코파이를 받았다. 뒤돌아 대기실 의자로 간 그는 손에 쥔 초코파이를 가만히 바라보았다. 그는 갑자기 환영처럼 보았던 악마의 말이 떠올랐다. 정체를 숨긴 천사가 나타나 그를 속일 거라는 말이.

얼마 뒤, 버스가 도착하고 청년이 올라탔다. 그는 중간 자리에서 가만히 창밖을 바라보았다. 그때, 버스에 올라탄 세 명의 아주머니가 청년 근처로 다가왔다. 수다스러운 아주머니들은 청년 옆자리와 건너편 두 자리를 차지했는데, 옆자리 아주머니가 웃으며 말했다.

"아이고, 학생 미안해! 내가 살이 좀 쪄서 어째."

"아… 괜찮습니다."

"혼자 왔나 봐? 어디 가?"

"예… 그냥 바다를 좀 보고 싶어서….'

작게 대답한 청년은 대화를 차단하기 위해 창밖으로 고개를 돌렸다. 하지만 아주머니는 호들갑을 떨며 말을 걸었다.

"어머 학생! 그렇게 입고 다니면 안 추워? 겉옷 없어?"

청년은 솔직히 이런 관심이 불편하고 짜증스럽기만 했다. 제발 남에게 신경 끄고 말을 걸지 않아줬으면 했다.

"괜찮습니다."

짧게 대답한 청년은 눈을 감고 자는 자세를 취했다. 그의 귓가에 아주머니의 외침이 들려왔다.

"기사 아저씨! 히터 좀 빵빵하게 틀어주세요!"

자신을 신경 써서 하는 게 분명할 그 말에도 청년은 신경질만 났다. 남이야 얼어 죽든 말든 무슨 상관이란 말인가.

팔짱을 끼고 몸을 묻은 청년은 절대 눈을 뜨지 않았다. 잠 같은 건 오지도 않았지만, 행여나 이 수다스러운 아줌마들이 또 말을 시킬까 싶어서다. 그러자 반대로 아주머니들의 목소리가 갑자기 작아졌다. 청년은 그것이 자신을 배려해서라는 걸 알았지만 신경 쓰지 않았다. 출발하고 얼마 뒤, 버스 안은 아예 조용해졌다. 고요함 속에서 눈을 감은 청년의 머릿속은 자신만의 세계로 빠져들었다. 평소에 늘 하던 것처럼, 세상을 향한 원망이 시작됐다. 세상은 나에게만 왜 이럴까….

한참 뒤. 달리던 버스가 기사 아저씨의 목소리와 함께 갑자기 시끄러워졌다.

"휴게소 들렀다 갑니다!"

옆자리의 부산스러운 움직임을 느낀 청년은 일부러 눈을 뜨지 않았다. 역시나 아주머니들의 수다가 시작됐다.

"어머 세상에! 밖에 비 오네! 날씨가 우중충하더라니!"

"원래 비 온다고 했어 오늘!"

"소떡소떡 먹어야지 얼른!"

한바탕 수다와 함께 아주머니들이 내리자, 그제야 청년은 눈을 떴다. 창밖으로 가는 비가 내리는 게 보였다. 죽기 좋은 날씨가 따로 있겠냐마는, 세상을 떠나기에 어울리는 날씨 같았다.

아주머니들이 돌아올 때쯤 청년은 다시 눈을 감고 자는 척했다. 덕분에 버스가 목적지에 도착할 때까지 청년은 무사히 아주머니의 관심을 피할 수 있었다. 그러나 도착하자마자 자신을 흔들어 깨우는 아주머니 때문에 짜증이 솟구쳤다.

"학생! 다 왔어! 일어나!"

좋지 않은 표정으로 눈을 뜬 청년에게 아주머니는 웃으며 무언가를 건넸다.

"학생 우산 없지? 이거 써!"

"예?"

"그렇게 입고 비 맞으면 큰일 나!"

"아, 아니 괜찮습니다."

"아니야 어차피 남는 우산이야. 자자."

아주머니는 청년에게 억지로 우산을 쥐어 주었다. 얼떨결에 우산을 받게 된 청년은 들릴 듯 말 듯 감사 인사를 했다. 아주머니는 웃으며 버스에서 내렸다. 청년은 손에 쥔 우산을 흔들리는 눈으로 바라보았다. 남는 거라던 우산은 포장도 뜯지 않은 채 가격표가 붙어 있었다.

자리에서 일어난 청년은 버스에서 내려 주변을 두리번거렸다. 다시 제대로 감사 인사를 하려고 아주머니들을 찾는데, 멀리서 그녀들이 택시에 오르는 모습이 보였다. 청년은 자신도 모르게 뛰었다. 한데 너무 급한 나머지 발이 걸려 넘어지고 말았다. 애써 균형을 잡으려고 휘청하던 청년의 몸이 옆에 세워진 차를 긁었다. 곧바로 차 문이 열리며 주인이 뛰쳐나왔다.

"뭐야!"

차 주인은 청년이 부딪힌 문짝을 확인했다. 청년은 넘어져 아픈 것도 잊은 채 두 눈을 부릅떴다. 청년의 손에 있던 우산이 명백하게 차를 긁어버린 것이다. 흠집을 확인하고는 머리끝까지 화가 폭발한 차 주인이 청년에게 소리를 질렀다.

"이런 씨! 너 뭐야!"

청년은 얼른 일어났지만 머릿속이 새하얘졌다. 그의 얼굴에도 피가 흐르고 있었지만, 차 주인은 차가 긁힌 곳만 가리켰다.

"이거 어떡할 거야! 어떡할 거냐고!"

"죄, 죄송합니다!"

"죄송이고 뭐고 이 새끼야! 어떡할 거냐고!"

차 주인은 청년의 옷차림을 위아래로 훑더니 더욱 심한 욕설을 퍼부었다.

"아오 씨, 별 거지 같은 게! 야! 변상해! 어떻게 변상할래? 어? 어떻게 변상할래! 야 이 새끼야 말해보라고!"

청년은 눈앞이 깜깜했다. 그에게 변상할 돈 같은 게 있을 리 없었다. 아무런 말도 못 하던 그때, 덩치 큰 아저씨가 다가와 청년의 옆에 섰다.

"거 사람이 다쳤는데 너무하는 거 아닙니까?"

"뭐요?"

차 주인의 우레 같은 목소리보다 더 큰 목소리였다.

"별로 긁히지도 않았구먼! 티도 안 나네!"

"뭐라고?"

"애초에 여기 차 세울 수도 없는 곳인데 불법으로 주차해놓고 말이야! 어?"

"뭐, 뭐야 당신?"

"어른이 되어서 말이야! 다친 학생한테 소리나 지르고! 어?"

청년의 커진 눈동자가 별안간 나타나 자신을 위해 분노하는 아저씨에게로 향했다. 그 모습은 그에게 혼란을 주었다. 그 뒤에 더 놀라운 일이 청년의 두 눈을 휘둥그레지게 했다.

"그깟 수리비 내가 내줄게!"

지갑을 꺼낸 아저씨가 5만 원짜리 세 장을 꺼내 차 주인에게 내미는 게 아닌가?

"아!"

화들짝 놀란 청년이 아저씨를 말려보려 했지만, 청년을 돌아본 아저씨가 먼저 말했다.

"괜찮어, 학생."

아저씨는 다시 차 주인을 돌아보며 소리 질렀다.

"자! 됐지? 아니면 나도 당신 불법 주정차로 신고할 거야!"

차 주인은 그 기세에 눌린 듯, 목소리가 조금 점잖아졌다.

"아니, 그 돈으로 저걸⋯."

"저 정도로 뭘! 15만 원이면 떡을 치겠구먼 뭐가!"

차 주인은 결국 그 돈을 받았다. 청년을 한 번 힐끔거렸지만, 아저씨가 입을 떼려 하자 곧장 차에 올라탔다. 차가 떠나는 걸 확인한 후, 청년을 돌아본 아저씨는 부드럽게 말했다.

"학생? 괜찮아?"

청년은 그저 고개만 숙였다.

"죄송합니다. 제가 정말⋯."

"아니야. 잠깐만."

아저씨는 청년을 터미널 처마 아래로 이끌고 약국으로 들어가, 연고를 사서 건넸다. 그걸 받으면서도 청년은 어쩔 줄을 몰라 했다. 죄송하다는 말밖에 나오지 않을 때, 아저씨는 호탕하게 웃었다.

"죄송은 무슨, 아유 괜찮아! 학생이 비 맞으면서 그러고 덜덜 떨고 있는 걸 보니까 우리 아들 생각나서 참을 수가 없더라고!"

"이걸 어떻게 제가 갚아야⋯."

"괜찮아! 됐어!"

"아니, 그래도 제가⋯."

"아이 괜찮아!"

아저씨는 시원하게 웃으며 청년의 어깨를 토닥였다.

"그냥 나중에 성공해서 학생도 누구 한 명 도와줘. 그러면 그게 갚는 거야. 하하하."

아저씨는 감사 인사도 필요 없다는 듯 훌쩍 떠났다. 청년은 쫓아가서 잡으려고 했지만, 아저씨는 손을 내저으며 차를 타고 가버렸다.

혼자 멍하니 서 있던 청년은 손에 쥔 연고의 감각에 고개를 숙였다. 가만히 연고를 바라보는 청년의 가슴이 울렁거렸다. 너무나도 이상했다. 도무지 이해할 수가 없는 일이었다. 그의 상식으로 이 상황을 억지로 이해하려면, 오늘 낮에 본 악마의 환영이 사실이었어야 했다. 정체를 숨긴 천사가 그를 속일 거라는 그 말이.

청년은 터미널을 떠나 걸음을 옮기기 시작했다. 생각에 잠긴 그의 한쪽 주머니에는 연고가, 다른 주머니에는 초코파이가, 손에는 우산이 있었다. 모두 일부러 포장을 뜯지 않았다. 어차피 죽으러 가는 자신은 그것들을 쓸 이유가 없다고 생각해서였다. 그렇게 멍하니 바다를 향해 걷고 있으려니, 지나가던 아주머니가 와서 말을 걸었다.

"학생! 왜 우산을 안 써?"

"네?"

"우산이 있는데 왜 안 쓰냐고!"

"아….."

아주머니의 얼굴에는 진심으로 걱정이 가득했고, 그 표정이 청년을 당황케 했다. 청년이 어정쩡하게 고개를 젓자, 아주머니는 한 번더 우산을 쓰라고 말하며 가던 길을 갔다. 아주머니의 뒷모습을 잠시 바라보던 청년은 다시 걸었다. 그러나 얼마 안 가 또 한 아주머니가 다가왔다.

"학생! 우산 고장 났어? 왜 우산을 안 써?"

이번에도 걱정 가득한 그 표정은 청년의 마음을 울렁거리게 했다. 끝이 아니었다. 얼마 안 가 또 다른 아주머니가 걱정스럽게 말을 걸어왔다.

"학생! 그러다 감기 걸리겠어. 우산이 있는데 왜 안 쓰는 거야? 고장 났어?"

청년은 바다로 향하는 동안 계속해서 사람들과 마주했다. 한겨울에 추운 복장으로 비를 맞고 지나가는 청년의 모습을 그냥 지나치지 못한 이들이었다. 그 걱정 가득한 얼굴을 하나하나 마주할 때마다 청년의 마음은 점점 이상해졌다.

청년은 바다에 도착해서야 혼자가 될 수 있었다. 그는 바닷가에 앉아 가만히 바다를 바라보았다. 환각이라고 생각했던 악마를 떠올렸다.

악마는 말했다. 자살하러 가는 길에 마음이 흔들릴 수 있다고. 실제로 그랬다. 지금 청년의 마음은 흔들리고 있다. 어쩌면, 그 악마는 환각이 아닌 진짜일 수 있다. 악마의 말대로 정말 정체를 숨긴 천사가 청년의 자살을 막으려고 수작을 부린 걸까?

그게 아니면 말이 안 된다. 청년은 오늘 스친 많은 얼굴들을 떠올렸다. 그들 중 누가 천사였을까? 누가 내 마음에 수작을 부린 걸까?

"아!"

두 눈이 휘둥그레진 청년은 순간적으로 깨달았다. 천사가 한 명이라는 보장이 어디 있는가! 악마는 천사가 한 명이라고 말하지 않았다! 모두가 천사의 변장이었다! 그들 모두가 자신을 속이기 위한 천사의 기만이었던 거다!

벌떡 일어난 청년은 흔들리는 눈으로 바다를 바라보았다. 이대로 천사에게 속아 넘어가서 자살을 멈추어야 하는가? 아직 이 세상은 살 만할지도 모른다고 또 착각해야 하는가?

무서운 얼굴로 바다를 노려보던 청년의 갈등이 길어졌다. 그때, 악마가 나타났다.

[이럴 줄 알았어!]

깜짝 놀란 청년은 겁에 질려 악마를 바라보았다.

[넌 지금 당한 거야! 내가 분명 정체를 숨긴 천사가 네 마음을 흔들어놓을 거라고 말했지?]

화가 난 듯한 악마의 그 말에, 청년은 두려움을 벗어나 묻고 싶었다. 누구냐고? 누가 천사였냐고? 정말 그들 모두가 천사였던 게 맞느냐고.

악마는 순식간에 표정을 반전하며 말했다.

[너 근데 그거 알아? 천사는 말이야. 인간으로는 변장할 수 없어.]

놀란 청년의 눈이 악마를 바라보는 그 순간, 새까만 악마의 모습이 새하얗게 변하기 시작했다. 순백색의 날개를 펼치며 변장을 푼 천사는 청년을 향해 웃었고, 신기루처럼 사라졌다.

혼란스러하는 눈빛으로 허공을 바라보던 청년의 몸이 깨달음으로 잘게 떨리기 시작했다. 그가 오늘 만난 사람들 중에는 천사로 변장한 이는 없었다. 다 사람이다. 사람이었다.

청년은 꺽꺽 울면서 바다를 등졌다. 돌아가는 청년의 머리 위에는 우산이 펼쳐져 있었다.

누가 내 머리에 돈 쌌어

 월세가 두 달째 밀린 작은 반지하 원룸. 중년의 두 씨는 해가 정오에 걸린 것도 모른 채 눈을 겨우 떴다. 숙취로 머리가 깨질 것 같아 옆으로 돌아눕던 그는 순간, 바퀴벌레라도 본 것처럼 깜짝 놀랐다. 머리맡에 웬 돈다발이 놓여 있는 게 아닌가?

 정신을 차리고 얼른 주워보니, 장난감이 아닌 진짜 현금이었다. 1만 원짜리 100장이 보근은행 띠를 두르고 있었다. 두 씨는 이게 도대체 어떤 돈인지 전혀 알지 못했다. 간밤에 산타라도 다녀가지 않았다면 이런 일이 있을 수 없다. 그러니까 결론은, 그의 주변인 중 누군가 몰래 가져다주었으리라!

 두 씨는 주책없이 눈물을 흘러버렸다. 돈도 돈이지만, 누군가 자신을 위해 이런 감동적인 일을 벌였다는 게 충격이었다. 그의 인생에 이런 감정을 느낀 게 도대체 얼마 만인가? 주체할 수 없었던 그는 당장 외출 준비를 서둘렀다. 돈을 익명으로 전한 그 마음은 알겠지만, 누군지 꼭 알아내고 싶었다. 누가 내 머리맡에 돈을 뒀는지.

두 씨가 가장 먼저 생각한 건 오랜 친구 조 씨였다. 조 씨처럼 성공한 사장 정도는 되어야 100만 원을 쾌척할 수 있지 않겠는가? 당장 그의 식당으로 찾아간 두 씨는 조 씨에게 물었다.

"조 사장아. 혹시 네가 나한테 100만 원을⋯."

그러나 두 씨의 말이 끝나기도 전에 조 씨가 지긋지긋하다는 듯 손을 내저었다.

"야야 야! 나도 요즘 힘들어. 직원들 월급 줄 돈도 없다. 그리고 말이 나왔으니 말인데, 솔직히 돈이 있어도 주고 싶지가 않다. 뭐, 100만 원? 너 100만 원 벌려면 국밥을 몇 그릇 팔아야 하는 줄 알아? 너한테 100만 원은 술 처먹을 돈이겠지만, 나한테 100만 원은 국밥 수백 그릇이야 인마. 그냥 밥이나 한 끼 먹고 가라."

자리에서 일어나는 조 씨의 모습에 두 씨는 울컥했다. 이 자식은 분명 내 머리맡에 돈을 두고 간 사람이 아니었다.

"이 자식아! 누가 돈 빌려달라고 했냐? 안 먹어 인마!"

두 씨는 거칠게 식당을 나가버렸다. 씩씩대며 걷던 그의 발길은 시내로 향했다. 그가 두 번째로 찾아간 곳은 늙은 엄마가 청소 일을 하는 빌딩이었다.

"엄마! 엄마 혹시 나한테 100만 원 줬어?"

두 씨를 반가워하지도 않던 엄마는 귀가 가물어 제대로 알아듣지 못하고 소리부터 질렀다.

"또 돈타령이야 이놈아! 먹고 죽을 돈도 없다!"

"아니 그게 아니고, 엄마가 나한테 100만 원을."

"없다니까!"

버럭 소리친 엄마는 들고 있던 밀대를 마구잡이로 휘둘러댔다.

"너 또 술 처먹으려고 이놈아! 100만 원? 내가 100만 원 벌려면 걸레질을 몇 번 해야 하는지 알아! 그 피 같은 돈을 너 같은 놈 뭐가 이쁘다고! 가! 가!"

"아, 아이! 위험, 아이!"

두 씨는 머리를 감싸 쥐고 도망쳐 나가야 했다. 그는 오만상을 찌푸렸다. 엄마도 분명 아닌데, 그럼 누가 내 머리맡에 돈을 뒀을까?

고민하던 두 씨는 혹시나 예전에 일했던 작은 회사의 사장님을 찾아가보았다. 그가 사고 치기 전까지는 그래도 돈독한 사이가 아니었던가.

"저기 사장님, 혹시 저한테 100만 원 주셨어요?"

사장은 정색하고 한숨을 내쉬었다.

"이봐 두 대리, 왜 이래. 다 줬잖아. 내가 원래 안 줘도 되는 두 달치 월급까지 챙겨줬잖아. 자네 나한테 더 받을 돈 없어. 오히려 내가 받으면 받아야지. 자네 때문에 손해 본 게 얼만데."

"아니 그게 아니고."

"한 달 월급도 아니고 100만 원이라고? 왜? 자네 생각은 내가 그 냥 귀찮아서라도 100만 원 정도는 주고 치울 것 같나? 아닐세. 자 네한테 100만 원이 있어봤자 하룻밤 술값이겠지만, 그 100만 원이 내 손에 있으면 몇 배로 불어날 투자금이야. 돈을 주는 게 아까운 게 아니라 자네 손에 있을 돈이 아깝네. 내 말 섭섭하게 듣지 말고. 그럼 내 배웅은 하지 않겠네."

두 씨는 괜히 얼굴만 붉힌 채 나왔다. 이후로도 두 씨는 주변인들 을 찾아가 네가 내 머리맡에 돈다발을 두고 갔느냐 물었지만 찾지 못했다. 이런 과정을 반복할수록 두 씨가 처음 느꼈던 감동은 싸늘 하게 식었다. 주변인들의 시선에 두 씨는 완전 쓰레기였다. 그는 밀 려드는 자괴감에 견딜 수 없어졌다.

"그래 나 까짓 놈한테 100만 원은 술값이지 뭐! 맞는 말이네!"

세상을 향해 또 고래고래 악을 쓴 두 씨는 술집으로 향했다. 한데 뜻밖에도, 그곳에서 두 씨는 드디어 그를 도와줄 사람을 만났다. 술 집 주인이다.

"어제는 잘 들어가셨어요? 모르는 남자분이랑 나가시던데."

"예? 누구요?"

"그 왜 손님이 혼자 소리 지를 때, 다른 테이블에서 마시던 남자가 갑자기 손님을 부축해서 나갔었는데."

"그게 무슨 말이죠? 누가요?"

주인이 상세하게 설명을 시작하자, 두 씨의 어젯밤 기억이 서서히 돌아오기 시작했다.

'두더지! 맞지? 나야 나! 영선동 똥개!'

남자는 두 씨의 초등학교 동창이었다.

'와 진짜 반갑다. 너 여기서 이러지 말고, 나가자 일단.'

어젯밤의 기억이 돌아오면 돌아올수록 두 씨의 눈시울이 붉어졌다.

'너 기억나냐? 나 수학여행 못 가게 생겼을 때 네가 3만 원 내줬던 거. 그 시절 너한테 그 3만 원이 어떤 돈이었는지 몰라도, 그 당시 나한테 3만 원은 우리 온 가족이 매달려도 못 만들던 돈이었다. 내가 진짜 고마웠는데, 자존심 때문에 고맙단 말을 못 했던 게 수십 년이 지나도 잊히지 않더라. 아, 이럴 게 아니다. 내가 그 돈 갚아야지. 여기서 잠깐만 기다려라!'

두 씨의 눈에서는 눈물이 흐를 수밖에 없었다.

'아, 받아도 된다니까? 옛날에 네가 나한테 돈 주면서 뭐라고 했었는지 기억나냐? 자판기 밑에서 주운 돈이라고 거짓말했다. 네가 그렇게 좋은 사람이었다고. 너한테 주는 100만 원은 하나도 안 아까우니까 제발 좀 받아라. 너 안 받으면 내가 억지로라도 준다!'

드디어 두 씨는 머리맡에 돈을 두고 간 범인을 찾아냈다. 그는 황급히 주머니를 마구잡이로 뒤졌다. 핸드폰이 끊긴 지 오래라, 어제 명함 한 장을 받았던 기억이 났다. 기쁘게 찾아서 꺼내 든 명함에는 정육점 이름이 적혀 있었다. 두 씨는 눈물을 닦아내고 술집을 뛰쳐나갔다. 얼마 뒤, 두 씨는 어렵게 찾아온 정육점 면발치에서 멈춰섰다. 100만 원을 돌려주려고 왔지만, 막상 그 돈이 간절하다. 이 돈으로 밀린 월세도 내고, 핸드폰 요금도 내고, 쓸 데가 많으니 말이다. 앞으로 열심히 살아볼 마음을 다잡았기에 더 그랬다.

망설이던 두 씨는 정육점 친구가 자리를 비우자마자 자기도 모르게 뛰었다. 가게로 들어간 그는 간밤에 친구가 그랬던 것처럼 100만 원을 놓아두고 얼른 도망쳤다. 숨 가쁘게 뛰는 두 씨의 얼굴엔 환한 웃음이 가득했다. 지금의 두 씨는 주변인들이 아는 술꾼이 아닌, 정육점 친구가 기억하는 두 씨였다.

반지하 집으로 향하는 두 씨의 발걸음은 어제와는 달랐다. 빈손이었지만 대신 희망이 차 있었다. 집에 도착한 두 씨는 놀랐다. 반지하 문손잡이에 웬 비닐봉지가 매달려 있었다. 그 안에는 쪽지가 들어 있었다.

[너 전화 좀 어떻게 해봐라. 밥은 먹고 다니고.]

두 씨는 오랜 친구가 만든 따뜻한 국밥과 5만원 권 네 장을 보고 눈시울이 붉어졌다. 그때 그의 등 뒤에서 목소리가 들려왔다.

"왜 밖에 나와 있냐 이놈아."

양손에 바리바리 먹을거리를 싸 들고 온 어머니의 모습에 두 씨는 울어버렸다. 그날 그렇게 두 씨는 다시 태어났다.

위로가 힘든 사람에게

<고민 게시판은 익명으로 운영됩니다.>

아이디 : rhW3n4

제목 : 도와주세요. 위로하는 방법을 모르겠습니다.

저는 어렸을 때부터 누군가를 위로하는 게 너무 어려웠습니다. 힘들어하는 사람들을 보면 뭐라고 말해야 할지 몰랐습니다. 살면서 딱 한 번 친형에게 이런 상담을 해본 적이 있었는데, 제가 INTP 냉혈한이라 그렇다는 헛소리만 하더군요. 동의하지 않습니다. 제가 위로가 힘든 건 그런 느낌이 아닙니다. 말로 표현하기가 힘든데… 저는 정말 거짓말을 못 하는 사람입니다. 그 사람의 고통을 이해하지도 못하는 주제에 하는 위로의 말이 거짓말처럼 느껴져 거부

감이 드는 겁니다.

중학교 때 일입니다. 정말 친한 친구가 반려견의 죽음으로 운 적이 있었습니다. 다들 그 친구에게 위로의 말을 건네는데, 저는 말을 못 하겠는 겁니다. 그 친구가 지금 어떤 심정인지 짐작도 안 됐거든요. 한참 망설이다가 남들처럼 힘내란 말밖에 못 했습니다. 바보 같았죠. 힘내란 말은 여러모로 최악입니다. '안녕하세요'란 말이 정말 안녕한지 궁금해서 하는 말이 아니라 원래 인사말이라서 하는 말인 것처럼, 힘내란 말도 원래 힘든 사람에게 하는 말이라서 하는 거니까 말입니다.

그럼 힘내란 말 말고 어떤 말이 알맹이가 있을까, 살면서 많은 위로의 말을 찾아봤습니다. '잘될 거야', '괜찮아질 거야', '네 탓이 아니야' 등등 온갖 위로의 말이 있었지만, 제게는 모두 상투적으로 빛바랜 말처럼 느껴졌습니다. 체질적으로 그런 말은 쉽게 안 나옵니다. 위로를 연기하는 것 같은 제 모습에 자기혐오감이 드는 겁니다. 차라리 저는 백 마디 말보다 밥 한 끼 사주는 게 마음이 편합니다. 그게 위로가 될 순 없겠지만 최소한의 도움은 되지 않겠습니까. 그런 면에서 제가 해결해줄 수 있는 문제들은 위로가 쉬웠습니다. 해결해주거나 해결책을 제시해주면 되니까요. 그게 제 인생에서 유일한 진짜 위로의 방법이었습니다.

그런데 최근, 매일 죽고 싶다 말하는 친구가 있습니다. 그 친구의 문제는 해결 방법이 없어서 어떻게 위로해야 할지 모르겠습니다.

이대로라면 그 친구가 정말 갑자기 떠나버릴 것만 같습니다. 그 친구가 제발 죽지 않도록 힘이 되어주고 싶습니다. 어떻게 해야 할까요? 고작 몇 마디 말로 위로가 될까요? 섣부른 말이 오히려 상처가 되진 않을까요? 밥이야 얼마든지 사줄 수 있겠지만, 그 정도로는 친구가 나아질 것 같지 않습니다. 그냥 곁에 있어주는 것만으로도 위로가 될 거란 말도 들어봤지만, 그 친구에게는 소용이 없는 듯합니다.

위로가 너무 어렵습니다. 다른 사람들은 도대체 어떻게 위로를 하는 걸까요?

• • •

아이디 : fnQ13e

RE: 도와주세요. 위로하는 방법을 모르겠습니다.

글쓴님이 어떤 심정인지 진짜진짜 잘 알아요! 저도 그랬거든요. 저희 같은 사람들이 웃긴 게, 누군가를 위로할 때 죄책감이 느껴지잖아요. 무슨 말인지 아시죠? 걱정하는 마음이 진심이긴 진심인데, 완전 백 퍼센트 진심은 아닐 때요. 솔직히 말해서 제 입장에서는 별로 안 와닿는 것들도 있잖아요. 그 사람의 힘듦이 가짜라는 건 아니지만, 제가 이해되어야 제 위로도 백 프로 진심이 되잖아요.

저희 같은 사람은 성격상 진심에 집착할 수밖에 없잖아요. 그래서 저는 예전에 세상에서 가장 진실된 위로가 무엇일까 고민했어요. 우연히 찾아낸 정답이 뭐였는지 아세요? 바로 용서하는 위로예요.

이혼으로 힘들어하던 친구가 어쩌다 보니 제 중요한 면접을 망친 적이 있었어요. 그때 제가 느꼈던 감정이 뭐였는 줄 아세요? 그 친구한테 고마웠어요. 저도 모르게 고맙다고 말해버렸어요. 친구가 뭐가 고맙냐길래, 내가 너를 아무렇지도 않게 용서함으로써 너를 걱정하는 마음이 진심인 걸 증명할 수 있는 게 고맙다고 말해버렸죠. 그 친구가 정말 펑펑 울었어요. 그때 깨달았죠. 최고의 위로는 용서하는 위로란 걸 말이에요. 글쓴님께도 그런 행운이 일어났으면 하네요.

◆ ◆ ◆

아이디 : rhW3n4

RE: RE: 도와주세요. 위로하는 방법을 모르겠습니다.

이렇게나 늦게 답글을 달아 죄송합니다. 그날 달아주신 글을 보고 많은 생각이 들었습니다.

281

사실을 고백하자면, 글에서는 친구의 얘기라고 했지만 죽고 싶었던 건 저였습니다. 그때 저는 주변에서 어떤 위로를 해도 들리지 않았습니다. 위로를 잘 못하는 사람은 위로를 잘 받아들이지도 못하나 봅니다. 그날 올린 고민 글도 사실은 친구의 위로가 너무 짜증나서 소리 지르고 뛰쳐나온 뒤에 쓴 것이었습니다. 누군가를 위로하는 게 이렇게나 어려운 일인데 어쩜 그리 쉽게들 힘내라고 하는지 이해를 못 하겠기에 말입니다.

근데 사실 제가 이상한 쪽이란 건 알고 있었으니까, 답글이 달리더라도 제가 이상한 게 맞는다는 답글 쪽으로 달릴 줄 알았습니다. 위로를 꼬아 들을 필요가 없는 문제라고요. 그러면 제가 주변의 위로를 순수하게 받아들이는 데 조금 도움이 됐을지도 모르죠.

그런데 님께서 달아주신 답글은 의외였습니다. 공감받을 줄은 몰랐습니다. 게다가 용서하는 위로란 건 생각지도 못했던 거였습니다. 가만히 그 말을 생각해보다가, 저도 모르게 충동적으로 바보 같은 일을 저질러버렸습니다. 친구의 차를 끌고 나가서 일부러 사고를 내버린 겁니다.

망가진 차를 친구에게 보여주며 사과하니, 친구는 정말 한 치의 망설임도 없이 괜찮다더군요. 오히려 저를 위로하듯 적극적으로 고개를 흔들며 괜찮다고 하는 그 모습에 저도 모르게 눈물이 났습니다. 다른 무엇보다 오직 저를 걱정하는 마음밖에 없는 친구의 초조해하는 얼굴이 그제야 제 눈에 보인 겁니다. 그것은 놀랄 정도로 제게 큰 위로가 되었습니다. 절대 무엇으로도 나아질 수 없다고 생각했던 제 마음에 진심으로 커다란 위로가 되었습니다. 그냥 하루빨리 죽고만 싶었던 제가 흔들렸습니다.

남겨주신 답글 덕분입니다. 감사합니다.

◆ ◆ ◆

아이디 : fnQ13e

RE: RE: RE: 도와주세요. 위로하는 방법을 모르겠습니다.

세상에! 그러셨군요. 몰랐어요.

그런데 정말 좋은 친구를 두셨어요. 제가 다 감동이네요. 그 친구분 때문에라도 죽으시면 안 돼요. 왜냐면 그분은 아무 죄도 없잖아요. 가까운 사람의 죽음이란 고통을 죄 없는 그분이 당하면 안 되잖아요? 죽지 마세요.

이렇게 제가 글 몇 자로 하는 말이 안 와닿을 거 저도 누구보다 잘 아는데, 그래도 힘내시길 바라요.

•••

아이디 : rhW3n4

RE: RE: RE: RE: 도와주세요. 위로하는 방법을 모르겠습니다.

제가 올린 고민 글을 친구에게 들켰습니다. 제가 친구를 테스트하려고 일부러 차 사고를 냈다는 것도 친구가 알게 되었습니다. 친구가 제게 뭐라고 했는지 아십니까?

괜찮다며 용서했습니다. 싫은 소리 한마디도 없이 그냥 다 괜찮답니다. 미친 거냐고 화낼 줄 알았는데 그냥 괜찮답니다. 오히려 고맙다네요. 위로받고 싶어 해줘서 제게 고맙답니다.

얼마나 울었는지 모릅니다. 전 세상에 이런 위로가 있는 줄 몰랐습니다. 저도 이 친구가 힘들 때 언젠가는 꼭 갚아줄 겁니다. 그래서 이제 전 살아야겠습니다.

그의 일대기

자살 모임 SNS는 낚시인 줄 알았다. 실제로 이렇게 사람들이 모일 줄은 몰랐다.

"안녕하세요."

"네, 안녕하세요."

우리 네 사람은 모텔 방에 앉아 어색한 자기소개를 나눈 뒤, 챙겨온 소주를 개봉했다.

40대로 보이는 아저씨가 종이 소주잔을 모두에게 돌렸다.

"역시 맨 정신에는 좀 힘들겠죠? 일단 좀 마십시다."

36세의 내가 말했다.

"그렇네요. 맨 정신에는 좀… 아, 근데 학생들은? 술 괜찮나?"

20대로 보이는 청년이 잔을 앞으로 내밀었다.

"아, 저는 술 괜찮아요. 주세요."

중학생 정도로 보이는 소년이 과자를 집어 먹으며 말했다.

"저는 과자만 먹으면 돼요."

이렇게 보니 자살 모임이라기보다는 그냥 평범한 동호회의 정모 같았다. 이 모두가 오늘 죽을 사람들이라니, 이상한 기분이 들었다.

친목 도모의 술잔이 한 바퀴 돌자 중년 사내가 물었다.

"죽기 전에 억울하지 않게 썰이나 풀고 죽읍시다. 여러분은 뭐 때문에 죽으려고 그럽니까?"

"…."

"…."

"…."

서로를 돌아보던 시선이 어린 소년에게 집중됐다. 가장 궁금하긴 했다. 그 나이에 어떤 일을 겪었길래 이런 결심까지 하게 된 걸까?

"저는요…."

소년은 창피해하는 얼굴로 고개를 숙이다가 말했다.

"집에 아무도 없는 줄 알고 야동을 크게 틀어놓고 보다가… 가족들한테 들켰어요…."

…응?

"가족들 볼 면목이 없어서… 죽기로 결심했어요…."

뭐라고? 아니 지금 그러니까… 뭐? 지금 저딴 이유로 자살을 하겠다고?

나는 어이가 없었다. 그런데 세상에?

"아이고 저런. 정말 죽고 싶었겠구나."

"끔찍한 일을 겪었네요."

다른 두 사람이 긍정하며 고개를 끄덕이는 게 아닌가!

"아니 아니 아니! 잠깐, 잠깐만요!"

"음?"

"네?"

내 다급한 외침에 모두가 의아해하며 날 돌아보았다. 당신들 지금 그런 표정 지을 때가 아니잖아!

"이상하잖아요! 뭘 납득하고 그래요! 이, 이봐 학생! 겨우 그런 이유로 자살하겠다고?"

"네?"

"아니 아니, 그깟 이유로 자살하면 안 되지!"

"아… 그럼 안 되나요?"

장난해?

"당연하지! 그 정도는 그냥 '죽고 싶다!'고 농담으로 말할 정도의 일이지, 정말로 죽을 일은 아니라고!"

"아아… 그래도 가족들 보기가 면목이 없어서…."

"그게 무슨 바보 같은 소리야! 아니, 지금 학생이 느끼는 그 감정이 어떤 감정인지는 충분히 알겠는데, 그게 그렇게 심각한 일이 아니야!"

"네? 그래도 가족들이 저를 어떻게 생각할지…."

"학생이 어떤 짓을 했든 간에, 가족은 절대 학생을 부정하지 않아! 오히려 그깟 일로 자살을 선택한다면, 그것이야말로 가족들에게 면목 없는 짓이야!"

"아… 그럴까요?"

소년은 흔들리는 듯했고, 나는 얼른 다른 사람들을 돌아보며 동의를 구했다.

"당연하지! 두 사람도 그렇게 생각하죠? 이 학생은 절대 자살하면 안 돼요! 그렇죠?"

"으음. 듣고 보니 그렇군! 자네 말이 맞네. 학생은 여기 어울리지 않는 것 같구먼."

"그래. 너는 자살하면 안 되는 게 맞는 것 같아."

"아…."

소년은 바닥을 바라보며 말없이 있다가 고개를 끄덕였다.

"무슨 말인지 알겠어요. 맞아요. 우리 가족들은 저를 부정하지 않을 거예요! 감사해요!"

"그래그래!"

소년의 결심에 우리는 크게 고개를 끄덕여 기뻐했다. 자살 모임에서 자살을 말린다는 게 이상한 모양새이긴 했지만, 저딴 이유로 자살하는 건 정말 아니었다. 한데 막상, 이제부터 저 소년을 어떻게 해야 하나, 조금 난감했다. 소년 앞에서 우리끼리 자살을 할 수도 없지 않은가.

나는 고민했지만, 나머지 사람들은 크게 생각을 안 하는 건지, 술잔만 돌렸다. 그러다가 곧, 20대 청년이 침울해진 얼굴로 입을 열었다.

"저는 정말로 자살밖에 답이 없어요…."

그의 말에 우리는 다시 무거운 얼굴이 되어 집중했다.

"사랑하던 여자애가 있었어요. 학창 시절부터 친구 사이였던 그 애와는 대학교에 들어와 2년 정도 연애하다가 헤어졌어요. 그래도 저희 친구들이 모두 학창 시절부터 뭉쳐 다니던 애들이라, 그 애와도 계속 관계를 유지했죠. 그런데…."

"그런데?"

"그 친구가 얼마 전 결혼했어요. 제가 전남친이기는 하지만, 오히려 다른 친구들보다 더 진실한 마음으로 축하해주고, 축의금도 30만 원이나 내고 왔죠. 그런데… 축의금 봉투가 바뀌었다는 사실을 뒤늦게 알게 되었어요. 관리비 봉투였던 그 돈은… 1만 8,000원이었어요."

"아이고."

청년은 일그러진 얼굴로 소리쳤다.

"친구들 모두가 알았겠죠! 제가 축의금으로 1만 8,000원만 냈다는 사실을요! 친구들이 저를 뭐라고 생각하겠어요! 전 여자 친구의 결혼식 날에 축의금 1만 8,000원을 낸 저를요! 창피해서 정말! 하아… 그래서 전 자살하기로 했어요."

"엥?"

아니, 잠깐만… 뭐? 축의금 1만 8,000원 냈다고 자살해? 진짜야 뭐야?

"저런 저런. 그거 정말 괴롭겠구먼. 자살하고 싶겠어."

"세상에, 정말 죽고 싶겠네요 형."

아니 이 사람들은 또 뭘 수긍하고 있는 거야!

"아니 아니 아니! 잠깐, 잠깐 잠깐! 잠깐만요!"

"음?"

"이봐요! 지금, 뭐, 그깟 일로 자살하겠다는 겁니까? 축의금 1만 8,000원 때문에!"

"그깟 일이라니요? 얼마나 창피한데요! 그 기분을 아세요?"

청년의 얼굴은 너무나 진지했다. 그러니까, 이게 진짜라고 지금? 이런 미친!

"아니 아니, 누가 그런 일로 자살해? 그게 뭐라고! 축의금 잘못 냈다고 말해서 다시 주면 되지!"

"이미 시간이 많이 흘렀다고요! 결혼식 날에 모인 저희 친구들 사이에 소문이 다 퍼졌을 거라고요! 제가 다시 준다고 해도, 그 소문을 다 주워 담을 수 있겠어요!"

"뭐, 이…!"

정말 가슴이 답답했다.

"다 주워 담지 못하면 또 어때? 살면서 몇 번이나 만날 사이라고!

그냥 잘못 냈다고 정정하고, 아는 사람들만 알아주면 되는 거지! 무슨 그깟 일로 자살을 말해!"

나는 화가 날 지경이었다. 내 격한 반응 때문인지, 청년도 조금 저자세로 말했다.

"그, 그래도 진실을 알지 못한 사람들한테 나는 지질남이 되어 있을 텐데…."

"그러니까! 그게 뭐 어쨌다고! 이봐, 잘 들어요! 그런 사람들은, 당신을 그렇게 신경 안 써! 당신한테 그렇게 관심 자체가 없어요 관심이!"

"아…."

"아니, 신경 쓴다고 쳐도! 몇 번 볼 일도 없는, 그런 사람들이 어떻게 생각하든 말든, 그깟 게 뭐 큰일이라고 자살해? 어! 오히려 그깟 일로 자살했다는 이야기가 사람들한텐 더 우스운 이야기라고! 다들, 안 그래요?"

내 말에 다른 두 사람이 고개를 끄덕였다. 청년도 깊게 생각하는 듯하더니, 고개를 끄덕였다.

"듣고 보니 정말 맞는 말씀이시네요…. 예, 맞아요. 제가 생각하는 것만큼 사람들이 저한테 관심이 있을 것 같지 않네요. 그냥 가까운 애들만 알아주면 될 일이었어요."

"그래그래! 아 그렇다니까?"

청년은 자살을 철회했고, 우리는 기쁘게 고개를 끄덕였다. 근데 참, 모양새가 이상해졌다. 자살 모임에서 두 번이나 자살자가 구조되다니? 상황이 이렇다 보니 모임의 정체성이 모호해졌다. 남은 두 사람이 무사히 자살을 할 수 있는 분위기인가 이게?

나는 조금 난감해진 마음으로 남아 있는 40대 아저씨를 쳐다보았다. 그는 내 시선을 오해했는지, 자기 사연을 말하기 시작했다.

"제가 자살을 결심한 이유는… 어휴. 제가 정말 사랑으로 몇 년을 키운 구관조가 있습니다. 그런데 집에 놀러 온 친구를 너무 잘 따르지 뭡니까? 그래서 친구와 저는 양쪽에서 구관조를 부르며 오라고 테스트를 해봤는데… 백이면 백 모두 친구에게 날아갔습니다. 제 사랑을 배신당한 거죠. 그래서 저는 자살을 결심했습니다."

"…엥?"

진지하게 듣던 나는 한순간 멍해졌다. 구관조가… 뭐? 지금… 뭐? 뭐라고?

"와, 아저씨 정말 가슴 아프셨겠네요."

"배신감이 크셨겠습니다."

수긍하는 두 사람을 보며, 나는 이제 더 놀랄 기운도 없었다. 이 양반들은 도대체 자살을 뭐라고 생각하는 걸까? 정신이 어떻게 된 걸까?

"잠깐, 잠깐만, 잠깐만요 제발 좀! 제발!"

나는 더 참지 못하고 고래고래 고함을 질렀다.

"뭐라고요? 구관조 때문에 자살을 하시겠다고요?"

"예. 정말 그때만 생각하면, 지금도 가슴이 찢어집니다."

"뭐라는 거야 진짜! 아저씨 미쳤어요 진짜? 왜 그러세요 정말!"

"예?"

"그게 뭐라고, 뭐 어쨌다고 자살을 해요! 구관조가 딴 데로 날아 갈 수도 있는 거지! 누가 미쳤다고 그깟 걸로 자살을 하냐고!"

내 말에 그는 얼굴이 시뻘게져서 열변을 토했다.

"무슨 그런 말씀을! 사랑을 배신당한 그 마음을 아십니까! 내가 구관조를 얼마나 애지중지했는데! 분명 우린 교감을 해왔다고 몇 년 동안 생각해왔단 말입니다! 그게 배신당한 그 충격을 아십니까? 그 모든 게 거짓이었다는 충격을 아느냔 말입니다!"

"허⋯."

나는 정말, 정말 머리끝까지 화가 났다. 이 미친, 정말 이 미친 사 람들은 도대체가!

"뭔 개소리야 진짜!"

"예?"

"아니 그깟 구관조, 새대가리가 날 사랑하지 않을 수도 있는 거지 그게 뭐라고! 그게 뭐라고 자살을 합니까! 네? 그리고 내가 사랑을 줬다는 것에 만족하면 그만이지, 구관조 따위에게 사랑 못 받는다 고 세상이 무너져요? 예? 자살은 개뿔! 그냥 집으로 돌아가요! 집 으로 돌아가서 앞으로는 구관조한테 먹이도 싸구려 주고! 너 못생 겼다고 말도 해보고! 배신자라고 욕도 하고! 예? 구관조 따위한테

293

목매달지 말고 자기 인생을 살라고요!"

나는 숨이 찰 정도로 토해내버렸다. 그러자 그는, 비 맞은 구관조 같은 모습으로 고개를 숙였다.

"드, 듣고 보니 맞는 말씀이십니다. 사랑이 항상 쌍방향일 순 없는데… 내 사랑이 아까워 그런 마음이 들었나 봅니다. 휴, 감사합니다. 말씀하신 대로 집으로 돌아가서 그놈한테 너 못생겼다고 욕 좀 해줘야겠습니다. 그러면 속이 좀 풀릴 것 같습니다."

"그래요, 그래!"

나는 그래도 말귀를 알아먹는 그를 향해 크게 고개를 끄덕였다. 한데 곧, 정신을 차리고 생각해보니….

"…아."

이게 무슨 자살 모임이야? 자살하자고 모인 사람 넷 중에, 세 사람이나 거지 같은 이유로 자살을 결심했었다니?

"허."

나는 어이가 없어서 할 말을 잃었다. 과연 내가 자살할 수 있을까? 이 분위기에서는 절대 실패다.

내가 씁쓸해하고 있을 때, 세 사람이 갑자기 나를 보았다.

"그런데, 자네는 왜 자살을 결심했는가?"

"그래요. 궁금하네요. 무엇 때문에 자살하려고 하시죠?"

"맞아요! 형은 왜 죽으려고 해요?"

"아…."

그들의 시선에 내 이유를 말해줘야 함을 느꼈다. 나는 이들과는 비교도 할 수 없는 진짜 이유가 있었다.

"결혼까지 약속한 여자를 만났는데 알고 보니… 그 여자가 꽃뱀이었습니다."

"아이고 저런!"

"정말 바보같이 당했습니다. 그녀는 사업을 핑계로, 병을 핑계로, 결혼식을 핑계로 제게 돈을 요구했습니다. 바보 같은 저는 다 퍼주었죠. 저축도 다 퍼주고, 대출까지 받아서 퍼주고, 나중엔 부모님까지 속여가며 돈을 퍼주고 말입니다. 그것도 모자라 친구들한테까지 손을 벌리고…. 친구들이 이건 아닌 것 같다고 말해줘도 귀를 닫고선 듣지도 않았습니다. 정말 어리석었죠."

"아유."

"그녀가 갑자기 도망을 간 뒤에야 알았습니다. 모든 게 거짓이었다는 것을…. 저는 정말 머저리였습니다."

"쩝."

"이제 저는 정말로 자살밖에 답이 없습니다. 가족들 볼 면목도 없고… 주변엔 등신이라고 소문도 다 나고… 그렇게 믿었던 사랑에 배신당한 충격으로 잠을 이룰 수도 없고…."

그래. 나는 죽어야 했다. 이들 중 유일하게 나만이 자살을 해야 할 사람이었다. 한데? 나를 보는 그들의 표정이 이상했다.

"에이, 무슨 그깟 일로 자살을 결심하나?"

"난 또 뭐 큰일이라고! 그깟 게 뭐라고, 자살할 일도 아니네!"

"세상에 그깟 걸로 자살하면, 누가 살겠어요, 형. 엄살이 심하네요!"

이 사람들이 지금 무슨 소리를 하는 거야?

"뭐라고요? 뭣, 그깟 일이라니? 제가 얼마나 고통스러운데! 당신들이 뭘 안다고 그런 소리를 합니까? 당신들이 제 기분을 압니까!"

"왜 몰라요? 우리 다 알죠."

"뭐?"

안다고? 당신들이?

소년이 웃으며 말했다.

"형이 가족들 볼 면목 없는 거 다 알아요. 그렇지만 형의 가족은 그런 일로 형을 부정하지 않아요. 무슨 일이 있어도 형의 가족은 형의 가족이에요."

"…."

20대 청년이 웃으며 말했다.

"주변에 소문나고 손가락질받는 거? 별거 아니에요. 그 사람들은 별로 관심도 없어요. 그냥 형 마음을 알아주었으면 하는 사람들만 알아주면 되는 거죠."

"…."

40대의 아저씨가 웃으며 말했다.

"사랑에 배신당했을 땐, 그냥 욕이나 합시다. 그깟 여자는 별것도 아니잖습니까? 가치가 있습니까? 욕하고, 내 인생 살면 되는 거지."

"…."

나는 갑자기 이상한 감정이 들었다. 저들의 이 가벼운 설득에 왜 이렇게 흔들리는 걸까? 왜 다 맞는 말 같을까?

난 그들에게 뭐라 반박해야 할지 알 수가 없었다. 그들은 웃었다.

"이제 보니 이 모임에 자살할 사람이 한 명도 없었네?"

"이렇게 된 거, 그냥 잠이나 자고 집에 갑시다."

"그래요. 한숨 푸욱 자고 집에 가면 되겠네요."

"…."

이상했다. 정말 이상하지만, 그들의 말대로 나는 왠지 잠이 왔다. 정말로 잠이 쏟아졌다.

◆ ◆ ◆

"으…!"

어젯밤의 숙취가 몰려온 난 머리를 감싸고 띵한 기분을 느꼈다.

"…뭐야?"

방에 아무도 없었다. 모두 어디로 간 거지? 다들 나만 두고 아침에 떠난 걸까? 그렇다면 조금 섭섭한 일이다.

그렇다고 해도 뭐 별수 없는 일, 나는 좀 더 기다려보다가 대충 씻고서 방을 나섰다. 그리고 모텔을 나가기 전, 카운터에 물었다.

"저기, 어제 저랑 같이 온 사람들은 아침에 다 나갔나요?"

카운터 직원은 나를 알아보는 눈치였다.

"네? 어제 혼자 오셨는데요?"

"예? 혼자요?"

무슨 소리야?

"예, 제가 정확히 기억합니다. 어제 손님이 혼자 소주 봉다리 들고 들어가셔서 걱정이 좀 돼가지고⋯ 무슨 일 날까 봐 말입니다, 하하."

무슨 말이야? 내가 혼자였다고?

"아니 아니 잠깐만요. 제가 혼자였다고요? 네 명이 아니라요?"

"네."

"아니 그, 다른 사람들 없었어요? 중학생 정도 되어 보이는 남자애랑, 20대 청년이랑, 40대 아저씨랑."

"없었는데요?"

"예? 아니, 분명히 넷이었다고요! 그 사람들이랑 같이 들어갔는데?"

직원은 정말 모르는 눈치였다.

"누구를 말하는 건지 원⋯ 그 사람들이 누군데요?"

"누구라니? 그 사람들은요! 그 사람들이 누구냐면요⋯!"

"?"

"…."

나는 눈살을 찌푸리며 기억을 떠올리려 애를 써야 했다. 그들이 누구였더라? 우리가 처음 방에 둘러앉아서, 서로 자기소개를 뭐라고 했더라?

"…!"

아! 아아아아!

생각났다. 다 생각났다. 모든 기억이 났다.

중학생 소년이 말했다.

[안녕하세요. 제 이름은 김남우예요.]

20대 청년이 말했다.

[안녕하십니까? 제 이름은 김남우입니다.]

40대 아저씨가 말했다.

[반갑습니다. 저는 김남우라고 합니다.]

그리고, 내가 말했다.

[저는 김남우입니다….]

아아….

"손님? 그 사람들이 누군데요?"

"…."

카운터 직원의 질문에 나는 대답했다.

"그 사람들은… 김남우입니다. 자살 따위는 절대 하지 않는 사람이죠."

"예?"

나는 돌아서 모텔을 나섰다. 유독 날씨가 좋았다. 오늘은 가서 못생긴 구관조 한 마리나 사야겠다.

작가의 말

　내가 처음 글을 올렸던 인터넷 게시판의 이름은 '공포 게시판'이었다. 그곳에는 무조건 무서운 글을 올려야 했는데, 만약 공포와 관련 없는 글이 올라오면 댓글이 달렸다.

　'게시판 지켜주세요.'

　규칙은 규칙이다. 무섭지 않은 글을 올리면 쫓겨날 수밖에 없으니, 나는 어두운 내용의 단편만을 쓰게 되었다. 그러나 창작의 영감이란 건 항상 꼭 맞춰서 오진 않는다. 가끔은 따뜻한 이야기가, 슬픈 이야기가, 감동적인 이야기가 떠오른다. 그것들을 다 무시해버릴 순 없었다. 창작자에게 찾아온 영감을 무시하는 것보다 힘든 일은 없으니까. 결국 쓰일 글은 쓸 수밖에 없었는데, 완성한 글을 게시판에 올리는 건 부담스러웠다. 모른 척 몰래 올려버리면, 결국 달릴 댓글이 달린다.

　'글은 좋은데, 이 게시판에 올릴 건 아닌 것 같아요.'

솔직히 고백하자면, 난 특혜를 받았다. 그런 댓글들이 달려도 쫓겨나지는 않았고, 대신 변명해주는 분들도 있었다. '나'를 한정해서 눈감아주는 것이었다. 지금 생각하면 죄송한 일이다. 그래도 덕분에 난 공포와 거리가 먼 단편 몇 개를 남길 수 있었다. 놀랍게도 그렇게 쓴 것들은 단 한 편의 예외 없이 모두 책에 실렸다. 더 놀라운건 작가와의 만남에서 들은 고백들이다.

'그 단편 보고 엄청 울었어요.'

그러면 나는 민망해하면서도 솔직히 고백한다.

'저도 그 글 쓸 때 울면서 썼어요. 제가 썼지만 저도 처음 보잖아요? 감동적이더라고요.'

그 독자를 웃기기 위한 말이기도 하지만, 사실이기도 하다. 쓰는 사람의 마음이 먼저 움직여야 읽는 이의 마음도 움직이는 글이 나오는 것 같다. 그래서 어렵고, 어려운 만큼 소중하다. 그런 단편들을 많이 남기고 싶었지만 억지로는 되지 않았다. 그랬기에 이 책에도 이전에 실었던 소설을 몇 편 섞었다. 쓰면서 내가 눈물을 흘렸던 글이 무엇이었는지 독자들께도 보여드리고 싶었고, 그만큼 이 책은 내게 특별하다.

과거, 내가 인간을 탐구한 이유는 공포 게시판에 어울리는 글을 쓰기 위해서였다. 사람이 가장 무섭다는 그 말만을 철썩같이 믿고, 인간의 어두운 부분을 어떻게 드러낼지를 궁리하며 애썼다. 이번에는 정반대다. 이 책은 내가 인간을 사랑하기 위해 탐구하여 쓴 글들이다. 실제로 난 인간을 좋아한다. 그래서 이 책도 좋다. 좋아하는 책을 낼 수 있어 기쁘다. 조금 욕심을 내보자면, 독자분들도 이 책을 좋아했으면 좋겠다. 읽는 동안 독자들의 마음이 조금이라도 움직이기를, 내가 글을 쓰면서 느낀 감정과 같기를 조심스럽게 바라본다.

인생 박물관

2023년 3월 2일 1판 1쇄 발행
2024년 5월 10일 1판 16쇄 발행

지은이　　김동식
펴낸이　　한기호
책임편집　도은숙
편 집　　정안나, 유태선, 김미향, 김현구
마케팅　　윤수연
경영지원　국순근
펴낸곳　　요다
　　　　　　출판등록 2017년 9월 5일 제2017-000238호
　　　　　　주소 04029 서울시 마포구 동교로 12안길 14 삼성빌딩 A동 2층
　　　　　　전화 02-336-5675 팩스 02-337-5347
　　　　　　이메일 kpm@kpm21.co.kr

ISBN　979-11-90749-52-7　03810